與你相愛的抉擇
The Choice to Fall in Love with You
我再也不想來不及說喜歡你，
這是好多好多眼淚教會我的事。
琉影——著

楔子　月老的紅線

今天是八月二十日。

蟬聲在樹上喧鬧，高二的暑假已接近尾聲。

我站在炎熱的陽光下，眼前矗立的是本市某間著名的百年古廟，廟宇的外觀雕梁畫棟、氣勢莊嚴，香客絡繹不絕。

「我一定是熱昏頭了，才會一時衝動跑來這裡。」我低聲喃喃，有點想打退堂鼓，但供品都買了，就這麼離開似乎又太可惜。

走進廟門，裡頭的溫度比外面涼一些，空氣裡繚繞著線香燃燒的氣味。

我先點香參拜廟裡的主神觀音菩薩，以及前殿的諸位神明，接著轉往後殿。向文昌帝君祈求明年考學測能夠順利後，我來到月老祠前面，將小熊餅乾擺上供桌——據說這間廟的月老喜歡甜食，特別是小熊餅乾，於是我就半信半疑地買來當供品了。

環顧四周，左邊是一位穿著上班族套裝、約莫三十多歲的女子，她正拿著香向月老祈求，表情顯得十分虔誠；右邊則是一名年紀看起來跟我差不多的長髮女生，她背著淺綠色側背包，包上掛著一個達菲熊吊飾。

我想，來到這裡，大家的心願都是相似的，希望月老爺爺能保佑自己早早遇見一段好的緣分。

收回好奇的視線，我雙手將筊杯攏在手心，恭恭敬敬地在內心說：「月老爺爺，我叫周芊婭，今年十七歲，就讀新苑高中，生日是……我暗戀著一個數資班的男生，他的名字叫顧之喻，請問您可不可以賜給我紅線，幫忙牽起我跟他的緣分？」

將筊杯輕輕擲向地面，筊杯彈跳了幾下，呈現一正一反的結果。

是聖筊！

「謝謝！」我欣喜地上前，神龕的欄杆上掛著一個盒子，我伸手從裡頭拿出一枚小夾鏈袋，紅線就裝在裡面。隨後，我回到供桌前方，將紅線先擺在小熊餅乾上，繼續祈求，「請問，我認識顧之喻很久了，可是他始終記不住我，我是不是應該再主動一點，常常出現在他眼前，才能拉近和他之間的距離？」

這回月老爺爺卻給了笑筊，代表笑而不答。

「請問，您可以賜給我一支籤，告訴我應該要怎麼做嗎？」

是聖筊。

於是，我從籤筒中抽出一支籤，連擲三個聖筊確認後，再對照號碼抽出籤詩一瞧：

勸君耐守舊生涯，把定身心莫聽邪，直待有人輕著力，滿園枯木再開花。

旁邊負責解籤的師姊見我露出困惑的神情，便主動接過籤詩，微笑說明：「妳就謹守當前，什麼事都不用做，待時機成熟時，自然會有貴人前來幫忙，戀情就會有進展了。」

我向師姊道了謝，回來拿起紅線來到香爐前過火，一邊默想著心願。

籤詩上說，必須等到貴人前來幫忙，我的戀情才會有進展。那麼希望這個貴人趕快出現，讓我的戀情早早到來！

過完火，我拿了金紙去外面的金爐燒。

燒完金紙準備返回祠裡時，我遠遠見到方才那個背著淺綠色背包的女生已經離開，她身邊伴著一個身材頎長的男生，兩人並肩走向公車站。

回到祠內，我將紅線收進皮夾，帶著小熊餅乾走出去，突然間一陣強風颳來。我伸手壓住被風吹亂的頭髮，等待風停時，只見空中彷彿有金粉灑落，點點閃耀的光芒像星光似的，充斥在我的四周。

咦？

眨眨眼睛，閃爍的星芒瞬間消失不見，再轉頭瞧瞧周遭，也沒再看到什麼奇怪的景象。

大概是我剛從廟內走到大太陽下，視覺上不適應所造成的錯覺吧。

第一章　天生的膽小鬼

我所就讀的新苑高中，是本市排名第三的升學高中。

新苑位於一座小山崗上，不僅周圍風景優美，校園裡也綠樹成蔭，素來有「最美高校」之稱。

雖然環境良好，可是除了直達校門的校車，市區公車只在山下商店街的站牌停靠，因此學生們下車後，還得爬個十幾分鐘的上坡路才能抵達學校。

走在山坡路上，夏天常常熱到滿身汗，冬天又往往冷得直發抖，若是遇到颳大風、下大雨，還會淋成落湯雞，因此比起最美高校，我覺得稱作「蘿蔔腿戰鬥學園」還比較貼切。

想當初國中畢業前，我的免試入學積分落點本來是排名第四的高中，但是班導幫我爭取到優先免試入學的保障名額，讓我幸運地以較低的分數進入了新苑。

不過這個制度有一個缺點，那就是開學後，面對眾多憑實力錄取的同學，我的學習速度和理解能力都明顯差人一截，成績自然就墊底了。

幸好我的抗壓性不錯，考不好心情難過時，只要蒙頭大睡一覺，隔天醒來又是活蹦亂跳。

就這樣，我每天過著像是由影印機複印出來的單調生活，往返於學校和家門之間，直到那天，某個人突然闖進我的心裡。

那是高一期末考的最後一天，中午考完試就放學了。

身為手作社的社員，我趁著這個空閒，留在學校裡趕製社團成果展的作品。當我完成作品準備回家時，時間已經是下午四點了。

外頭的天空烏雲密布，凝滯的空氣相當悶熱，看起來似乎快要下雨。

我伸手在書包裡掏了一下，發現昨晚整理書包時，光顧著把手作材料包塞進去，卻忘了放雨傘。

別無選擇之下，我只能加快腳步走下樓梯，想趕在下雨前抵達公車站。

穿過植滿綠樹的中庭，校園裡靜得彷彿只剩下我一人。來到校門口，我回頭望了一眼，發現有個男生從特科大樓的樓梯下來。

學校裡的資優班、美術班和音樂班都位於特科大樓，跟普通班區隔開來，這男生應該是那幾個特別班級的學生。

繞過校門的轉角，我才朝山下走沒幾步，轟隆隆的雷聲便響起。

「啊！」我嚇了一大跳，伸手掩住耳朵。

冰涼的雨滴開始落在頭上，逐漸打溼身上的制服，我不知所措地回頭瞧了瞧，只見那個男生從書包裡拿出雨傘，啪的一聲打開。

身為理應心思較細膩的女生，卻粗心到忘記帶傘，實在是太丟臉了！

我糗得無地自容，加快速度往前走，沒想到一道急促的腳步聲從後面追了過來，一把雨傘隨即遮到我的頭頂。

「妳沒有帶傘嗎？」對方的嗓音溫和乾淨。

「……沒有。」我低頭小聲回答，耳根瞬間發熱。

「那就一起撐吧。」

「謝謝。」

道完謝，那個男生只是靜靜走在我旁邊，氣氛顯得有點尷尬。

「你……怎麼會這麼晚回家？」我最怕這種情況，於是忍不住出聲打破沉默。

「我留下來看書，妳呢？」他回了話，客氣地反問。

「我留下來做社團成果展的作品。」

「妳是什麼社團？」

「手作社，你呢？」

「我沒有參加社團。」

我知道美術班和音樂班的社團課都會被拿來加強術科，而沒參加社團的話，應該是數資班或語資班的學生，因為校方規定資優班學生不能參加娛樂性質的社團，因此不少學生都選擇留在教室裡自習。

我抬眼偷偷瞄向他的右胸口，他撐傘的手擋住了胸前的學號，看不出是幾年級。接著我抬高目光，對上他輪廓分明的側臉。

他雙眼直視著前方，側臉的線條相當好看，一頭黑髮整齊清爽，制服的領子堅挺有型，不像很多男生都洗到軟趴趴的，儼然是一副好學生的模樣。

「你是幾年級？」我收回視線，感覺自己的左肩擦到他的袖子，便稍稍往右邊拉開一點距離。

「我是一年一班，妳呢？」他把傘往我這裡移過來一點。

「我是一年六班，原來我們同年級。」我注意到他的左肩淋到雨了，只好再靠回他身側，「一年一班是數資班，你的成績應該很好吧。」

「怎麼說？」他的語調透著疑惑，「數資班也有成績差的學生。」

「因爲剛考完試，大家都想早點回家，可是你卻留下來繼續念書，這麼用功成績一定很好，說不定我知道你的名字。」

「哦？」

「你不信？」

「妳說說看。」他的語氣充滿興味。

「像是……顧之喻，還有陳……」我回想著貼在學校中廊公布欄上的校排榜。

「咦？」他突然側頭看我，眼神帶點詫異。

「我記錯名字了嗎？不是有個叫顧之喻的人？」映入我的眼簾的，是一張五官清秀、充滿書卷氣息的臉。

「是啊。」他點點頭。

「他是你同學？」印象中，顧之喻確實是數資班的學生，上次校排是第十六名。

「妳眞厲害！」

「你該不會……」我心下一顫，緩緩瞠大眼睛，「就是顧之喻？」

「對呀。」他嘴角微勾，輕輕笑了。

天啊！一猜就中，他會不會以爲我在偷偷關注他？

「我、我眞的不曉得你是誰，我只是路過中廊的時候，會瞄一下校排榜而已。」我慌張地解釋，耳根的熱度逐漸漫上臉頰。

「我以爲妳會猜陳柏鈞、宋紹偉或白尙桓，怎麼會跳到第十六名的我？」他提及的三個名字，正是長期占據榜上前三名的學生。

「因爲你的名字很特別，讓人印象深刻。」

「是喔？」

「而且第十六名也很厲害的。」

「其實不厲害。」他謙虛地說，「即使是我們學校的第一名，那也沒什麼，因爲跟其他學校的學生相比還是差了一大截。」

我跟同校的學生都不能比了，顧之喻卻去和其他學校的學生比，還說第一名沒什麼，難道資優生看事情的高度就是跟一般人不同？

「妳呢？都考第幾名？」他好奇反問。

「我……成績完全不行。」我洩氣地垮下肩膀。

「爲什麼不行？」

「就……不管怎麼讀都考不好。」

「妳哪一科比較差？」

「每一科都很差……」我的心裡默默淌淚。

「妳太謙虛了。」他微微一笑。

不，我不是謙虛好嗎？是眞的每一科都很差。

「其實所有科目都有專門的讀書方法，比如數學……」他開始分析數學的念法。

我聽不太懂，但還是頻頻點頭附和，我們就這麼一路聊著抵達商店街。

「謝謝你，我在這裡等車。」我進到公車亭裡避雨。

「不客氣，那我走了，再見。」他溫雅一笑，轉身走向對街的站牌。

「再見。」我朝著他撐傘的背影揮揮手。

啊，他沒有問我的名字。

可是人家只是好心借傘給我，又何必問我的名字？

公車進站，我上車後找了個位子坐下，拿出手機在臉書上搜尋顧之喻的名字。

找到他的臉書，我發現他的頭像是坐在窗邊看書的照片，陽光從窗外透入，讓他的臉龐猶如被劃分成兩面，一面明亮、一面覆著淡淡陰影，氛圍寧靜而美好。

再往下滑是他和老師、同學們的合照，看來他人緣應該不錯，而除了照片，他也會分享一些生活小語、成功名人的格言，以及讀書和考試的心得，沒有任何抱怨或情緒性的發言。

讀著他乾淨溫暖的文字，彷彿有一道溫柔陽光輕輕灑落在我的心底，悄悄觸動胸口中的什麼。

這就是我和顧之喻初次相遇的情景，溫柔的學霸遇上平凡的學渣，宛如愛情小說中的情節，爲我平凡的高中生活添上一筆小小的浪漫。

期末考結束，學生們迎來最喜愛的暑假。

八月底的新生訓練當天，我和手作社的社員們一早來到學校，拿著海報在校門口宣傳──即將升上高二的我，已經成爲了手作社的副社長。

「歡迎加入手作社，本社動手不動腦，可以讓大家從學習及考試的壓力中得到解脫！」我高舉海報，對著身穿國中制服走進校門的新生們呼喊。

「芊婭，說不用動腦好像是給笨蛋加入的。」社長楊采菲用手肘頂頂我的手臂。

「手作社就是主打心靈療癒，高中課業壓力那麼大，不用動腦筋多好啊？像我的成績這麼差，要不是加入了這個社團，早就被分數逼出憂鬱症了。」我理直氣壯地說。

「聽妳這樣講，我覺得挺開心的。」

「那就努力宣傳吧。」

「各位學弟妹，歡迎加入新苑高中最具療癒效果的手作社，本社動手不動腦……」於是，楊采菲更加賣力地揮舞海報。

社團招生的時間結束後，楊采菲和來協助的社員們便直接回家了。

我自願留下收拾善後，獨自帶著海報回到社團教室，一踏進門，卻見到某個意想不到的人坐在教室裡側的窗邊。

「抱歉。」顧之喻緩緩抬起頭，他一手拿筆，桌面擺著課本和筆記本，「資優班的輔導班長全都聚集在我們班的教室聊天，我路過發現這裡門開著，又沒有人，就私自進來看書了。」

「沒關係。」我不介意地微笑。

「妳要回家了嗎？」他瞥了我手裡的海報一眼，放下筆準備闔上課本。

「還沒，你可以繼續待著，我不會吵你。」

「謝謝。」

其實我放完海報就要回家了，撒這個謊是出於私心，因爲我想跟他獨處片刻。

我輕手輕腳將海報收進置物櫃，接著在靠走廊的窗邊位子坐下，從背包裡拿出羊毛氈的材料擺在桌上，想了想決定做一隻柴犬。

教室裡的氛圍相當寧靜，我手持戳針輕輕戳著羊毛，偶爾聽見書頁翻動的聲音。

過了一會，顧之喻突然起身繞過桌椅來到我面前，一手壓在桌角，微微俯身看我，那姿態十分帥氣。

「妳在做什麼？」他溫和有禮地問。

「做羊毛氈柴犬。」我對上他帶笑的眼睛，「你有做過嗎？」

「沒有，這是給女生玩的吧？」

「也有男生會做，甚至做得比女生好。」

「哦？」

「你要不要玩看看？」我朝對面的椅子做出一個「請坐」的手勢。

顧之喻遲疑了下，才拉開那張椅子坐下來。

「你想做哪款？」我點開手機裡的相簿，並將手機推到他面前，相簿裡有許多張羊毛氈的成品照。

他伸手在螢幕上左右滑了幾下，最後停在黃色小雞羊毛氈的照片，小雞圓嘟嘟的身體配上小巧的翅膀，頭頂還有個紅色小雞冠，造型非常可愛。

「這個很簡單，我教你做。」我拿出黃色的羊毛，教他怎麼把羊毛戳圓，形塑出小雞圓圓的身體。

「就這樣一直戳？」他坐正身子，拿著戳針在羊毛團上不斷戳刺。

「嗯。」

「眞的是不用動腦。」

哇，原來他有聽見我們的宣傳詞？

「其實也是要稍微動一下腦，例如思考該怎麼配色、該怎麼戳出想要的形狀。」被他這麼一說，我頓時覺得做這種不必動腦的事對他來說好像太容易了，畢竟他是資優班學生。

顧之喻專注地戳著羊毛氈，幾乎不曾抬頭看我一眼，我指導著他怎麼下針，我們的指尖無意間輕輕相觸。窗外的蟬在校園裡高聲喧鬧，微熱的夏風拂來，吹得我的臉頰越來越熱。

「再幫小雞的臉頰戳上腮紅。」我撕下一點粉紅色羊毛。

此時，手機的震動聲從顧之喻原本坐的位子傳來，但他彷彿沒聽見，若無其事地接過粉紅羊毛。

「你不接電話嗎？」我忍不住提醒。

「是我朋友，不用理他。」他淡淡回道。

手機又震動了三遍，才終於完全靜止。

經過一個多小時，顧之喻總算完成一隻可愛的小雞，他歪著頭審視自己的作品，嘴角揚起淺淺弧度，明亮又清澈的眼裡盈滿笑意，似乎感到很有趣。

「材料費多少？我付給妳。」他推開椅子站起來。

「不用，目前社團正在招生，就當作是免費的體驗課。」我連忙拒絕。

「可是我不能加入你們的社團。」

「沒關係，只要你玩得開心就好，這是手作社的宗旨。」

「那就謝謝妳了。」他手捧著小雞，轉頭瞧了瞧四周，「這隻小雞可以擺在這裡嗎？」

「你不帶回家？」

「這東西對提升成績沒幫助，帶回家會被我爸媽丟進垃圾桶。」

「不然……你可以送給同學呀。」他爸媽也管得太嚴了吧……

「妳叫什麼名字？」

「我叫周芊婭，草字頭的千，女字旁的婭。」

「周芊婭，可以請妳收下它嗎？」他傾身向前，將小雞遞到我眼前。

「咦？謝、謝……那我就收下了。」我受寵若驚地接過，心跳微微加速。

顧之喻靠上椅子，返回剛才的座位，拿起放在課本旁的手機看了下，再將課本和筆記全部收進背包裡。

「我要回去了。」他背起背包。

「再見。」我傻笑著向他揮揮手。

「再見。」他走向教室後門，出門前又轉頭對我一笑。

啊……他好有禮貌、好有氣質、好有教養喔！

我手裡捧著小雞，像個花痴般呆呆傻笑了快一分鐘，整個世界猶如飄著粉紅泡泡。

這天回家，我把顧之喻做的羊毛氈小雞擺在了書桌上，每晚陪伴著我念書。

開學後，我開始不自覺地在校園裡搜尋顧之喻的身影，期待可以跟他不期而遇。

曾經在福利社裡跟他同時握住同一瓶飲料，他很有風度地將飲料讓給我。

曾經在操場上體育課時，他撿起了被我踢遠的球，滿面笑容將球拋回來。

曾經在圖書館裡，遇到他背靠書架翻閱著書本，那情景美好得像一幅畫。

只要看見他的身影，一整天的心情就美麗無比。

直到有天，當我發現想起他的名字時，內心隱隱悸動之餘還帶著一絲惆悵，這才明白，喜歡他已經成為我心裡的一個祕密。

五月的園遊會活動那天，我跟手作社的社員擺了攤，販售一些手工飾品。

顧之喻跟幾個同學逛過來，在我們的攤位前方佇足，打量著一個鄉村風的娃娃吊飾，娃娃身上的衣服是用蕾絲和拼布縫製成，造型相當可愛。

「顧之喻，你喜歡這個娃娃嗎？」我主動跟他搭話。

「不喜歡。」他倏地抬頭，微微瞇眸看我。

「我以為你喜歡。」

「為什麼？」

「暑假時你不是來過手作教室？那時我教你做了羊毛氈小雞。」

「原來是妳教我的。」他露出恍然大悟的表情。

「是，是我。」我的笑臉僵住了。難道那天跟他面對面相處了一個多小時，他竟沒有記住我的長相？「還有一年級的期末考後，我回家時碰到下雨，你撐傘送我下山搭車。」

「喔……」他偏頭回想了一下，「那種小事，妳不用特別放在心上。」

「你完全不記得我嗎？」對我來說那是大事，好嗎？

「因爲很少遇見妳，我一時沒想起來。妳叫什麼名字？」他認眞澄清。

最好是！我們明明遇見過很多次，他每次都會微笑打招呼，也問過我的名字。

「這傢伙有輕度近視，只有上課才會戴眼鏡，而他又不擅長記住別人的臉，所以常會認錯人。」旁邊的男生伸手搭上顧之喻的肩頭，他是校排第一名的陳柏鈞，與顧之喻是同進同出的好友。

原來他有近視……

原來他不太會認臉……

原來他不曾把我記在心中，即使我們已經相遇許多次……

我想，他會微笑和我打招呼，大概只是怕遇到熟人沒有回禮罷了。

「拜託！」陳柏鈞困擾地搥了顧之喻的胸膛一拳，「你能不能把眼鏡戴起來，不要讓我每次都要幫你向別人解釋。」

「抱歉。」顧之喻低頭對我道歉。

「走了啦！」

我假裝整理攤位桌面的東西，掩飾自己的難堪和尷尬，眼角餘光瞥見顧之喻轉身走開。

陳柏鈞本來也要走了，卻突然停下腳步補了我一槍，「同學，別介意，阿喻對每個人都很客氣，也很容易讓女生會錯意，他記不住臉孔和名字的女生，並不是只有妳一個。」

我的心緊緊揪痛起來，一股酸意隨之湧上鼻頭，眼角也逐漸變得溼潤。

原來暗戀這件事，只是自我感覺良好，外加想像力的渲染。

自從那天之後，暗戀顧之喻一事扣除曖昧的甜度，變成像咬著未熟的葡萄一樣酸澀。

然而人的感情是不可逆的，即使想要停止喜歡顧之喻，我還是無法控制自己不去想起他。

時間來到高二的暑假，今早我正要去市區的書店買東西，沒想到竟遠遠瞧見顧之喻迎面走來。

這回他戴了眼鏡，於是我鼓起莫大的勇氣，抬手想跟他打招呼。

顧之喻清冷的視線朝我的臉上掃來，停留了一下又轉開了。

我抬高的手轉而撥弄劉海，困窘不已，原來他還是沒記住我。

褪去校服，我有如路上擦肩而過的陌生人，連他的一絲笑容都得不到。

我氣得腦袋一熱，就這麼跳上剛到站的公車，直奔本市最著名的月老廟，求了一條紅線。

晚上回到家，我一手托腮坐在書桌前，盯著手裡的紅線發呆，「我以爲月老爺爺會拒絕我的請求，這樣我就會認爲連神明都幫不了，還是早早死心算了，沒想到祂竟然賜給我紅線和籤詩……」

此時敲門聲傳來，我連忙將紅線收進皮夾裡，「進來。」

「姊……」房門一開，芊甯垂頭喪氣地一頭鑽進我的棉被裡。

「妳又怎麼了？」我起身爬到床上。

「那個男生向神明許了願，說要吃素三個月，祈求我能接受他的告白。」芊甯的嗓音悶悶的。

「這次又是哪個男生？」

「國三時坐在我前面的男生，我只是跟他聊漫畫而已，結果聊沒多久，他就喜歡上我了。」

「有那麼漂亮的女生跟我說話，我應該也會聊著聊著就喜歡上。」我盤腿而坐，準備傾聽妹妹的煩惱。

「可是我又不覺得自己特別漂亮！」芊甯有點生氣。

我沒有反駁她的話，只是輕輕勾起唇角。

「他那樣做，讓我感覺壓力很大。」

「這是當然的，吃素就默默吃，幹麼特地跟妳說？這簡直是強人所難。我想應該沒有女生會為此感動。」

「對呀，我真的很討厭拒絕男生的告白，每次看到他們難過的模樣，我心裡都感到非常抱歉。」芊甯的嗓音帶著一絲哽咽，「班上的女生都說我喜歡勾引男生，可是我沒有！男生喜歡上我這種事不是我能控制的。為了避開麻煩，我變得不太敢跟男生說話，跟女生也無法成為好朋友，只能獨來獨往……」

「有些女生就是愛計較，喜歡講別人的壞話，這些事妳怎麼沒有告訴我？」我拉開棉被瞧著芊甯漂亮的臉蛋，她大大的眼睛蒙著一層水霧，小嘴委屈地緊抿，看起來楚楚可憐。

「我不想讓妳和爸媽擔心，才會一直沒說。」芊甯輕輕吸了一下鼻子。

「反正現在妳已經從國中畢業，就不要再管國中的事了。」由於早她兩年畢業，我不曉得她後來在學校裡過得並不快樂。

「可是我很怕上了高中後，在班上又會變成這樣，我只是想要跟大家當普通朋友，爲什麼會那麼難？」她伸手揉揉眼睛，斷斷續續吐出字句，「我眞的……好羨慕姊姊，可以交到普通的朋友，如果、如果可以跟妳交換就好了。」

「長得漂亮是優勢，跟我交換妳一定會後悔。」我乾笑兩聲，其實我才羨慕她，有那麼多男生追求。

「有沒有方法可以讓男生暫時不要喜歡我？」芊甯起身倚在床頭，對著半空中嘆氣。

「上高中後先交個男友，讓自己死會。」我隨口出了歪主意。

「不要。」

「戴眼鏡化妝成醜女。」

「這行不通的。」

「發表高中不戀愛宣言。」

「男生才不管那些呢。」

「這眞是考倒我了，畢竟我不曾被男生追求過。」我尷尬地搔搔臉頰。

「我當然知道妳沒辦法回答，只是想講講心裡的煩惱，又不是眞的要妳幫我出主意。」

她忽然破涕爲笑。

「是喔……」臭小鬼！這種煩惱還眞是奢侈。

「姊，三個月快到了，那個男生會再跟我告白一次，我該怎麼面對他？」芊甯心地善良，不希望傷害別人。

「只能果斷拒絕了，人們面對難以實現的事，往往會求助於占卜或神明的力量，期望能出現百分之一的奇蹟，換句話說，那個男生事實上早已做好心理準備，明白妳百分之九十九會拒絕他。」我可以體會對方的心情。

「好吧，只能狠心拒絕了。」芊甯露出莫可奈何的神情。

我拿起擺在床頭的手機，見到LINE顯示有許多訊息未讀，便打開瀏覽了下內容。

「妳和同學在討論什麼事嗎？」芊甯瞥見訊息量不少，臉上充滿好奇。

「大家在討論早上的那場車禍。」我輕輕嘆了一口氣，「學校正在蓋綜合活動大樓，早上建商的工程車從後門開出去時，意外撞死了一個男同學。」

「撞死誰？」芊甯驚訝地瞠大眼睛。

「二年九班的一個男同學，名字叫白尚桓。」

「妳認識他嗎？」

「他是糾察隊隊長，也是隔壁班同學，雖然常會看到他，不過我沒跟他說過話。」

「他長得滿帥氣耶。」芊甯探頭看我的LINE畫面，我剛好滑到同學傳了張白尚桓在校園裡拍的照片。

「他的成績很好，校排前三名。」我指著照片裡站在白尚桓旁邊的女生，「這是他的女友姚可珣，他們是學校裡出名的班對，聽說事發當下，目睹白尚桓在眼前被撞死，她當場哭暈了過去。」

「好可憐喔，男朋友就死在眼前，那種心痛一定永生難忘……」芊甯同情地說。

「是啊，生命無常，要好好珍惜每一天、珍惜身邊的每一個人。」由於跟白尙桓不熟，我的心裡沒有太多哀傷的感覺，只是充滿惋惜和遺憾，那麼優秀的人不應該遭遇這種厄運。

「對呀，要好好珍惜，那麼姊……我可以跟妳一起睡嗎？」芊甯眨眨眼望著我。

「好啦。」我拿她沒轍。

芊甯馬上調整成最舒服的睡姿，我熄燈拉起棉被躺到她身邊。

「姊。」

「嗯？」

「園遊會過後，顧之喻有沒有記住妳？」芊甯突然問起園遊會那件事的後續。

「沒有，後來我看見他心裡只覺得丟臉，能閃多遠就閃多遠。」我自嘲地撇撇脣角。

「妳不可以躲他，要鍥而不捨地向他搭訕，這樣戀情才有展開的可能。」芊甯不認同我的做法。

「我們已經碰過好幾次面了，一般人都會好奇跟你打招呼的人是誰吧，可是他完全沒那個心，連臉都記不住。」

「妳不能遠遠看著他，要多跟他近距離接觸，這樣他遲早會記住妳的！」芊甯信心滿滿地建議，「換成是我就會這麼做！」

「唉，以後再說吧……」我的心裡五味雜陳，不想再討論這個話題。

事情哪有那麼簡單呢？

我知道，這世上就是因為有比較，人們才能在競爭中越來越進步，這是一個殘酷的定理。可是我很討厭被跟自己的妹妹比較，小時候每次跟爸媽出門，只要遇到長輩，對方第一句話往往會這樣說：

「妹妹很漂亮，姊姊有點胖喔。」

「妹妹又更漂亮了，姊姊也不錯啦。」

聽到這種評論外表的話，當下我的心情總是十分受傷。

說實話，我並不是棉花糖女孩，體重都維持在標準範圍，只是並未達到瘦的程度，站在身材纖細的妹妹旁邊，我的身高明顯比她矮一些，體型也比她壯一些。

大人們看似無心的一句話，宛如塞了一把刀子在我們倆手中，逼著我們姊妹自相殘殺。

但不可否認的是，妹妹確實長得比我漂亮，她遺傳了爸爸的雙眼皮大眼睛、媽媽秀氣的瓜子臉和挺鼻子，臉蛋清純可愛，連發呆時都可以有空靈感，讓人第一眼便對她印象深刻。

而我卻遺傳到媽媽的單眼皮、爸爸的圓臉和塌鼻了，不說話的時候像在擺臭臉，眼神有點凶，一副想罵人的樣子。雖然五官沒有特別誇張的缺陷，也稱不上哪裡好看，缺乏記憶點和存在感，這點藉由顧之喻獲得了多次印證。

從小到大，妹妹的人緣和異性緣都特別好，好到會影響到我的日常生活。

例如小學六年級時，某天我在走廊打掃，一群中年級的男生突然結伴跑來。

「妳是周芊甯的姊姊？」他們圍住我。

「嗯。」我點點頭。

「妳妹妹很漂亮耶！」

「我知道。」

「可是妳跟她長得不像耶！她比較漂亮。」

「對，她比較漂亮……」我的心彷彿被割了一刀。

「他喜歡妳妹妹啦！」

「你講屁啊！」

在我面前嚷嚷完，這群男生就嘻嘻哈哈地跑開了。

此外，也有這種情況——

我坐在教室裡看書，窗外又是一群中年級的男生抱著躲避球經過。

「聽說周芊甯的姊姊讀這一班。」

「眞的嗎？在哪裡？在哪裡？」

「我想看周芊甯的姊姊！」

「周芊甯的姊姊在哪裡？」

聞言，我馬上轉身背對窗戶，沒想到那群幼稚的男生竟然朝著教室大喊。

「周芊甯的姊姊，站起來給我們看一下！」

「周芊甯的姊姊、周芊甯的姊姊、周芊甯的姊姊……」

許多人都會以爲，妹妹長得漂亮，姊姊應該也不差，偏偏我的外表總是讓大家失望。

如果說這些只是膚淺的屁孩才會幹的事，那麼接下來這個情況呢？

「同學，妳是周芊甯的姊姊？」一位老師突然在走廊上叫住我。

「嗯。」我點點頭。

「妳妹妹好可愛，她是像爸爸，還是像媽媽？」

「比較像媽媽……」

「那妳是不是比較像爸爸？」

「嗯……」我的心又被捅了一刀。

而且不只國小的老師，連國中的老師都問過我類似的話。

國小畢業後升上國中，我暫時擺脫了妹妹太受歡迎的困擾，在學校裡度過愉快的兩年，直到我要升國三時，妹妹也小學畢業，進到同一所國中。於是，更令人無言的狀況發生了——

開學才半個月，某個跟我同班兩年卻幾乎沒說過話的男生，下課時莫名在我的座位前晃來晃去，時不時清一下喉嚨，一副欲言又止的模樣。

儘管覺得他很奇怪，但我沒有出聲詢問。就這樣，他每節下課都重複同樣的行爲，直到放學，他終於開口，露出燦爛笑容。

「聽說周芊甯是妳妹妹？」

「對呀。」我停下收拾書包的動作。

「妳跟她長得不像耶。」

「是不像，她比我漂亮多了。」這句話我聽到耳朵都快爛了。

「她眞的很漂亮，一堆男生都在討論她。」他眉飛色舞，越講越起勁。

「我知道，她從國小就很紅。」我卻越笑越尷尬。

「我好想跟她說話……」他終於說出自己的企圖，「她的興趣是什麼？喜歡吃什麼東西？」

聽到這裡，我的白眼都要翻到後腦勺去了。

除了自己想追求芊甯的，還有來幫別人當說客的，例如這個案例——

「周芊婭，我弟弟非常喜歡妳妹妹，喜歡到心情都鬱悶了，能不能讓妳妹當我弟的女朋友？」

「喜歡就自己去追好嗎！」你弟鬱悶關我什麼事？

不過，因爲妹妹長得漂亮，成績又好，我也有過大快人心的經驗。

就在今年暑假，一位甚少見面的遠房親戚來家裡作客，那位嬸嬸見到我，上下打量了我一眼後，竟露出鄙夷的神情，一副想說「我家女兒長得比較美」的樣子，甚至還在我爸媽面前不斷誇讚自己的女兒有多優秀。

我按捺住想躲回房間的衝動，拿起手機傳訊息，叫跑去超商跟朋友聊天的妹妹趕快回家。不久，大門傳來開鎖聲，當長髮飄逸、雙頰被陽光晒出淡淡紅暈的妹妹娉娉婷婷走進來時，整個客廳彷彿都亮了起來。

「這是我妹妹，她也很漂亮、很聰明，今年會考以5A和8+的成績錄取了本市第一志願西倫高中。」我揚起微笑介紹妹妹，非常滿意地見到嬸嬸的笑臉僵住。

儘管常常爲此困擾，有時候也會小小嫉妒妹妹，但我不曾討厭她，反而覺得有這麼一個可愛又漂亮的妹妹，是件值得驕傲的事。

只不過，由於從小被拿來跟妹妹比較，讓我對自己的外表相當沒自信。

鍥而不捨地搭訕喜歡的人、多聊幾次天以被對方記住，這對長相漂亮的芊甯來說是成功率非常高的計畫，她自然可以大膽實行，可是對我來說卻是相反。光是之前被顧之喻一再忽略，就已經消磨掉我僅存的一點自信了，若是再死纏爛打下去，恐怕會被顧之喻討厭。

在許多愛情小說裡，女主角往往是勇敢追愛的女孩，偏偏現實生活中，多的是像我這種平凡又膽小的女生，連配角的位子都坐不上。

我就是天生的膽小鬼！

兩天後，芊甯約我去逛街。

我們搭車來到市中心的商圈，逛了好幾家服飾店，一起試穿衣服彼此交換意見，這時候我更加覺得擁有姊妹是幸福的。

因爲快開學了，於是下午四點多，我們去了附近的光南買文具。

「姊，我想買防彈少年團的寫眞書，可是價格好貴。」芊甯拉著我來到流行雜誌區，指著其中一本書。

我抽出那本寫眞書確認了一下定價，抬頭正要跟芊甯討論時，發現貨架對面站著一個男生，他正在翻閱一本書——是顧之喻。

近距離看著顧之喻戴眼鏡的模樣，我感覺他的氣質跟平常不太一樣。

他不戴眼鏡時笑起來很天然，可能是因爲看不清楚的緣故，眼神顯得柔柔淡淡的；可是戴了眼鏡後，他的目光卻變得清澈明亮，渾身散發出冷靜的氣場，充滿了菁英感。

似乎是察覺到我的視線，顧之喻緩緩抬起頭，我及時拉著芊甯一起蹲下。

「姊？怎麼了？」芊甯一頭霧水。

「貨架對面……」我弱弱地表示。

「對面有什麼？」她好奇地想站起身。

「不要看，是顧之喻。」我悄聲說，用力把她拉下來，兩人鬼鬼祟祟地蹲著。

「姊，妳別怕，勇敢地去跟他說話！」

「可是……」籤詩上說了，我要等貴人出現，戀情才會有進展。

「姊，妳必須把握每個機會。」芊甯一邊說一邊推著我站起來。

貨架對面已經空無一人，我四下搜尋，發現顧之喻正朝店門口的方向走。

「姊，快追呀！」芊甯又推了我一把。

我緊緊抓住側背包的帶子，鼓足勇氣穿過一座座貨架，追著顧之喻的身影來到店門外。店門前有個小廣場，廣場右側是公車站，顧之喻向公車站直直走去，我小跑步追到他身後，張口想呼喚他的名字，一名體型壯碩的中年男子卻冷不防從右側衝過來。

「幹！滾開啦！」砰的一聲，我和顧之喻被雙雙撞開。顧之喻整個人往前栽到馬路邊，我則仰面向後摔倒，就在此時，又一道身影疾風般掠過我的背後。

「站住！」那個人大吼，隨手推了我的背一下。

我後仰的身子被反推回來，順勢往前跨了兩步，耳邊傳來機車尖銳的喇叭聲，我轉頭，只見一輛機車即將撞上顧之喻。

連一秒的猶豫都沒有，我以跑百米的速度衝向顧之喻，一把抓住他的手臂，傾盡渾身力氣將他拉回。在這緊急的時刻，也許是體內裡的潛能瞬間爆發了，顧之喻居然眞的被我拖到了騎樓下，那輛機車的騎士長按著喇叭，從他身側呼嘯而過。

我鬆了一口氣，隨即整個人脫力，腿軟地癱坐在地。

「啊啊啊——」緊張的情緒還沒緩過來，四周又響起尖叫。

轉頭望向聲音來源，只見廣場上的路人像看見哥吉拉出現似的，嚇得紛紛逃竄。人群散開後，露出立於中心的兩個人，一個是剛才撞上我的中年男子，另一個則是……年紀看起來跟我差不多的少年？

男子右手握著一把美工刀，惡狠狠地左右揮舞，少年則擺出備戰姿態，雙手在胸前握拳，神情沉著。他銳利的目光緊緊鎖定男子的臉，不帶一絲恐懼。

男子突然舉刀朝他的臉劃去，少年倒退一步仰身閃過，雙手迅速攫住男子的右腕，整個人有如一頭獵豹般，輕巧地前躍，就地翻滾了一圈，男子的右臂同時跟著被扭轉，連帶身體也滾了一圈，整個人狼狽地摔在地上。少年再抓起男子握刀的手，敲向地面，刀子隨即噴飛出去。

緊接著，少年單膝點地，運用全身力量將男子壓制在地，反轉對方的右臂倒扣於背上，男子吃痛地發出殺豬似的慘叫。

路人們全都看傻了，少年那一氣呵成的制敵動作，彷彿在拍警匪片一樣。

將男子制住，少年伸手在腰間摸了一下，好像要找什麼東西，卻沒有找到，「手……手……沒有，可惡！」他氣惱地低咒，再橫目掃了圍觀人群一眼，「你們在發什麼呆？快報警呀！這傢伙剛剛搶了前面那個老婆婆的彩券！」

在他說話時，趴在地上的男子趁機扭動身子想逃，少年薄唇緊抿，發狠地扭轉男子的手臂強壓在背上，導致男子又大聲嚎叫起來。

兩名保全帶著警棍自隔壁的大樓跑來，幫忙少年一起壓住男子。

「就是他，他搶了我們的彩券！」一位老先生推著一個坐輪椅的老婆婆靠近。

「小弟，謝謝你。」老婆婆的眼眶滿是淚水。

「少年欸！你身手不錯嘛。」其中一名保全誇讚。

「還好。」少年將男子交給保全，拍拍屁股站起身。

「你學過武嗎？」

「柔道、跆拳道、擒拿術全都練過。」

「太猛了吧！」

「眞強……」

被眾人這麼一誇，少年並未露出自傲的神情，只是轉身向我和顧之喻走來，一邊伸展著手臂，似乎在舒緩筋骨的痠痛。

隨著距離拉近，他忽然停下腳步，愣了愣後，喃喃低語：「竟然是你們這對情侶。」

「我們不是情侶。」我連忙澄清。

「不是？」他微微瞇眸，表情帶點困惑。

「當然不是，我跟她是第一次見面，並不是情侶。」顧之喻開口附和。

我轉頭瞪著一本正經的顧之喻。到底是他近視太嚴重，還是我的長相眞的平凡到完全記不住？

顧之喻起身朝我伸出手，我沒好氣地將手交給他，他把我從地上拉起。

「你們念哪個學校？」少年雙臂抱胸，冰涼的眼神裡帶著一抹煩厭，在我和顧之喻之間來回掃視。

「新苑高中。」我拍拍褲子上的灰塵。

「我也是新苑高中。」顧之喻的語氣滿是驚喜，「妳是幾年級？」

「高二升高三。」

「我也是，妳是哪一班？」

「八班……」

「我是一班。妳叫什麼名字？」

「周芊婭。」我感覺像被他捅了無數刀，已經血流成河。

「謝謝妳剛才救了我。」顧之喻卻展露笑顏，似乎認爲這是一個特別的緣分。

「不用客氣。」我連連擺手，笑得好苦好苦。

「你們學校裡……」少年不耐煩地插話，「是不是有同學的名字叫白尙桓和姚可珣？」

「嗯。」我轉頭看看顧之喻。

「你跟他們是什麼關係？」顧之喻的臉色顯得不對勁。

「好朋友。」

「既然是好朋友，你怎麼會不知道那件事？」

「什麼事？」

「八月二十日早上，白尙桓和姚可珣準備從學校回家時，白尙桓在下山的路上被貨車撞到，當場死亡。」顧之喻神情黯然。

「原來是這樣！」少年瞠大眼睛，臉色變得難看，「怎麼會這樣……我為什麼會在這裡……」他似乎理解了什麼，深受打擊般倒退了一大步。

我和顧之喻面面相覷，這個人的反應實在很奇怪。

此時，一輛警車鳴著警笛停靠在路邊，車門一開，下來兩名警察，少年見狀竟然拔腿就跑，身影轉眼消失在人群裡。

「周芊婭，妳要回家了嗎？」

「還沒。」我回頭對上顧之喻的笑臉。

「為了答謝妳剛才救了我，我想請妳吃個飯。」他主動提出邀請，態度相當誠懇。

轉頭望向光南的門口，芊甯夾在圍觀的群眾之中，朝我豎起拇指又揮揮手，表示我不用管她。

「好。」我輕輕點頭，心頭怦怦直跳。

始終記不住我的臉的顧之喻，現在居然要邀我一起吃飯，難不成籤詩上指的貴人，就是那名搶匪？

夕陽懸掛在長街盡頭，拉長了我們的影子。

「妳喜歡吃什麼？」顧之喻微笑問道。

「都可以，簡單的就好。」即使是一碗魯肉飯，我也覺得滿足。

「前面有一家日式燒肉店，他們的燒肉套餐很好吃，妳吃過嗎？」

「沒有。」

「那要不要吃看看？」

「好啊。」

肩並肩走了一小段路，顧之喻領著我踏進燒肉店，一名男服務生面帶微笑迎了上來。他身穿黑色的日式制服，腰間綁著圍裙，俐落的短髮染成灰藍色，帶了點叛逆的氣質。

「兩位嗎？」見到我們，服務生臉上的笑容變得有些僵硬。

「嗯。」顧之喻微微垂下眼簾，像是在閃避對方的視線。

「這邊請。」服務生刷地抽過櫃檯上的菜單，態度略顯不耐煩。

這情況讓我不禁傻眼，感覺服務生是針對顧之喻。我側頭瞄了眼顧之喻，他臉色平靜，似乎不覺得服務生的態度不好。

服務生領著我們入座，在桌上攤開菜單，並未做任何介紹。

「左邊是燒肉套餐，右邊是小火鍋……」顧之喻主動向我說明。

在服務生的冷眼瞪視下，我很快點了一份牛五花燒肉定食，顧之喻則點了雪花牛定食，點完餐，服務生又刷地抽走菜單，轉身走開。

「抱歉，他的個性就是這樣。」顧之喻歉然道。

「他是你朋友嗎？」我頓時會意，應該是熟人才會態度那麼差，否則早被店家開除了。

「他是我哥。」

「你哥哥？」我驚訝地心想，長得不像呀。

「他今天應該休假才對，所以我才會帶妳來這裡。」顧之喻認真地解釋。

「可能是加班或跟人調班了吧。你跟哥哥吵架了？」

「沒吵架，只是我們一直處得不太好。」

「爲什麼？」

「沒有爲什麼，兄弟姊妹就是這樣，從小相處到大，感情好的就很好，差的就很差。」他淡淡說。

「這麼說也對，或者有時兄弟姊妹住在一起常吵架，分開後感情反而會變好。」我同意他的說法。

「我去拿餐具。」他推開椅子站起來。

「我也幫忙。」我跟著準備起身。

「不用，妳坐著。」他伸手輕輕壓了一下我的肩頭。

我從善如流，看著顧之喻走到餐具放置區，取回了餐具和醬料，他哥哥隨後端著餐盤過來，上餐的速度挺快的。

「謝謝。」我微笑道謝，瞄了他的名牌一眼，上面寫著「顧之岳」。

顧之岳沒有理會我，擺好餐盤便轉身離開。

「剛才是我第一次遇到搶案，雖然搶的是彩券，用的是美工刀，親眼看見還是好可怕。」我馬上轉移話題，怕顧之喻會因爲哥哥的態度不佳而感到尷尬。

「我也是，那個男生看起來跟我們年紀差不多，竟然能制伏體型比他壯碩的搶匪，實在厲害。」他拿起筷子先享用碟子裡的開胃沙拉。

「的確，他一點都不害怕的樣子，動作流暢得好像身經百戰。」我也拿起湯匙和筷子，盡力優雅地進食，一邊回想那個少年跟男子對峙的情景。

「他說是他白尙桓的好朋友……」顧之喻的臉色再度黯下。

「你認識白尙桓嗎？」我關心地問。

「我同學宋紹偉是糾察隊副隊長，白尙桓常會來找他，所以我也跟白尙桓認識。」

「他很優秀，卻遇到了那樣的事，實在令人遺憾。」

「嗯……眞的很難過。」他輕輕嘆氣。

「我剛剛在光南看到你，你也去買東西嗎？」我又趕緊換了個話題，聊車禍太悲傷了。

「因爲公車還要等二十分鐘，所以我才進去逛逛，沒買什麼東西。那妳呢？」他勉強打起精神，從碗裡夾出一片牛肉，在醬料盤裡涮了涮，顯然毫不費力就能以優雅的方式用餐。

「我陪妹妹……」我一時說溜嘴，其實我不太想提及芊甯。

「妹妹？」他抬起目光。

「我跟妹妹一起出來逛街。」

「那她現在……」

「她已經回家了。」

「抱歉，打擾到妳們逛街。」他太有禮貌，連這種小事也要道歉。

「沒關係，你不用介意。」我搖搖手。

「妳妹妹多大？」

「國中剛畢業，她考上了西倫高中。」

「喔。」顧之喻只是微微一笑，不像一般人會直誇好厲害之類的。

「我跟她各方面都差很多，無論是頭腦或外在。」我傻傻一笑，伸手輕輕撥弄劉海，「我妹妹眞的很優秀喔！」

顧之喻默默注視了我好幾秒，抿了抿脣，「我可以請教妳一個問題嗎？」

「好啊，什麼問題？」我拿起茶杯，聞到淡淡的麥茶香。

「當妳像這樣向別人介紹自己的妹妹時，妳心裡眞正的想法是什麼？」

我的心跳漏了一大拍，以爲顧之喻是在暗諷我口是心非，但仔細看他的表情，除了認眞之外，並沒有任何嘲諷或不屑之意。

喉頭忽然變得乾澀，我低頭啜了一口茶，理好思緒後才回答：「從小到大，每當親友或同學見到我和妹妹時，都會露出像是在說『妹妹比較優秀、姊姊差了點』的眼神，有的人甚至會直接說出口。後來，只要是面對初次見面的人，我就會忍不住這麼說，只是想先打個預防針而已，這樣有天你們見到我妹時，也許就不會對我感到那麼失望。」

「原來如此。」他微微挑眉，理解了什麼，「妹妹帶給妳的壓力大嗎？」

「說沒有壓力是不可能的，不過我妹對於這種狀況也覺得滿困擾的，她不曾有過出風頭的想法，卻依然經常無意間傷害到周圍的人，於是爲此感到痛苦不已。」

顧之喻輕輕點頭，以意味深長的眼神凝視我，似乎十分贊同我的話。

「雖然我妹出生時的能力値點得比較高，可是因爲這樣，她從小就被許多目光注視和期待著，同樣背負著我不能理解的壓力。她也會跟我抱怨很多事、也會難過地哭泣，總之不管怎樣，我還是以她爲榮。」我在心裡默默淌淚，怎麼聊到這個？他會不會對我失去好感？

「妳妹有妳這麼體貼的姊姊眞好。」顧之喻的語氣滿是羨慕。

不會吧！我竟然被他稱讚了？

就在此時，顧之岳領著兩名客人坐到隔壁桌，雖然背對著我們，但我聽見他禮貌而專業地向客人介紹菜單，再看看對面，顧之喻又垂下眼簾，藏住眼底的一絲黯然。難不成……顧之喻和哥哥不合，原因是類似我和妹妹之間的狀況？我該問嗎？

不，還是不要吧，想說的話，他自然會說。

「這家店的餐點真好吃，改天我再帶妹妹來。」我再次轉移話題。

「這家店營業滿久了，我國中時跟哥哥在附近補習時，晚餐常會來這裡吃。」提及補習，顧之喻似乎藉此聯想到我的成績，「妳在學校的成績怎樣？」

聞言，我手裡的湯匙差點掉下去，露出尷尬的笑，「呃……不是我在謙虛，我的成績不太好，倒數的。」

「高中的課業比國中難上很多倍，有些科目不能死讀。」說完，他又好心地向我說明起讀書的方法。

我同樣聽得有點迷糊，卻還是頻頻點頭。

顧之喻瞧我一臉茫然，忽然笑了，「乾脆開學後，我實際跟妳講解，這樣妳會比較有概念。」

咦？

他剛剛說要實際跟我講解，這表示……他要教我念書？

不會吧！這是月老爺爺的神力太強，還是顧之喻剛才那一摔，把腦袋給撞傻了？

「如何？」他挑眉問。

「好啊，我放學後都有空。」

「那開學後，我再找時間聯絡妳。」他接著拿出手機，「加LINE，還是加FB？」

「LINE。」我感覺有點不能呼吸，連忙從背包裡翻出手機。

見LINE的好友名單多出顧之喻的名字，我開心得想要跳起來轉圈，腦海裡搞笑地響起噹噹兩聲：跟顧之喻互加好友的成就get！

吃完飯，顧之喻起身到櫃檯結帳，我藉機去洗手間解決生理需求。

出來時門邊倚著一道身影，冷冷問我：「妳跟顧之喻是什麼關係？」

我對著雙臂抱胸、面無表情的顧之岳露出微笑，「只是同學而已。」

「妳跟他聊天時眼神很花痴，應該是喜歡他吧。」他直接拆穿我。

有那麼明顯嗎？我感覺耳朵熱了起來。

「建議妳，最好不要喜歡他。」

「爲什麼？」

「因爲他表裡不一，城府很深，什麼聰明有禮、溫柔體貼，全是在人前僞裝出來的假象，而且他會在人後陰妳一把。」顧之岳的眼神和口氣充滿厭惡。

「你怎麼這樣批評自己的弟弟？」我有點生氣。

「我是過來人，信不信隨妳。」顧之岳站直身子，轉身走向廚房入口時，又補了一句，「這是我這個沒用的哥哥，所給妳的最有用的忠告。」

等顧之岳的身影消失在門簾後，我轉身走回櫃檯處，顧之喻已經結完帳在門口等我，我沒有跟他提起被顧之岳警告的事。

離開燒肉店的時候，外頭天色已暗，街燈亮了起來。

走到公車站，顧之喻的公車正好抵達，他上車後隔著車窗對我揮手道別。目送他的公車駛離，我又去了光南，幫芊甯把那本寫眞書買下來。

回到家一進房間，芊甯立刻跑進來跳到床上，劈頭就逼問我和顧之喻去了哪裡，我把整個經過都說給她聽。

「姊，學長本人長得滿帥氣耶，恭喜妳跟他跨出愛的第一步！」芊甯拍手祝賀我。

「可是他哥哥的話讓我很在意。」想到這點我就不禁苦惱。

「妳不要亂想，假不假總是要深入交往才知道。」

「說的也是。」我點點頭，接著打開手提袋拿出寫眞書。

「姊！謝謝妳，我最愛妳了！」芊甯一臉驚喜抱住那本寫眞書，倒在床上滾來滾去。

看著芊甯不顧形象開心打滾的模樣，我忍不住笑了起來，覺得她實在頗可愛，能有個這樣的妹妹眞好。

第二章　謎樣的轉學生

暑假結束，高三開學當天，我也成為了準考生。

「芊婭、芊甯，趕快起床！」媽媽的大嗓門拉開一天的序幕。

「爸，你上廁所好慢喔。」芊甯穿著嶄新的高中制服，焦急地拍打廁所門。

「爸一定又在廁所裡抽菸了。」我打了個呵欠，將書包擺在沙發上。

爸爸打開廁所門走出來，一邊叮嚀：「芊甯，就算上高中了，放學後還是要早點回家，不要四處亂跑。」

「知道啦。」芊甯一頭鑽進廁所，「啊啊，好臭喔！全都是菸味！」

「芊婭，妳幫妹妹看看有沒有什麼東西忘了帶。」媽媽的聲音從廚房裡傳來。

「她是新生，應該不用帶什麼東西。」我在心裡輕輕嘆氣。因為是妹妹，從小到大爸媽對芊甯的叮嚀從沒少過，彷彿她是永遠長不大的孩子。

吃完早餐，我和芊甯背起書包，向爸媽道再見。

前往公車站的途中，迎面走來幾個早起要去公園運動的老人家。

「芊甯，妳考上第一志願喔？眞是厲害！」某個爺爺誇讚。

芊甯對他們露出微笑，她得到的關注永遠這麼多。

「妳們的爸媽眞會生，女兒越生越聰明、越生越漂亮！」一個奶奶接口。

喂！阿婆，有這樣誇人的嗎？

芊甯尷尬地瞥了我一眼，我沒什麼反應，畢竟已經習慣遭受這種對待了。

來到公車站，我和芊甯各自踏上自己的校車。

顧之喻今天會不會約我？

光是這樣盼望著，心臟就撲通撲通地狂跳，我第一次這麼期待開學日。

校車抵達校門口，我一下車便看見顧之喻、陳柏鈞和宋紹偉。他們三人站在門口跟姚可珣說話，她的臉色十分蒼白，紅腫的眼皮下帶著淡淡陰影，明顯哭了很久，也沒有睡好。

我無法想像，在白尚桓去世後，她的日子是怎麼過的，這份悲傷要如何排解。

顧之喻他們應該是在安慰她，可是說沒幾句話，姚可珣突然掩面哭了起來，三個大男生神情慌張、手足無措，顯然不知該如何處理。

這時候，兩個男生和兩個女生從校門跑進來，四個人團團圍住姚可珣，對她又抱又親又哄，最後挽著她的手臂朝教室的方向走去。

看來，她的身邊還有一群好朋友，相信有他們陪伴，她會漸漸走出失去男友的傷痛。

我默默經過顧之喻身邊，假裝沒看見他。

「周芊婭，早安。」顧之喻忽然出聲喚住我。

「早安。」我轉身微笑面對他，他沒有戴眼鏡卻還是認出我，這點讓我感動得想哭。

「下星期有開學複習考，等考完後有空，我再教妳怎麼複習。」

「好，考試加油。」我差點對天下跪，因爲他並未忘記先前的承諾。

「阿喻，你要教她念書？」陳柏鈞一臉錯愕。

「我只是想跟她分享我的念書方法。」顧之喻淡淡解釋。

「可是你們怎麼會……」陳柏鈞看看他又看看我，眼神滿是疑惑和不可置信，顯然不明白我和顧之喻什麼時候變得這麼好。

「暑假的時候，我們有天碰巧在路上遇到，聊了一下就認識了。」

「是嗎……」陳柏鈞皺了皺眉頭，似乎不確定該怎麼評論這件事，「可是已經高三了，你不好好衝刺成績，還要浪費時間教人？」

「我覺得學測快到了，大家一起讀書、彼此鼓勵，這沒什麼不好。」

「那也要程度相近！」

是啊，我就是程度不好，跟顧之喻差很多。

宋紹偉瞧我臉色越來越僵，連忙打圓場，「其實交流一下讀書方式，應該花不了多少時間，如果可以幫助到同學，那也不失為一件好事。」

「我也這麼認為。」顧之喻贊同宋紹偉的話。

「反正我是好心提醒你，你爸媽絕不會允許你幹這種事！」陳柏鈞有點惱羞成怒。

「顧之喻，我看還是不要麻煩你了。」氣氛尷尬到極點，我頓時想逃走了。

「不會麻煩，說好的事我不會隨便反悔。」顧之喻微笑，這份心意令我深深感動。

安撫般拍拍陳柏鈞的肩頭後，顧之喻轉身跟著宋紹偉一起走向特科大樓。

陳柏鈞面無表情瞪著我，我們僵持了好幾秒，他才轉身追上那兩人。

怎麼好像被他討厭了？

我默默前往教學大樓，在八班教室所在的走廊上，迎面遇見了我們班的班長，張璟閎。

班導在暑輔期間已經把座位都分配好，幹部也遴選完畢了。

「璟閎，早安。」我主動向他打招呼。

「嗯。」張璟閎只是淡淡瞄我一眼，便加快腳步往前走。

在成績至上的學校裡，總有一種學生會認爲成績的好壞決定了每個人地位的高低。像我這種墊底的學生，就能明顯感受到那種差別待遇，例如提的意見不被重視，聊天時常把我的話當耳邊風，好像跟我多說一句就會變笨，甚至連打招呼都不一定能得到回應。

面對張璟閎的冷漠態度，我其實可以不必自取其辱，偏偏他是我的好朋友喜歡的人。

踏進教室，我在第一排的最後一個位子坐下。

「早安。」

「芊婭，妳心情不好嗎？幹麼一大早就擺臭臉？」坐在我隔壁的楊采菲探頭打量我，她是副班長，也是我們班的第一名。

「我只是在想事情，沒有擺臭臉啦。」我馬上揚起笑容。單眼皮的女生實在太吃虧了，明明沒有不開心，卻老是被誤會。

「妳知道嗎？我們班有個轉學生要來耶！」

「都高三了，還有轉學生？」

「聽說是從西倫高中轉來的。」

「哇！居然從第一志願的學校轉來？」

過了一會，張璟閎搬了一組桌椅進來，直接擺在我的後頭。

「轉學生要坐在我後面？」我轉身看著那張桌子。

「老師說加在這一排。」張璟閎像換了一個人格，朝楊采菲露出微笑，「聽說他成績很好，都是班上前幾名，采菲妳要小心了。」

「想也知道，這時候會轉學來的人，八成是學校開出獎學金挖角來的。」楊采菲微微嘟嘴，配上一雙閃亮亮的大眼睛，模樣可愛極了。

「中途轉學過來不能參加繁星計畫，如果他成績很好，那不就吃虧了？」我提出疑問。

「拜託！妳在笨什麼？」張璟閎不客氣地吐槽我，拉開楊采菲前面的椅子坐下，「每所高中能夠透過繁星推薦的學生名額有限，對滿校都是菁英的西倫高中來說，校內的競爭太激烈了，有沒有繁星根本沒差。」

「說的也是，搞不好人家用考的就能上，幹麼去擠什麼繁星。」楊采菲附和。

是啊，我就是笨！

我壓下心頭不舒服的感受，不太想再繼續跟他們聊天。

「轉學生是男生還是女生？」楊采菲又問。

「男的。」張璟閎笑回。

「芊婭，近水樓臺，妳可以衝喔。」楊采菲對我露出曖昧的笑容。

「別鬧了，人家不會看上我。」況且我早已心有所屬。

「這難講，搞不好他近視一千度就會看上妳了。」張璟閎自以為幽默。

「哈哈哈……你這樣講很壞耶。」楊采菲輕輕打了他一下，「芊婭，我幫妳打他了。」

我扯開一抹尷尬的笑，不確定是自己缺乏幽默感，還是肚量太小，我常有一種被張璟閎的玩笑話甩了巴掌的感覺。

「對了，這個是妳弟想跟我借的遊戲卡帶。」張璟閎從書包裡抽出一個盒子，轉身擺在楊采菲的桌上。

「謝謝，我弟一定會開心死！」楊采菲將盒子收進書包。

「劉海翹起來了。」張璟閎摸摸她的劉海。

「昨晚洗頭，頭髮沒有吹到全乾就睡著了，早上起床又來不及上捲子。」楊采菲難為情地伸手撫順劉海。

「妳豬喔，那麼會睡。」

「要你管。」

看著兩人笑臉相對的模樣，我自動閉嘴隱形，不當礙眼的電燈泡。

剛上高中時，我在手作社認識了隔壁班的楊采菲，她相當擅長手作，身上有不少配飾都是自己做的，穿著打扮也頗有自我風格。

後來升上高二，我們幸運地分到同班，楊采菲被選為手作社的社長，我則擔任副社長幫她打理社務，從此和她成為要好的朋友。

不過，原本同進同出的我們，近來因為張璟閎的介入而有了些變化。他跟楊采菲不時會搞曖昧，動不動就陷入兩人小世界，像現在這樣把我晾在一旁。

早自習的鐘聲響起，教室裡各自聊天的同學們紛紛回到座位。

班導隨後進來，站在講臺上向全班同學宣布：「各位同學，這學期我們班來了一位轉學生，讓我們鼓掌歡迎他。」

在同學們熱烈的掌聲中，一個穿著嶄新制服、背著扁扁書包的高䠷身影，自前門大步邁進來。我還沒看清他的側臉，男生已經轉身面對黑板，拿起粉筆在上面寫了三個大字：

孟易辰

行雲流水的運筆，帶點龍飛鳳舞的隨性，字體和明星的簽名一樣漂亮。

「哇，他的字好美。」楊采菲輕聲讚歎。

寫完名字，孟易辰放下粉筆轉身面對大家。他留著乾淨俐落的短髮，兩鬢推平，配上露額的短劉海，凸顯出輪廓分明的立體五官。那上揚的眉毛透著英氣，略顯狹長的眼睛裡藏著清冷的眸光，不帶一絲初見面的緊張或尷尬，渾身散發出從容的颯爽氣質。

「芊婭……天菜耶！」楊采菲直盯著臺上，右手輕輕拍了我的手肘一下。

而我震驚地瞠大眼睛。天啊！他就是捉到搶匪的那個男生！

「各位同學好，我叫孟易辰。」孟易辰的薄脣勾起優美弧度，自右而左緩緩掃視全班同學，不疾不徐地自我介紹，「因爲搬家的緣故，我才會從西倫高中轉學過來，初來乍到人生地不熟，需要關照的地方很多，以後還請大家多多指教，希望高中的最後一年，可以跟大家共同創造出美好回憶。」

「請問身高？體重？」楊采菲舉手提問，卻是這種沒什麼營養的問題。

「一八一，六十七。」孟易辰看向楊采菲，視線也在我的臉上停頓了下。

「有沒有女朋友？」

「最近分手了。」

「哈哈哈……」同學們哄堂大笑。

大概是新同學的顏值太高，張璟閎回頭瞥了雙眼放光的楊采菲一眼，顯得有點擔憂。

「好了！時間不早。」班導拍拍雙手，拉回同學們的注意力，「要對新同學做身家調查的，麻煩下課再進行。孟易辰，你的座位是第一排最後一個。」

「謝謝老師。」孟易辰禮貌地鞠了個躬，單手插進褲袋裡，下臺朝第一排走來。

他的背脊挺直，臉上掛著淺笑，走路的姿態帶著自信的氣勢，就連早晨的涼風都來湊一腳，忽然吹進教室輕輕拂動他胸前的領帶。明明是普通的制服，竟被他像模特兒走秀般，撐出雋拔的氣質。

我彷彿看見一朵朵玫瑰花在他的背後盛開，還附帶鋼琴搭配小提琴的抒情樂。

等等，這是少女漫的風格。我搖搖頭。

來到走道中段，孟易辰瞥向楊采菲的眸光輕柔如水，她倒抽了一口氣，害羞地伸手掩嘴笑。接著，孟易辰轉而望向我，嘴角的笑意卻淡了，眸中的溫度也降了幾度，一副生人勿近的表情。

我是哪裡惹到他了？

雖然在戀愛方面我是膽小鬼，但對於討厭的人，我也不會迎合或奉承，所以我隨即射了一記眼刀給他。別小看單眼皮瞪人的殺傷力！

孟易辰不動聲色地收回視線，拉開我後方座位的椅子坐下。

那傢伙絕對認出我了，但他看起來一點都不驚訝，彷彿早就知道我是這一班的學生。

明明是個賞心悅目的男生，卻難以令人產生好感，真是可惜。

開學第一天，第一節課照慣例是全校大掃除，老師很快地分配好打掃區域。

「這裡是校史室，以後我們要負責打掃的地方。」站在校史室門口，我斜睨著這學期的打掃搭檔。

「喔。」孟易辰面無表情應了聲。

貼著歐式壁磚的外牆上，釘著許多傑出校友的名牌，而美輪美奐的室內有一大面掛了不少老照片的牆，用以介紹學校的歷史；玻璃櫥櫃裡收藏著歷代制服，以及全國競賽的獎牌和獎盃，書架上則整齊展示著各屆的畢業記念冊，還有學校出版的刊物等等，常年向學生與外賓開放。

「這裡平常很少有學生來，大家對校史沒什麼興趣，只有校慶或園遊會時，才會有外賓和家長進來參觀，地掃一掃、玻璃擦一擦就行了。」我邊說邊拿掃把清掃地面，分配到校史室算是滿輕鬆的工作。

「看來比掃廁所好。」孟易辰提著水桶和抹布，開始擦拭玻璃櫃。

「好很多倍吧。」

當我把櫃子下的灰塵掃出來時，聽見了手機震動的聲響。

回頭一瞧，只見孟易辰從褲袋裡掏出手機，看了一眼來電顯示後，轉身走出去。

因為校史室沒有玻璃窗，我掃著掃著，忍不住轉到大門側邊，隱約聽見他帶著笑意的嗓音。

「陳大哥，謝謝你幫我找到新房子……雖然在學校的後山，不過環境清幽、租金便宜，非常符合我需要的條件……不會太偏僻啦，騎車到商店街才幾分鐘而已……這幾天睡得還不錯，從小到大難得聽到蟲鳴鳥叫……舊房子我已經在清了，等清好一定會交給你賣……」

孟易辰要賣房子嗎？

記得他早上自我介紹時曾提到，他是因爲搬家才轉學過來的，原來是搬到了學校的後山。印象中那裡地勢比較陡峭，住家也相對較少，環境的確清幽。

家裡賣房子不是什麼稀奇的事，只不過高中生哪懂得賣房子呀？這應該是大人負責的事，爲什麼是他在聯絡仲介？

眞奇怪。

「妳在偷聽嗎？」

突然冒出的聲音嚇了我一跳，我旋身望向倚在門邊的孟易辰，故作鎭定輕哼一聲，「誰要偷聽呀，我只是剛好掃到這裡而已。」

孟易辰沒有戳破我的謊言，只是冷冷睨了我一眼，收起手機回到校史室裡，拿起抹布擦拭書架。

此時，校史室外面傳來說話聲：「顧之喻，你要去哪裡？」

聽到那個名字，我情不自禁走向門口，一塊溼溼臭臭的布料卻驀地自背後飛來，啪的一聲蓋在我的頭頂上。

「你故意丟我？」一把火騰上心頭，我憤而從頭上抓下抹布，轉身朝孟易辰狠狠丟去。

「抱歉、抱歉。」孟易辰眼裡毫無歉意，伸手接住我丟過去的抹布，「我不是故意的，只是擦得太用力，抹布就自己飛出去了。」

明明就是故意的！

「是喔。」我雙手緊握掃把桿，壓抑著怒氣對他露出微笑，「我也不是故意要刁難你，只是心裡還是很生氣，麻煩你再道歉個十次。」

孟易辰的臉色瞬間冷到極點，他拋開抹布走來，抽走我手裡的掃把擱在牆邊，有點粗魯地將我推出校史室。

來到走廊上，只見各班學生都在打掃，我的心裡升起一股不祥的預感。難不成……

「這是向妳致上的最高歉意！爲我剛才打斷妳去追顧……」孟易辰故意高聲吸引同學們的注意，還微微躬身，一副要單膝下跪的樣子。

「喂！」數道視線射來，我驚慌地揪住孟易辰的衣服往上提起，阻止他眞的跪下。

「顧之……」

「閉嘴！」

「喻……」他挑釁地勾起嘴角。

「我說閉嘴！」我羞惱地大力推他。

孟易辰被我壓在校史室的外牆上，我怒瞪著他的臉，他一邊的嘴角斜斜揚起，狡猾得跟狐狸一樣。

「不用道歉了，我的氣已經消了。」我沒事般一笑，心裡忿忿發誓，君子報仇三年不晚。

鬆開他的衣服，我返回校史室繼續打掃，後半段的打掃時間，我繃著臉不再跟孟易辰多說一句。

打掃結束，我沉著臉回了教室。

「芊婭，我們看到了喔，妳把人家壓在牆上是想幹麼呀？」楊采菲賊兮兮地問。

「呵呵，誤會誤會。」我打哈哈。

「是我太白目了，講錯話惹她生氣，妳別誤會。」孟易辰在別人面前就只會裝好學生。

「你講了什麼話？」

「就是顧……」

「孟易辰！」我氣急敗壞地打斷他。

「顧人怨的話，你們就別再問了。」孟易辰擺擺手，眼裡盡是得意。

我真的不太明白，他明明是第一天轉學過來，為什麼好像特別討厭我一樣，處處刁難？

接下來是開學典禮，全校同學都在禮堂集合，聽校長和各處室的師長宣布各種事項，直到第四節課才終於能回教室休息。

午休時間，楊采菲伸了一個大懶腰，「芊婭，我們去福利社買午餐。」

「好，走吧。」我從書包裡拿出皮夾。

「我跟妳們一起去。」張璟閎推開椅子，接著大概是想到身為班長必須關照新同學，「孟易辰，要不要一起去福利社買午餐？」

「好。」孟易辰微笑點頭。

我們四個人一起下樓，在前往福利社的途中，張璟閎和楊采菲順便為孟易辰介紹校園，我則默默跟在後頭，刻意與這個像狐狸的男生保持距離。

穿過中庭時，姚可珣和她同學從另一側的走廊走來，孟易辰忽然轉頭望向她，眼神帶著一點複雜，姚可珣的視線也輕輕掃過我們四人，接著又繼續跟同學聊天。

咦？

孟易辰說過他跟白尙桓和姚可珣是好朋友，那怎麼不向她打招呼？

而姚可珣看到我們時，好像也不認識他的樣子，這是怎麼一回事？

我疑惑地看著孟易辰，他也偏頭沉著臉注視我，似乎在觀察我的反應。視線對峙了幾秒後，我才抿抿脣，不動聲色撇過頭。

到了福利社，我們三個人買了便當和飲料，而孟易辰只買了麵包和礦泉水。

回教室的路上，楊采菲關心地問：「孟易辰，你吃這些不會太少嗎？」

「不會，因爲我不太餓。」孟易辰露出陽光的笑容。

「我正餐一定要吃飯，沒辦法吃那麼少。」張璟閎出聲拉回楊采菲的注意力。

「因爲你是飯桶嘛。」楊采菲習慣性地跟他鬥嘴。

「妳不也是大睡豬？」張璟閎伸手拍了一下她的頭。

「討厭，頭髮被你弄亂了。」

「明明是妳昨晚沒吹乾頭髮。」

「昨天下午跟我媽去逛街買東西，回家就累了嘛。」楊采菲又嘟嘴撒嬌地說。

「買東西啊，有買我的禮物嗎？」張璟閎跟她旁若無人地放閃。

「我很好奇，你們兩位在交往嗎？」孟易辰不識相地打斷兩人的鬥嘴。

「才不是，誰要跟他交往？」楊采菲搖手否認，淡淡紅暈浮上臉頰。

聞言，張璟閎的眼底閃過一絲錯愕，顯然沒想到她會這麼回答。

「我猜錯了嗎？」孟易辰露出不敢置信的驚訝神情，「可是你們的互動看起來好有愛。」

「哪有！才沒有愛咧，我愛的人是芊婭。」楊采菲羞赧地將我拉過去，故意把張璟閎隔開。

「我也愛妳。」我配合地摸摸她的頭，張璟閎見狀臉色有些尷尬。

曖昧中的男女一旦被人道破心思，多半會誇張地掩飾和否認，所以我總是適時裝傻，不曾當面點破楊采菲和張璟閎的關係，孟易辰這顯然是故意的。

「抱歉，是我誤會了。」孟易辰陪笑。

「沒關係。對了，之前都沒問你，你在西倫高中是參加什麼社團？」楊采菲轉移話題。

「文藝社，負責校刊編輯、專題寫作、採訪撰稿等等。」

「不是跆拳道或柔道社？」我脫口而出。

「妳怎麼會這樣認為？」孟易辰微微瞇眼看我。

「因為……」逼人的冷冽視線使我內心警鈴大作，直覺他是不希望我說出逮住搶匪的事，「因為你散發的氣場跟班長很像。」

「璟閎從國小二年級就開始學跆拳，國中拿到黑帶二段，以前還參加比賽得到了不少獎盃呢。」楊采菲轉頭望著一臉鬱悶的張璟閎。

聽到楊采菲的話，張璟閎總算露出一點笑容，「那是國中的事了，我上高中後就沒再參加比賽。」

「真厲害！」孟易辰一副崇拜的樣子，「黑帶二段已經是高手級，可以參加全國性的比賽了。」

「不只全國性，我還可以參加國際性比賽。」提及自己的強項，張璟閎立刻恢復自信。

「哇！好強。」

「還好啦，我是沒那個野心，純粹練來強身健體。」

臭狐狸，他是在玩弄人心嗎？

先插嘴詢問楊采菲和張璟閎的關係，讓張璟閎的心情跌落谷底，現在又藉著聊跆拳道捧了下張璟閎，他分明應該曉得黑帶二段可以參加國際性比賽。這到底是什麼心態？

人們會說謊，通常是想掩蓋某些不想被人知道的事實，而他為什麼不想讓同學得知他會跆拳，甚至強到能夠當街制伏搶匪？

「采菲又是什麼社團？」孟易辰很厚臉皮，裝熟地直呼楊采菲的名字。

「我是手作社，就是做一些手工藝品，像拼布、手工書套、吊飾。」聊到自身興趣，楊采菲的口氣顯得愉悅。

「妳書包上的吊飾是自己做的嗎？」

「咦？你注意到了？」

「因為看起來滿可愛的，手巧的女生氣質就是不同，特別討人喜歡。」孟易辰實在挺會說話。

「還好啦。」楊采菲被他誇得心花怒放，羞得又將我拉過去，「芊婭跟我一樣是手作社的。」

冷不防被拉到孟易辰面前，一絲慌張閃過我的心頭，因為我明白自己跟楊采菲不同，並不具備她那種優雅氣質，更不是討喜的類型。

不過慌張僅是一瞬間，我立即恢復冷靜，抬起下巴，倒想聽聽他會怎麼說我。

「妳也是手作社的？」孟易辰震驚地倒退一步，動作浮誇，他上下打量了我一眼，「眞是看不出來，妳的氣質比較銳利，不像會做手工藝的女生，倒像是學生會的菁英幹部。」

「對呀，我不像采菲那麼優雅，人緣也沒她好，不是所有手作社的成員都和你想的一樣。」我裝作毫不在意地笑，內心卻被他的話深深刺傷了。

「這樣很好呀，幹麼要跟別人一樣？」孟易辰向前傾身注視著我，嘴角的笑意微斂，「難道像自己不好嗎？例如就算我會跆拳，我也不一定想當眾公開這件事，更不想被人拿來比較，說我的氣場跟誰相似。」

「你說得對，像自己最好。」楊采菲猛點頭。

「我也不愛跟人比較！」張璟閎搶著插話，一副感同身受的樣子，「小時候去爺爺家過年，大人們都會比較孩子們的才藝，所以我爸媽總會叫我打跆拳，和馬戲團的猴子一樣娛樂大家。聽著親戚們拍手誇張地稱讚，我的心裡卻一點都高興不起來。」

楊采菲同情地看著張璟閎，輕輕嘆氣，「我媽也老是認爲別人家的小孩比較好，我已經努力考到第一名了，她還是可以拿堂姊比較會做家事這點來否定我。」

「妳好可憐喔。」張璟閎伸手摸摸楊采菲的頭。

「怎麼會可憐？」孟易辰不知是否神經大條，居然又一句話壓過張璟閎，「妳一定不想服輸，想表現得更好吧？」

「對呀！我才不想認輸，就做了許多飾品把房間布置得漂漂亮亮，讓媽媽知道我還有其他做得很好的事。」楊采菲訝異地望著孟易辰，顯然沒料到孟易辰會這麼了解她的想法。

張璟閎的笑容又僵在臉上。

我旁觀著這三人的你來我往，判定這一局應該是孟易辰贏了。這隻臭狐狸！

難道他單純只是不想跟人比較，並非想掩飾自己學過跆拳？

等等！這也表示……他早就曉得張璟閎會打跆拳。

該不會他調查過我們？

ღ

這天下午，同學們一下課就圍住孟易辰的座位，對他展開身家調查。孟易辰的交際能力相當優秀，跟任何人都能聊上幾句，只花一個下午就跟同學們熟絡了起來。

傍晚放學時，楊采菲背起書包，「芊婭，要一起下山搭車嗎？」

我下意識看向張璟閎，他的臉上堆滿笑，「一起走啊！」

「不了，我要去圖書館借書，你們先走。」他的盛情邀約反而讓我想拒絕。

「那孟易辰要一起去搭車嗎？」楊采菲竟轉而邀孟易辰。

「我騎腳踏車上學，不過可以牽著車跟你們一起走下山。」孟易辰完全讀不懂空氣。

聽他這麼說，張璟閎整張臉都垮了下來，神情沮喪。見他那副表情，我心裡不禁覺得有些痛快。

「我們學校在山上耶，你騎腳踏車來不會累嗎？」楊采菲驚奇地表示，沒注意到張璟閎顯得不太情願。

「還好，騎腳踏車可以省錢，等我滿十八歲考了駕照，就會改騎機車。」孟易辰燦笑。

「你想買機車？」

「嗯，已經看好車款了，現在要多存一點錢。」

「難怪你午餐只吃麵包和礦泉水，這樣營養不夠啦。」楊采菲的語氣帶點責備。

「謝謝妳的關心，我會好好吃飯的。」孟易辰滿面笑容，似乎挺享受被她責罵。

「我也想買機車，可是我要等明年四月才滿十八歲。」張璟閎緊張地打斷他們的對話。

「考了駕照你爸媽就會幫你買車嗎？」楊采菲的目光重新落回他身上。

「他們可能會叫我暑假去打工。」張璟閎垂下頭，似乎要人安慰他。

「是喔……」楊采菲果真想伸手拍拍他。

沒想到孟易辰神來一筆，他搶先拍拍張璟閎的肩頭，又是一番稱讚，「打工很好，能夠靠自己的力量買車，一定也會更加珍惜，我最欣賞這樣的人！」

「我也覺得靠自己的力量買車很棒！」楊采菲把手縮回，同聲附和。

「是啊……很棒、很棒。」張璟閎被弄得想發脾氣也發不了，臉色一陣紅一陣白。

我伸手摸摸臉頰，發現自己居然笑了。我的笑點是不是有點奇怪？

孟易辰回頭瞄了我一眼，眼神裡透著一絲疑惑，彷彿是覺得我沒插嘴不太對勁。

我隨他們三人走出教室，沿路聽著他們聊天，這情景看起來像孟易辰和楊采菲是一對，張璟閎跟我才是路人。

來到一樓，我朝他們揮揮手，道了再見便獨自走向圖書館。

學校的圖書館總共有五層樓，一樓和二樓是圖書借閱區，三樓是K書中心，四樓是音樂班的琴房，五樓是演藝廳。平常三、四樓會開放至晚上九點，提供給學生夜讀和練琴。

走進寧靜的館內，我穿過中央走道來到設計類的書籍區，想看看這學期進了什麼新書。翻了幾本書，我繞到書架另一側的走道，意外瞧見顧之喻倚在窗邊，手裡捧著一本書在讀。我本來沒有要借書的，是不想當楊采菲和張璟閎的電燈泡才那麼說，沒想到卻幸運地遇上他！

似乎察覺到書架這邊有動靜，顧之喻緩緩抬頭，發現我後馬上露出淺笑，「眞巧。」

「對呀，眞巧。你在看什麼書？」我走近他。

「就……名人的經典語錄。」他把書闔上，露出黑色封面，上面有道白色的人物剪影。

「你特別喜歡看這類書？」我想起他有好幾則臉書貼文都是名人語錄。

「我不喜歡看小說，只覺得這種書滿勵志的，所以比較感興趣。妳來借書嗎？」

「本來想借個兩本，可是這時期好像不適合再看閒書。」

「妳爸媽會念妳嗎？」他把手裡的書擺回書架上。

「以前會，現在不會了。」我指指那本書，「你不借回家繼續看？」

「不了，我只是來登記夜讀。」他撿起擺在地上的書包。

三樓的K書中心開放學生夜讀，但必須事先劃位。

「夜讀？我以爲你有補習。」

「高二時有，跟柏鈞一起補習，可是我高三不想上補習班了，又不想關在家裡，後來就想到這裡應該不錯。」

「嗯，家裡太舒適，容易讓人鬆懈。」我的腦海閃過一個念頭，「距離學測只剩半年，我好像應該也要來夜讀，做最後的衝刺。」

「那就一起登記吧。」他微笑邀約。

噹噹！開啟跟顧之喻一起夜讀的任務！

我們上到三樓，來到K中的櫃檯前。

由於剛開學，還沒什麼學生來登記，顧之喻選的座位四周都是空位，我便挑了他右側的位子，心情有些飄飄然。

登記好座位，顧之喻今天還沒有要留校夜讀，於是我們一起下樓走向校門。

「剛才聽妳說，妳爸媽以前會念妳，那爲什麼現在不會了？」顧之喻忽然問。

「我啊……原本的實力其實沒辦法讀新苑高中。」我感慨地說起那段過往，「我想念高職，可是老師特地來家訪，聯合我爸媽說服我念高中。他們說我很用功，應該接受更好的教育，念高中會比念高職好，我說不過他們，就接受了這樣的安排。」

「原來如此。」

「可是進了這所學校，不出所料，我的成績總是在倒數幾名徘徊。一開始我爸媽不能接受，曾經嚴厲地指責我爲什麼考不好，於是我就頂嘴，說當初成績比我差的同學去到適合自己的學校後，個個都名列前茅，而念這裡是你們要求的，我已經非常認眞讀了，考不好爲什麼要怪我？」我停頓了下，尷尬地搔搔臉頰，怎麼又跟他說了這種糗事呢？「我爸媽被我堵得無法反駁，後來就不再逼我了，他們只說盡力讀，可以畢業就行。」

「妳很勇敢，能夠說出心裡的話，妳爸媽也還算理性，願意傾聽妳的心聲。」他的口氣透著一點羨慕。

「你呢？」我藉機反問，「早上聽陳柏鈞的意思，你爸媽似乎管你管得頗嚴？」

「我爸是電子公司的經理，大伯是某金控的高層，叔叔是律師，家族裡的長輩都相當優秀，連帶的對孩子的要求也比較高。」

「哇！要求多高？」我吃了一驚，沒想到顧之喻整個家族都是高材生。

「他們希望我讀醫學系。」

「那你的興趣是什麼？」

「因爲從小以念書爲主，我沒什麼特別的興趣。」

「所以你決定要考醫學系嗎？」

顧之喻沒有回話，只是低頭看著地上，夕陽把我們的影子拉得長長的。

「反正還有半年的時間，你可以再想想有沒有特別想做的事，如果沒有再考慮醫學系吧？」我感覺得出他對未來仍舊十分迷茫。

「說的也是。」他總算又露出笑容。

「對了，剛才那本書，你有讀到什麼印象深刻的名人語錄嗎？」我帶開話題，不希望讓氣氛太沉悶。

「我最大的奢華就是不必爲別人調整我自己。」他毫不考慮地直接說出這句話。

「這句話講得眞好。」

「是啊。」

「對了！」我驀地想起一件重要的事，「那天逮到搶匪的那個男生，他是西倫高中的學生，今天竟然轉學到我班上了。」

「西倫……眞的？」他一怔。

「眞的！他的名字叫孟易辰。」我簡單說了今天發生的事，「他故意朝我丟抹布，超級沒品的，而且他不想讓同學知道他會打跆拳，還有姚可珣好像根本不認識他，怎麼想都不對勁。」

「是滿奇怪的，不過每個人多少都有不想公開的祕密。」

「你不會對他感到好奇嗎？」

「我尊重他的選擇，既然他不想公開自己的事，那麼旁人又何必去刺探？」他淡淡地說。

我一時啞口無言，感覺自己似乎被曉以大義了。顧之喻說的很對，何必去挖掘人家無意曝光的祕密？

來到商店街，顧之喻微微瞇眼望著對向的公車站。

「你爲什麼不喜歡戴眼鏡？」我注視著他的側臉。看不清楚不是很麻煩嗎？

「因爲我不想在別人眼底，看到自己用虛僞掩飾的醜陋。」逆著夕陽，他的臉藏在淡淡陰影裡。

「啊？」

「騙妳的。」他輕輕一笑，「因爲眼鏡壓在鼻梁上，久了會偏頭痛。」

「這樣呀，哈哈。」我陪笑。

噹噹！

背後傳來車鈴聲，我和顧之喻一左一右閃開，只見孟易辰跨坐在腳踏車上，神色淡漠瞧著我們。

「啊。」顧之喻這回倒是認得人了。

「你不是早就下山回家了？」我有些緊張地盯著孟易辰，生怕他對顧之喻亂說話。

孟易辰沒有理會我，只是以一種夾雜著埋怨和厭煩的複雜眼神，斜斜瞥了顧之喻一眼，然後自顧自地踩著腳踏車，穿過我和顧之喻中間。

他背著的書包鼓鼓的，裡面塞了許多東西，書包一角還露出一把青蔥。

「他去買菜？」我不禁傻眼。

「這反差有點大。」顧之喻忍不住笑了，「他看起來似乎挺難相處。」

「這個嘛，看對象是什麼人吧。」我覺得孟易辰跟全班同學都相處得很好，唯一排斥的只有我和張璟閎。

此時公車進站，我向顧之喻揮揮手道別，他也回我一個溫柔微笑。這柔若春陽的笑容頓時令我感覺滿血復活，開始期待起未來的每一天。

ღ

才上了一天課，隔天便是週末。

由於下星期有複習考，這兩天休假我幾乎都待在房裡看書。

晚上讀累了，我便跑去芊甯的房間串門子，跟她聊起孟易辰的事。

「居然是我們學校的學長！」芊甯非常訝異。

「如果他沒有轉學，妳就可以認識他了。」我笑道。

「不了，聽妳的形容，感覺他心機好深沉，我不喜歡那種類型的男生。」芊甯敬謝不敏地搖搖頭，說完拉住我的手，「我比較好奇妳和顧學長的發展。」

「我以後要跟他一起夜讀了。」

「妳跟他又發生了什麼好事呀？」

「星期五放學，我在圖書館遇到他，就幸運地跟他一起報了夜讀。」我做夢都沒想過會有這種好運。

「可見老天爺是站在妳那邊的，相信以後會越來越順利！」芊甯握拳幫我打氣。

芊甯的祝福讓我稍稍多了一些自信，我也期望跟顧之喻的發展能更加順利。

星期一早上來到學校，我一踏進教室，差點將眼珠子瞪掉了。

孟易辰霸占了我的座位，手拿超商的咖啡，正跟隔壁的楊采菲愉快地聊天。

「你確定不拿去換嗎？」楊采菲拿著便利商店的集點卡。

「我都沒在換的，妳想要就拿走吧，這個也給妳好了。」孟易辰撕下咖啡杯身的集點貼紙遞給她。

這傢伙怎麼知道楊采菲喜歡集點兌換超商贈品？

我默默走到座位旁，孟易辰抬頭瞥了我一眼，若無其事地起身返回他的座位。

「采菲，這學期我登記了夜讀，以後不能跟妳一起下山搭車了。」坐下後，我跟楊采菲提起夜讀的事。

「怎麼這麼突然？」楊采菲神情困惑。

「學測快到了，我想好好衝刺。」

「好吧，那妳加油了。」

隔天早上，換成楊采菲占據我的座位，跟孟易辰聊得開心，我見狀不禁傻眼。

「我換到了一個哆啦A夢的吐司造型盤，超喜歡的！」

「妳喜歡就好。」

我又默默走到座位旁。

「芊婭，位子還妳。」楊采菲雖然這樣說，卻沒有起身的意思。

「不用，你們聊，我先坐妳的位子。」我只得拉開楊采菲的椅子坐下。

此時張璟閎踏進教室，眼看楊采菲跟孟易辰有說有笑，他的臉上又出現不太自然的表情。

而一連兩天放學，孟易辰都跟著楊采菲和張璟閎一起下山，簡直是高亮度電燈泡。

這傢伙鐵定對楊采菲有意思！

儘管擔憂孟易辰對楊采菲有不良企圖，可是還有另一件事困擾著我，那就是顧之喻已經連續兩天沒來夜讀了。

我有如枯萎的花朵，垂頭喪氣地坐在K中的小隔間裡，提不起一點勁念書。

顧之喻是不是反悔了？

我很想傳訊問他，又認爲自己不該管那麼多。

星期三這天，我們迎來了高三的開學複習考。

第一堂考的是數學，監考老師發下考卷後，我提筆開始計算。

「慘了……」孟易辰極輕的氣音從背後傳來。

什麼事慘了？

我的好奇心被勾起，可是考試中必須集中精神，偏偏背後不斷傳來孟易辰在考卷上寫寫擦擦的聲音，弄得我的心情有些煩躁。

下課鐘聲響起，監考老師宣布：「停筆！把考卷從後面傳過來。」

我轉身想拿孟易辰的考卷，卻被後方鋪天蓋地的低氣壓震懾了。

孟易辰單手支額垂著頭，右手握筆重重壓在考卷上，用力到指節微微泛白，似乎相當氣惱的樣子。

「收考卷了。」我出聲提醒。

他情緒收得挺快，馬上若無其事地抬起頭，手一抽把考卷遞給我。

我接過考卷偷偷瞄了一下，好幾題空著沒寫，有的寫到一半沒解出答案，答題數明顯比我還少。

第二節考的是英文，背後的孟易辰不再躁動，只有快速書寫的聲音。

鈴響收卷，我轉身後又是一愣，那傢伙居然趴在考卷上睡大覺。

「同學，收考卷了。」我輕敲桌面。

孟易辰懶洋洋地抬頭，神情滿是睏倦，將考卷給我。

我又掃了一眼，他的英文考卷寫得滿滿的，作文內容乍看挺流暢，漂亮的字跡閱讀起來十分舒服。

難道他數學特別差，英文才是強項？

這不太可能，因爲單一科成績很差的話，應該無法擠進西倫高中班排或校排前幾名。

之後，下午第一節考的是國文。

作答時間到，我轉身想收考卷時，再度瞧見他的考卷留了許多空格沒寫，我疑惑地抬起視線，對上孟易辰漆黑似夜的雙眼。

「收考卷了。」我極力保持鎮定。

孟易辰面無表情將考卷交給我，起身走出教室。

隔了片刻，他回到教室時竟伸手勾起書包，靠上椅子。

「孟易辰，你要回家了嗎？」楊采菲出聲問。

「嗯，人不太舒服，下午請了病假。」他淡淡解釋。

目送他的背影走出教室，我直覺他根本是在裝病，目的是不想繼續考試。

由於外出用餐不便，校方配合夜讀和留校的學生，將福利社的營業時間延長到了晚上七點。

放學後，我先去福利社買晚餐，吃完後前往圖書館，竟看見顧之喻坐在花臺邊，一面啃著御飯糰一面滑手機。

「顧之喻！我以爲你今天也不會來。」我快步走到他面前。

「抱歉。」他不好意思地說，「前兩天柏鈞有一些題目弄不懂，放學後找我一起討論，我才會沒有來。」

「原來如此。」我暗暗鬆了一口氣。

「妳吃過飯了嗎？」

「吃過了。」

「今天考得怎樣？」他吞下最後一口飯糰，將包裝袋丟進旁邊的垃圾筒。

「還好。」我鼓起勇氣在他身邊坐下，「說到考試，有件事很奇怪。孟易辰下午竟然裝病請假……」

聽我說完孟易辰的事，顧之喻也露出納悶的表情，「裝病嗎？」

「嗯，除了英文，他其他科的考題幾乎都不會寫，這種程度怎麼可能是西倫高中的班排前幾名？」我提出質疑。

「既然妳那麼好奇，那我問問我補習班的一個朋友好了，他也是西倫的學生。」顧之喻低頭用手機輸入訊息。

過了一會，他眉頭微蹙，將手機遞給我看，「這是我朋友傳來的西倫高中校排榜截圖，孟易辰上學期期末考是班排第二，校排第四十八名。另外，他是文藝社社長，常負責製作學校一些活動的文宣，聽說挺活躍的。」

我接過手機，將那張截圖放大，上面的排名確切地證實孟易辰的成績不錯，於是我更加不解了，「西倫高中校排前五十名的人，來新苑高中肯定能打趴一大票人，那他為什麼會考成這樣？」

「因為身體不舒服嘛。」顧之喻理所當然地說。

「你相信？」

「爲什麼不相信？」

我一時說不出話。女生的生理痛都不見得能看出來了，說不定孟易辰眞的哪裡不舒服，只是表現不明顯。

「你可以再問問你朋友，孟易辰會不會打跆拳嗎？」我把手機還給他。

顧之喻馬上打字送出，隔了幾秒便說：「我朋友說他沒聽說過，也沒見過。」

「那麼他果然還是有問題。」

「這也未必。」他不予置評地搖搖頭，「妳看得出我會彈鋼琴嗎？」

「你會嗎？」我詫異地問。

「小學三年級的時候，我媽看到我堂哥鋼琴彈得不錯，就跟著把我和我哥送去學，可惜我們兩個都沒音樂細胞，國中時就放棄繼續上鋼琴課了，後來也不曾在大家面前彈過，同學們自然都不曉得我會彈琴。」

「我很想聽你彈琴呢！」我期待地說。

「不行，手指沒那麼靈活了，譜也已經忘光了。」他斷然拒絕。

「好可惜……」我輕輕嘆氣，「所以孟易辰說的確實沒錯，即使他會跆拳，也不一定想公開這件事，說不定他一樣不曾在同學面前表現過，大家當然不知道了。」

「嗯，他應該有自己的考量，妳也別再探究了，好好專心在功課上。」顧之喻看了看手機顯示的時間，「時間差不多了，我們去夜讀吧。」

「好。」我跟隨他起身走向樓梯口，「我可以再問你一個問題嗎？」

「問呀。」

「你小時候學過什麼才藝？」

「心算、鋼琴、繪畫、兒童美語、兒童樂高積木，還上過作文班和圍棋班。」他的口氣相常平淡，細數出來的項目卻頗嚇人，「我家族的幾個堂兄弟姊妹加起來，應該是才藝班裡的VIP了。」

天啊！他爸媽是錢太多嗎？

錢太多應該捐一些幫助沒辦法讀書的小朋友，怎麼會拿來折磨自己的孩子？

「這……太驚人了。」我咋舌不已。

「我堂哥和堂姊他們在藝術和音樂方面都有學出成就，只有我和我哥大多半途而廢，沒能被訓練成十項全能，讓我爸媽很失望。」他難得露出自嘲的笑意。

還十項全能？沒有被逼瘋就要偷笑了。

K書中心的座位不大，每個座位之間皆以隔板相隔，完全看不到隔壁的人，且進入K中後就必須保持安靜，不能跟同學說話，因此我和顧之喻只能安靜念書，直到夜讀時間結束。

儘管無法與顧之喻有更多交流，我還是覺得這樣就很滿足了。話說回來，孟易辰竟然變成我和顧之喻的共同話題，難不成他才是籤詩說的那個貴人？

隔天，孟易辰再度缺考，而且是連請兩天假。

我和楊采菲坐在孟易辰附近，所以不少同學經過他的座位時，都會向我們問起他的事。

週五的午休時間，楊采菲突然興沖沖提議：「芊婭，我剛剛問了老師，孟易辰說是家裡有要緊事，必須花幾天處理，我們要不要打電話關心他一下？」

「妳有孟易辰的電話？」我疑惑地問，目前孟易辰還沒加入班級群組。

「我跟老師要了。」

「妳這樣不會太多管閒事？」張璟閎突然轉過身，神情帶著極度壓抑的煩躁。

「多管閒事？」楊采菲一愣，頓時不悅，「你是什麼意思？」

「既然是家裡的事，就代表那是他的隱私，我們和孟易辰沒有那麼熟，可能不適合過問。」張璟閎見她生氣，趕緊放緩語氣，「芊婭，妳說對不對？」

「呃，對，我們還是不要多問吧，說不定孟易辰星期一就來上課了。」突然被點名，我只好開口打圓場。

「好吧，那就不問了。」楊采菲沒好氣地撇撇脣，將手機收進抽屜。

張璟閎轉回去坐正身子，輕輕啃咬著自己的指節，似乎對剛才的失言感到十分懊惱。

這兩人的關係原本挺單純，只差一步就能交往，怎麼來了一個轉學生就失衡了？

下午，複習考的成績出爐，班導要張璟閎幫忙登記。

「孟易辰的數學和國文成績真是慘不忍睹。」張璟閎笑得開懷，將登記表擺在楊采菲桌上。

我起身來到楊采菲旁邊，仔細查看登記表，孟易辰這兩科的成績竟然比我還差。

「可是英文滿分耶！」楊采菲不以爲意，還幫孟易辰找了個理由，「英文老師說他的作文寫得非常好，其他科可能是那天身體不舒服才會考差吧。」

張璟閎掀了掀嘴脣，好像想反駁什麼，可是一觸及我緊張的眼神，他又把話吞進肚裡。

就在此時，手機傳來訊息提示聲，我回到座位拿起手機一瞧，是媽媽傳來的。

芊婭，妹妹說晚上想去看看補習班，妳可以陪她去嗎？

是怕妹妹被補習班人員騙嗎？

我無奈地撇撇嘴，回覆訊息說「好」，接著傳訊給顧之喻，告訴他今晚的夜讀我不會到。

傍晚放學，我搭車前往市區的補習街跟芊甯碰面，小小的一條街上就有好幾家補習班。

「才剛開學，妳就要找補習班？」我關心地問芊甯。

「同學們都很優秀，不少人國中時是讀資優班，我怕考輸大家。」芊甯解釋。

「妳不要給自己太大的壓力。」我一邊領著芊甯，一邊把從同學們口中聽來的補習班評價分享給她，「據說右邊這家的老師汰換率頗高，助教程度不好……左邊這家有線上教學系統，不懂的回家可以再上網看視訊教學……」

走到補習街的中段，我們經過一間玻璃落地窗上貼滿榜單的補習班，我對芊甯說：「這家數理方面的師資很強，出的試題也比較難，假日還有學長姊駐班加強輔導，目前升學率是最好的。」

「我們學長姊也推這家。」芊甯似乎有興趣。

「要不要進去問問？」

「好。」

我正要帶芊甯走進補習班，背後卻忽然傳來一聲嘲諷的冷哼。

「哼！真是白痴的分析。」

我停下腳步回頭一瞧，路邊的停車格停了幾臺機車，其中一臺上面側坐著一個男生，他右手夾著香菸，擱在車頭上。

「請問你有什麼意見？」我沉下臉質問他。

對方把菸丟在地上踩熄，起身朝我走來，隨著距離拉近，我不禁瞠大眼睛。

竟然是顧之岳！

顧之岳痞痞地在我面前站定，一邊的嘴角微微勾起，「這家補習班出的試題比較難，教學內容也比較深，聽得懂的、可以適應的學生，自然會留下來，而聽不懂的前期就退費了。既然留下的都是優等生，升學率當然高。」

我無法反駁什麼，畢竟我不太清楚補習班裡也存在著適者生存、不適者淘汰的情況。

「妳朋友？」他朝芊甯抬了抬下巴。

「我妹妹。」我冷冷回答。

「妳親妹妹？」顧之岳一怔，以不敢置信又充滿興味的眼神，來回打量我跟芊甯的臉和制服。

芊甯被他瞧得有點緊張，緊緊挨著我的手臂，我挺身將她護在身後。

「真可憐，看來我們是同類。」顧之岳同情地睥睨我。

「誰跟你是同類，我跟我妹的感情可好了。」他看得我一把火騰上來。

「這只是暫時的好。」顧之岳不屑地笑了笑，「外表就算了，連腦袋都有差，妳還沒有危機意識嗎？等高中畢業，妳們的差距會越來越大，從大學的等級、工作的薪水，到結婚的對象，以她的條件都會把妳狠狠甩在後面。」

我被顧之岳的話刺得思緒紊亂。

「你不要對我姊亂講，未來的事沒有人能預知，說不定我姊的成就會比我好！」芊甯生氣地回嘴。

「那我問妳。」顧之岳橫跨一步，逼問芊甯，「當妳姊姊在父母面前表現好的時候，妳有沒有做過下次故意表現得更好，把父母對姊姊的稱讚搶過來這種事？」

芊甯聽了，整個人傻住。

「當妳姊姊被人嫌棄時，妳能保證心裡從來沒有『幸好我不是姊姊』這種念頭？」

芊甯還是答不出話。

「當別人說妳比姊姊優秀時，妳眞的完全沒有自傲的感覺嗎？」

「我……」芊甯吐出聲音，似乎想辯駁什麼。

顧之岳逼向芊甯，略微提高音量：「當妳姊姊因爲被妳的表現壓過而傷心難過時，妳是不是曾經若無其事地安慰她，要她下次繼續努力，可是當她下次努力了，妳卻又表現得比她更出色，將她再一次打落谷底？」

芊甯緩緩垂頭，什麼話也說不出來。

「妳一直在暗算妳姊，這樣她的成就會比妳好嗎？」顧之岳擰起眉頭，對芊甯露出厭惡至極的神情。

「拜託！你說夠了嗎？我未來有沒有成就干我妹什麼事！」我回過神反駁顧之岳，一把拉住芊甯的手，「走，回家！倒楣死了，在路上遇到瘋子。」

「不是瘋子，是同類。」顧之岳的譏嘲話語在空氣裡迴盪。

坐在回家的公車上，我望著窗外發呆，芊甯則靜靜坐在我身邊，我們完全沒有說話。

顧之岳的思維跟我相反，我努力地拋棄負面想法，讓自己迎著陽光而立，他卻像是從深淵中向上窺視，冷不防地探出手，一把將我拖進黑暗裡。不可否認，我的心情被他的話嚴重影響了。

是啊，芊甯將來一定會考上比我更好的大學、擁有比我更好的社交圈，而畢業後的出路也……

停！別再胡思亂想了，未來的事沒人可以預料。

「姊……我……」芊甯的嗓音帶著哽咽。

「芊甯，不要因爲那個人亂說話，就向我道歉或解釋什麼。」

「我……我眞的很喜歡姊姊。」

「阿呆，我也喜歡妳。」我深深吸了口氣，轉頭佯裝沒事摸摸她的頭。

我的心裡閃過顧之喻的臉，忽然明白他爲什麼選擇相信孟易辰是眞的生病了。

因爲選擇相信還是比較幸福。

第三章　姊是天生臉臭

晚上回到家，我和芊甯在爸媽面前和往常一樣說笑，可是只要一對上目光，就會不自在地彼此閃避。

我們無法假裝什麼事都沒發生過，顧之岳的話已經在我和她之間劃出一道裂痕。

隔天是週六，爸爸中午忽然接到一通電話，「你們要出車去臺中？好吧，反正下午沒事，我就幫忙出一趟車賺賺外快。」

我聽內容便知道是伯父打來的，伯父本身經營小型搬家公司，有時案子多忙不過來，就會請爸爸協助。

講完電話，爸爸起身來到傳眞機前，一張客戶資料單正在慢慢被傳送過來。

「我下午有事要出門，沒辦法跟車。」媽媽神情煩惱，她以往都會跟車幫忙。

「我下午要去補習班試聽……」芊甯小聲說，抬眸瞄了我一眼。

「我跟爸爸去吧。」我掐掐自己腰間的肉，最近好像胖了一點。

「妳不是要念書？」爸爸拿起單子回頭問我。

「早上已經念了一部分，下午想出去透透氣。」

「那就走吧。」

我回房換了印有搬家公司名稱的制服，戴上鴨舌帽將頭髮藏在帽子裡，隨爸爸坐上貨車。

爸爸是某間工廠的送貨司機，工作時間比較彈性，在我和芊甯讀國小時，放學通常都是爸爸開著貨車來接我們回家，偶爾他也會載著我們四處送貨，順便兜風。

跟車的任務很簡單，大致上是協助爸爸搬運物品，若是得在市區路邊停車，就必須留在車上幫忙顧車，以防被拖吊。

約莫經過一個多小時的路程，貨車駛進一棟大樓的地下停車場。

「孟先生，我們到了，馬上上去。」爸爸下車後，打電話通知屋主。

聯絡完畢，爸爸推著一臺手推車，我則跟在他後面，一起搭著電梯抵達十八樓。出了電梯，爸爸伸手摁下左邊那戶住家的門鈴，過了幾秒，大門打開，我倏地瞠大雙眼，默默縮到爸爸身後。

開門的人居然是一身便服的孟易辰。

「你好，進來吧。」孟易辰對爸爸露出微笑，並沒有注意到我。

我一顆心七上八下的，不知道該不該跟他打招呼，最後低著頭隨爸爸進入屋裡。我偷偷打量了一下四周，伯父昨天已經讓人來搬走大型家具，剩下的大多是生活用品，孟易辰顯然已經打包完畢，一箱箱、一包包堆在客廳中央。

原來那傢伙請了這麼多天的假，是在處理搬家事宜。

爸爸拿著簽收單向孟易辰核對搬運件數，預估一趟就可以搬完。我覷著孟易辰的臉，發現他應對的態度相當沉穩，且眼神冷靜而清澈，還面不改色地和爸爸殺價，砍了五百元。

這幕情景有一種說不上來的違和感，我覺得他有點奇怪，偏偏又說不出哪裡奇怪。

「我看你年紀應該不大，說起話來卻很成熟，完全不怕生。」爸爸十分厲害，一句話就切中我感到不對勁的地方。

沒錯，高中生對成年人通常還是抱有畏懼，尤其是面對爸爸這種虎背熊腰的男人。可是孟易辰卻沒有一絲退縮，超齡的談吐和外表不符，跟我認識的同年男生一點也不同。

「我大學二年級。」孟易辰竟然睜眼說瞎話！

「難怪……不過你的外表像高中生。」

「很多人都說我娃娃臉。」

比扯鈴還扯！最好是娃娃臉，最好是大學生啦！

「那我開始搬了。」爸爸沒再追問，著手將紙箱一個個疊上推車。

我把帽沿壓低，遮住一大半的臉，幫忙搬一些較輕的物品。正當我想拿起一個小收納盒時，孟易辰的鞋尖突然闖進我的視野。

「裡面的東西是茶具，請小心輕放。」他的語氣很客氣。

「是。」我壓低聲音回應，將收納盒放上推車，故意繞到另一邊避開孟易辰。但是當我想抬起另一個紙箱時，他的鞋尖又停在我的眼前。

「那個……裡面是壓克力獎盃，請勿重壓。」他的嗓音透著一點疑惑。

「是。」

連搬了幾件東西，孟易辰宛如背後靈般，在我的身側轉來轉去，讓我不禁有點緊張。這傢伙是不是發現我是誰了？

疊好一推車的貨，爸爸推著推車走向大門，我急忙跟上去。來到玄關處時，一隻手忽然從後面勾住我的衣領。

「這位小弟，可以留下來幫個忙嗎？」

嗄？小弟？他眼睛有毛病嗎，我明明有胸部的！

我正想開口拒絕，沒想到爸爸回頭拋來一句：「芊婭，妳看看客人需要幫什麼忙。」

完蛋了！爸爸竟然喊出我的名字。

「爸……」我心頭一涼，對著爸爸消失在門邊的背影伸手想求救，然而勾住後領的力道絲毫不減。

下一秒，一隻手扳過我的肩頭，用力一推，將我整個人壓在玄關左側的牆上，我頭頂的帽子隨即被掀開，頭髮也落了下來。

「眞的是妳！妳怎麼會在這裡？」孟易辰眉頭微蹙，眼底寫滿吃驚與不解。

「你找的搬家公司是我伯父開的，我伯父今天有事，所以找我爸幫忙。」我沒好氣地解釋。

「嘖。」他撇撇嘴角，很是懊惱，顯然沒料到會有這樣的巧合。

「說！你調查我們有什麼目的？」我不甘示弱，使勁掙脫他壓住我肩頭的手，雙手朝他的胸膛一推，反過來將他壓制在對牆上。

「調查誰？」他的眼裡流露出一絲興味。

「調查我、采菲和璟閎。」

「我只是因爲剛轉學過來，想更快融入新環境，才會上網看看班上同學的資訊，又不是只有看你們三個的而已。再說了，你們在FB和IG上分享的事都是公開的，這樣有侵犯到你們的隱私嗎？」他雙手合掌，由下而上將我抵住他胸膛的雙臂左右格開。

我後退一步，難以反駁什麼。他說的沒錯，楊采菲和張璟閎的IG都沒設權限，代表每個人都可以觀看他們的日常。

「難道妳到了新班級，都不會擔心人緣不好、被同學孤立，不會想盡快交到朋友？」孟易辰把帽子扣回我的頭上，嘴角勾起冷笑，「啊，我想妳煩惱也沒用，因爲人緣從來沒好過。」

「就算人緣不好，這也是我的眞性情，哪像你那麼做作，在采菲面前裝有禮，在我面前又擺出冷臉，簡直是雙面人。」我冷哼一聲。

「是妳不斷對我釋出敵意，我只是回敬妳而已。」孟易辰立刻反駁。

「敵意？明明是你先敵視我。」我雙手扠腰，爲自己辯解。

「是妳先挑釁我的。」

「我哪裡挑釁你？」

「打從開學以來，妳就天天都用死魚眼瞪我，表情有夠凶的，好像我欠妳一百萬。」他加重語氣。

「嗄？」我一愣。

「還有打掃校史室時，妳躲在門邊偷聽我講電話，不知道在打什麼壞主意，中午去福利社，妳也是渾身帶刺一副想找碴的模樣，還有各種莫名其妙的瞪視，簡直像伊藤潤二畫的富江。」

「富江……」我快哭出來了，他居然說我長得像富江，「我只是發現轉學生是你，心裡很吃驚，想著你好像從少女漫畫裡走出來的男主角，在校史室偷聽你講電話，是對你好奇而已，沒有在打什麼壞主意。而去福利社的時候，我不懂你為什麼要隱瞞會跆拳的事，還有你一直介入采菲和璟閎之間，我不曉得你有什麼企圖，才會對你產生戒備。其實你吐槽璟閎的時候，我心裡還覺得挺痛快的，總之我不想挑釁任何人，更不想跟任何人為敵！」

孟易辰注視著沮喪的我，靜了幾秒忽然失笑，「妳都用那麼凶的表情在想這些事？」

「不然呢？」

「妳的表情應該要自然一點。」

「我已經盡力擺出自然的表情了！」我認眞地強調。

「妳現在的表情就像要找我打架。」他的眼神充滿同情，似乎終於明白一切全是誤會。

「我天生就是臉臭、就是長得不可愛，難以討大家喜歡，就是長得像富江……」我負氣地望著旁邊。

「妳挺有自知之明。」他忍住笑意，突然靠到我身側，嗓音轉為溫和，「生氣了？」

「你不要跟我講話！」我轉身背對他，感覺十分受傷。

孟易辰識趣地不再招惹我，過了一會，爸爸的聲音自門口傳來：「咦？你們怎麼了？」

「叔叔你好，很抱歉，我惹她生氣了。」孟易辰露出笑臉迎向爸爸。

「沒有沒有沒有，我沒有生氣啦。」我轉身揪住他後背的衣服。

「叔叔，我幫你推推車。」他伸手想碰推車。

「不用你幫忙！」我用上另一隻手，使勁將他往後拉。

「咦？你們……怎麼……」見我們拉拉扯扯，爸爸頭上彷彿冒出一個大問號。

「其實我是她的高中同學。」孟易辰居然自己招供。

「他才不是大學生咧。」我也搶著跟爸爸告狀。

「那你剛才為什麼那樣說？」爸爸被我們弄糊塗了。

「因為聽說搬家公司很黑，可能會欺負我年紀小就亂加價，所以我才謊稱是大學生。」孟易辰垂著頭解釋，一副在反省的樣子。

「你當我爸是什麼人，他才不會做那種事！」我提高聲音反嗆他，「明明是你的心腸比較黑，還砍了我爸五百元！」

「哈哈……」孟易辰無辜地傻笑，「就當作是同學價嘛。」

「的確有那種會胡亂加價的無良搬家公司，不過我們公司在搬家網的評價很好，這年頭生意不好做，只要有一點服務不周，就容易被人在網路上爆料。」爸爸微笑解釋，雙手也沒閒著，把握時間繼續將紙箱一個個搬上推車。

「叔叔，我幫你搬。」孟易辰意圖獻殷勤，幫忙抬紙箱。

「不用啦！你是客戶，我來搬就好。」爸爸拒絕。

「沒關係，我不能讓同學的爸爸太勞累。」

「那你就加價一千元吧。」我忍不住吐槽。

「你們可不是無良的搬家公司喔。」這隻臭狐狸又瞇著眼笑，拿爸爸說的話堵我。

孟易辰加入搬運的行列後，工作進度變快了，我們來回搬了幾趟，客廳裡的東西便清空了。

當爸爸推著最後一車物品出去時，我回頭一瞧，發現孟易辰背對著我，站在空盪盪的客廳中央。雖然看不見他的表情，但是那背光的身影散發出強烈的落寞，似乎相當捨不得這間房子。

「你在這裡住了多久？」我輕聲問。

「十年。」他嗓音低啞，透著一點傷感。

「為什麼要賣掉房子呢？」

「因為房貸會繳不出來，不如趁現在房價漲了還有賺，趕緊賣掉清貸款。」

房貸應該都是父母在繳的，繳不出來的話……難道是他爸媽出了什麼狀況？

「我先下樓去車上等你，你慢慢來，不急。」我實在問不出口，畢竟這是人家的私事。

下樓後，我幫爸爸把全部的貨物用繩子固定住，大功告成後兩人皆是汗流浹背。

回到貨車上，爸爸好奇地問：「以前怎麼沒聽妳提過這個同學？」

「他這學期剛從西倫高中轉學過來，我也才認識他幾天而已。」我抽了幾張面紙擦掉臉上的汗。

「原來如此。」

「剛才聽他說是房貸繳不出來，才會賣掉房子。」

「房貸還有五百多萬，妳同學沒了爸爸，單靠媽媽一個人工作養家，壓力應該很大。」

「你怎麼知道？」我驚訝地問。

「剛才妳去上廁所時，我問過妳同學，說怎麼沒見到他爸媽。他說他媽媽在新家那裡，而爸爸前年出車禍去世了。」爸爸淡淡回答。

我震驚無比，腦海閃過孟易辰站在客廳裡的孤單背影。那間屋子存有他們一家人的回憶，如今卻由於經濟因素必須賣掉，他心裡肯定非常不捨。

此時車門被拉開，孟易辰抱著幾瓶飲料，一屁股坐到我的右邊，「叔叔，你想喝哪一瓶？」

「綠茶就行，謝謝。」爸爸笑說。

孟易辰遞了一瓶綠茶給爸爸，接著轉頭看我，「妳自己挑一瓶吧。」

「謝謝。」礙於爸爸在場，我不得不接受他的好意，選了百香果汁。

「你原本讀西倫高中？」爸爸仰頭灌了一大口綠茶。

「嗯。」孟易辰應了一聲。

「我小女兒剛考上西倫。」

「妹妹眞優秀。」

我側臉斜睨他，他也是西倫的學生，這樣講根本是在誇自己。

孟易辰迎上我的目光，似乎是讀出我的想法，他補充說道：「其實讀西倫也不輕鬆，只要穿著制服走在外面，就容易被人放大檢視，例如講話太大聲、搭車沒讓位，都會被投以譴責的目光。畢業後如果沒考上好大學，或者將來出了社會，工作上沒有好的成就，有時反而會不敢說出自己是西倫畢業的，就連開個同學會，也會有同學因爲擔心自己比不上別人，而不敢出席。」

「你又知道畢業後會變成那樣？」我輕哼一聲。

「因爲就是有同學畢業後變成那樣。」

「你在講什麼？」我被他的回答弄糊塗了。他高中都還沒畢業呢！

孟易辰抿脣一笑，沒再多說什麼，只是轉頭望著窗外。

「時間不早了，出發吧！」爸爸踩下貨車的油門。

貨車駛向新苑高中的後山，爬了一小段上坡路後，停在一排五層樓高的公寓前方，孟易辰的家位於第二棟的一樓。

下了車，我環顧四周，公寓外觀有些陳舊，而這裡和新苑高中一樣，道路兩側皆是高大的綠樹，環境清幽，靜到可以聽見樓上住戶洗鍋子的聲音。

爸爸解開繩子開始卸貨，將東西一箱箱搬進屋子裡。屋內採光良好，家具都歸位了，空氣裡飄著淡淡的水泥漆氣味，明顯剛重新粉刷過。我們三個人來來回回把箱子搬到客廳，孟易辰仔細點收，確認物品沒有損壞，隨後掏出皮夾付款給爸爸。

爸爸開了收據給他，這時後面突然傳來房門打開的聲音，「易辰？」

我轉頭朝聲音來源看去，只見一位中年女子穿著睡衣、肩上搭了件外套倚在門邊。她的臉色蒼白如紙，腰部綁著束腹，顯然有病在身。

「媽，妳怎麼下床了？」孟易辰趕緊過去扶她。

「只是想看看你搬得怎麼樣。」孟媽媽的臉上寫滿關心，溫柔的嗓音帶點虛弱。

「妳放心，全部都搬過來了。」

「辛苦你們了，謝謝。」孟媽媽對我和爸爸投以感激的目光。

「別客氣，妳兒子很乖，他幫忙搬了不少東西，我才要謝謝他讓我這麼快收工。」爸爸爽朗地笑。

「阿姨您好，我是孟易辰的同學。」我連忙跟她打招呼。

孟媽媽訝異地望著孟易辰，他簡單說明了經過。

「沒想到那麼巧。易辰剛轉學過來，有很多不懂的地方，麻煩妳和同學們多多關照他了。」孟媽媽看著我，口氣裡充滿對兒子的擔心。

「阿姨放心，我們會幫他的。」我不忍心令孟媽媽擔憂，於是拍拍胸脯保證，「孟易辰，你在學校有什麼問題就跟我說，我一定盡力幫忙。」

「好，我不會跟妳客氣的。」孟易辰配合我演戲，說完就扶他媽媽進房裡休息。

「我們也該回家了。」爸爸拉著推車率先離開。

沒想到孟易辰的媽媽生病了，回想起前幾天，我對孟易辰的態度並不好，我的心裡便不禁感到內疚。

轉頭再看看滿地紙箱，他已經請假好幾天了，不知道明天一整天能不能整理完？

「妳幹麼還不回家？」孟易辰反手關上房門。

「這麼多東西，你明天整理得完嗎？」我有些彆扭地指著地上的紙箱。

「妳這麼關心我，是想幫我整理嗎？」

「我只是問問。」

「如果整理不完呢？」

「假如你有需要，那個……」我滿臉糾結，最後擠出五個字，「我可以幫忙。」

「可是妳的表情好像想殺人。」他調侃我。

「我是認真的！」我對他怒目而視。

「逗一下就炸毛了。」他噗哧一笑，抬起手輕輕在我的頭頂壓了一下，然後環顧凌亂的客廳，「好吧，我剛好欠一個清潔工。」

「我看你是欠扁！」我鼓著雙頰，射了一記眼刀給他，扭頭離去。

跟爸爸回到家後，我洗完澡抓著毛巾擦拭溼髮，一打開浴室門便跟芊甯撞個正著。

芊甯似乎剛回來，手裡提著一大袋的補習班資料。

「姊。」她不自在地抓緊提袋。

「嗯。」我輕應一聲。

我們之間的尷尬讓氣氛凝滯，明明雙方只要再多說個一句話，就能解開僵局，我卻莫名地不想先開口，只是擦頭髮的動作更刻意了。

芊甯也沒再說話，旋即轉身跑上樓。

見她就這麼跑開，我的心情彷彿被一片烏雲籠罩住，開心不起來。

進了房間，我拿出手機點開和顧之喻的聊天室，先是深呼吸，隨後在吐氣的同時傳了一張貼圖過去，隔了幾秒，他回以一個笑臉。

周芊婭：今天我陪爸爸出門工作，幫忙客户搬家，沒想到對方竟然是孟易辰……

我把今天發生的事簡單說明一遍，藉著孟易辰順利地跟顧之喻聊起來。

周芊婭：他爸爸去世了，媽媽有病在身，他必須扛起很多責任。

顧之喻：難怪會看到他買了菜。

周芊婭：是啊，他感覺比一般的男生成熟。

顧之喻：連搬個家都能碰到面，妳跟他眞是有緣。

不不不！我才不要跟他有緣，我只想跟你有緣啊！

我們聊了十來分鐘，顧之喻忽然蹦出一句話。

顧之喻：抱歉，不能聊了。
周芊婭：我吵到你念書了嗎？
顧之喻：不是，是我哥回來了，他好像喝了酒，我爸正在大發雷霆。
周芊婭：那你先忙吧。
最後一條訊息始終顯示未讀，我想顧之喻應該是去勸架了。
之前聽他提過，他父母對孩子的要求極高，而他哥哥像個不良學生，又抽菸又喝酒的，肯定讓父母非常頭痛。再加上他們兄弟倆的感情似乎不太好，這樣家庭的氣氛會和樂嗎？
果眞是家家有本難念的經。

ღ

翌日一早，我再次造訪孟易辰的家。
「其實妳不來也沒關係的。」孟易辰雙手抱胸，斜倚在門邊。
「我是說到做到的人。」我沒好氣地表示。
隨他走進客廳，只見幾個紙箱已經被打開，沙發和茶几上堆滿東西，狀況比昨天還亂。
「你媽媽在家嗎？」如果在家，我應該要去打個招呼。
「不在。」他搖頭，「她看到我在打掃屋子，一定會搶著幫忙，所以早上我就送她去阿姨家休息了。」
「你媽媽……是生什麼病？」我忍不住問，問完又覺得太失禮，「啊，如果你不想回答也沒關係。」

「子宮頸癌。」他微微一笑，坦然面對我的問題，「我爸在我高一時車禍去世，我媽一直沉浸在悲傷中，獨自扛起了家計和房貸，連身體不舒服都強忍著，結果最後累出病來。」

「媽媽生病了，你的心裡一定很難過吧？」

「不，如今比起難過，我反而覺得開心。」

「怎麼會覺得開心？」他的回答出乎我的意料。

「因爲我做到及時送她去醫院檢查了！雖然檢查結果是第二期上，不過只要開刀就能醫治。」孟易辰的神情轉爲激動，忽然一把握住我的雙肩，「妳知道嗎？只要再晚個幾個月，癌細胞開始擴散，我媽媽就會沒救了，所以我眞的非常開心，我把媽媽救回來了！」

「及時發現及時治療，這的確是不幸中的大幸。」我明白了他的意思。

「開刀後，醫生說一年內要好好靜養，不能提重物，我就要她把工作辭了。」

「所以房貸才會沒辦法繼續繳？」

「嗯，沒工作就沒收入，我認爲租屋的壓力比繳房貸小，賣掉那間房子，清完貸款還有多出一些錢，省著點用的話，既可以讓我媽在家養病，還可以支持我念完高中，我認爲値得。」他恢復平靜，緩緩掃視客廳。

「房子跟媽媽比起來，當然是媽媽重要。」他的態度十分成熟，換成是我，大概只會慌張地哭泣，無法決定這麼重大的事，「不過賣掉跟你爸爸一起住過的房子，你應該相當捨不得吧？」

「這沒辦法。」他輕輕嘆氣，「我有兩個朋友，他們高中時遇過一件很奇幻的事。」

「什麼事？」

「我暫時不能說，我想說的是透過那件事得到的結論：當站在命運的分歧點時，不管你做出什麼抉擇，一定都將付出同等的代價，有得必有失、有失必有得，沒有完美的結果。」他頓了頓，以堅定的眼神望著我，「如果選擇留住有我爸爸回憶的房子，就會使我媽媽過度操勞而死。如果想要救回我媽媽，並讓她好好養病，不要有任何煩惱和牽掛，就必須捨棄房子，而我選擇了後者。」

「只要不後悔就好，我覺得你好堅強，經歷了這麼多事還能夠冷靜地處理一切。」我由衷表示。

「不，我並不是一開始就這麼堅強，而是經過了很長一段時間，才走出失去家人的悲傷，才能做出這些決定。」

這番話又令我感到不解，他爸爸去世不到兩年，這段時間算是很長嗎？

「妳還要繼續聊天浪費我的時間嗎？」他抬頭看看牆上的時鐘。

「你講的比我還多好嗎。」我冷冷損他一句，「今天一定要整理完吧？」

「嗯，不能再請假了，不然我的課業會跟不上。」

「說到這個，開學複習考的成績出來了。」

孟易辰又斜眼睨我，氣勢逼人。

我雙手扠腰踮起腳尖回瞪他，毫不留情地吐槽：「你只有英文比我高分，其他科都考得比我差，差到令我不禁懷疑，你在西倫高中的成績是作弊來的。」

「沒辦法。」他兩手一攤，臉上滿是無奈，「英文我有持續進修，其他科太久沒讀，都忘光了。」

「你有失憶症啊？不過隔了一個暑假，也忘得太徹底了。」他的理由無法說服我。

「我說的是眞的，妳不信就算了。」他擺擺手，不想多作解釋。

「對了，要不要我叫采菲過來幫忙？」

「不行！」

「爲什麼？」

「女神是用來欣賞的，怎麼可以讓她做女僕的工作？」

「嗄？女神？女僕？」我右手用力握拳，頓時非常想揍他。

「她是個挺不錯的女生。」他的口氣充滿讚賞。

「你以前見過她？」我探問。

「以前……也可以這麼說。」

「在哪裡？什麼時候？」

「祕密。」他吊人胃口地神祕一笑。

「你是男生耶，哪來那麼多祕密，眞是不乾脆。」我是不會窮追不捨的，要講就講，不講拉倒，「好了，我從哪邊開始整理？」

「書房，麻煩妳了。」他朝書房做出一個「請」的手勢。

我提了一桶水，拎著抹布推開書房門，只見地上擺了好幾個紙箱，箱子裡裝著書籍、獎牌和一些擺飾。將書架一層層擦拭乾淨，我掀開其中一個箱子，發現裡面是一整套倪匡的科幻小說，封面有些泛黃，顯然是許多年前購買的。

「哇！」

「怎麼了？」孟易辰的聲音從門口傳來。

「這套書我爸很愛看。」我指著箱子裡的小說，「我家有《老貓》和《藍血人》，都是我爸高中時買的，當時他頗迷這位作家寫的小說。」

「看來妳爸的興趣跟我爸一樣，他高中時也很迷，尤其是衛斯理系列。」他又抱來一箱書，擺在我旁邊。

「可是我爸不像你爸把全套都買了，他當時只買下最喜歡的兩本，還發誓要在書局裡把倪匡的小說全部看完。」我忍不住抖出爸爸的陳年舊事。

不曉得爲什麼，昨天和孟易辰吵了一架後，先前與他之間的芥蒂好像消失了，我竟然跟他越聊越投機。

「結果他有全部看完嗎？」他彎彎的笑眼裡也少了對我的厭煩。

「當然沒有。」

「如果妳爸想看的話，我可以借給他。」

「眞的？」

「可以找到同好，我爸應該會滿開心……」此時，一陣門鈴聲打斷他的話。

孟易辰疑惑地走出書房，我則將小說從紙箱裡拿出來，按照編號擺上書架，不久，一道帶著哭腔的女聲忽然從門外傳來。

「易辰，你爲什麼不要我？」

聽到那句彷彿從八點檔戲劇擷取出來的臺詞，我手裡的小說差點跌下去。

我悄悄走到門邊，小心翼翼地往外瞧，只見公寓的大門前，孟易辰被一個女孩緊緊抱住，而她的背後站著一個身形瘦高的男孩。他的肩膀略顯單薄，不像孟易辰那般厚實，外貌偏韓系，漂亮的眼睛是單眼皮，唇形飽滿，雖然同樣是帥哥，不過跟孟易辰是不同類型。

「我沒辦法放棄你……我真的不懂，你明明說喜歡我，明明對我很好……爲什麼隔幾天你就變了，突然跟我提分手……還突然就轉學了……」女孩把臉埋在他的胸膛哭訴，孟易辰似乎相當困擾，不斷地想要拉開她的手，兩人在門前拉拉扯扯。

我想起孟易辰開學那天自我介紹時，曾提過跟女友分手了，看來事情還沒完全落幕。

「易辰，請你解釋清楚，爲什麼才交往兩個星期就跟她分手？」後面那個男孩沉聲質問，臉上滿是怒氣。

不會吧！交往兩個星期就提分手？是因爲媽媽生病的關係嗎？可是就算如此，也不一定要選擇分手呀。

「我是不是哪裡做得不好，你才會這樣對我？」女孩仰頭望著孟易辰。她的身材比較嬌小，臉部被孟易辰的身體擋住了大半，從我的角度看不到她的長相。

「不，妳很好，也沒有哪裡做錯，錯的人是我。」孟易辰伸手輕撫女孩的頭。

「你不要敷衍我，請你跟我說實話！」女孩堅持。

「你今天不說清楚，我也絕不會放過你！」男孩則撂下狠話。

孟易辰靜默了好幾秒，似乎覺得坦白才能眞正了結，於是他嘆了口氣，「實話是……我對妳，已經失去喜歡的感覺了。」

「爲什麼？」女孩的語調充滿震驚，多半沒料到會是這個答案，「我們都沒有吵架，爲什麼突然就不喜歡了？」

「你是不是有什麼苦衷？是不是你媽媽不准你交女朋友？」男孩跟著逼問。

「和我媽沒關係，這是我自己決定的。」孟易辰強調。

「爲什麼？爲什麼？爲什麼？」女孩開始跳針，難以接受這番說詞。

「你是不是對她做了什麼，達到目的就始亂終棄？」男孩的想像力眞是無極限。

「沒有，我們只到牽手的程度而已。」孟易辰搖頭。

「你是不是喜歡上了別的女生？」

「沒有。」

「還是……你喜歡男生？」

「眞的沒有！」孟易辰的語氣轉爲煩躁，「我眞的是因爲不喜歡……」

話還沒說完，女孩伸手甩了他左臉一巴掌，「孟易辰，我恨你！」

忿忿罵完，女孩雙手掩面轉身跑走。

「我對你太失望了！」而那個男孩更狠，直接一拳打向孟易辰的右臉。

孟易辰並未閃避，硬是接下那一拳，整個人被打得旋轉半圈。

「你忘了你爸爸去世時，是她一直陪在你身邊嗎？」

「抱歉……」

「從現在起，你不再是我的朋友了。」語畢，男孩轉身欲走。

「慢著。」孟易辰突然抓住男孩的手臂，我以爲他要反擊回去。

男孩的想法顯然跟我一樣，反射性伸出雙手擋在自己前面，但孟易辰沒揍人，只是低聲說了一句話，由於距離太遠，我聽不見內容。

「你這是什麼意思？」對方聽完，一臉錯愕。

「記住我的話。」孟易辰鬆開男孩的手臂。

「你是在詛咒我嗎？」

「不是。」

「反正我沒在怕你！我警告你，以後你不准再接近她，未來換我來保護她，我絕不會讓她再受到任何傷害。」男孩又丟下一句狠話，轉身跑開。

孟易辰彷彿石化了一般，呆站著不動，氣氛陷入死寂，靜到可以聽見時鐘的滴答聲。

「你還好嗎？」我走出書房，側頭觀察他的表情。

「我沒事。」他伸手揉著被打疼的臉頰，想找個地方坐下，無奈沙發上堆滿東西，他只好靠坐在扶手上。

「跟人家交往兩個星期就提分手，說是因爲已經沒有感覺了，這簡直像是爲了在女友收集簿上蓋章一樣，眞的很差勁。」我壓抑不住損他的衝動。

「沒辦法，我的心情回不去最初了，見到她就會想起一些痛苦的事。」他別開臉，眼底閃過一絲淡淡憂傷。

「想起什麼痛苦的事？」我凝視著他略顯落寞的側臉，「其實你還喜歡她吧？」

孟易辰抿了抿嘴，沒回答我的問題。

「聽她的意思，你們不是相處得還不錯？」

「剛開始不錯，是後來……」他打住話。

「後來怎樣？」

「妳別再問了，我難以跟妳解釋。」

「你這樣會讓我懷疑，你對采菲的好感也不過是一時興起，只要追到人就會把她一腳踢開。」我不得不跟他挑明。

孟易辰一愣，思索了好幾秒，嘴角揚起一抹苦笑，「妳說的有道理，我的命運已經改變了，的確該好好釐清自己對采菲的感覺。」

「如果你真的喜歡采菲，就應該跟璟閎公平競爭，不要暗地裡耍心機破壞他們。」我直接指責他把張璟閎當笨蛋耍的行徑。

「面對競爭者不能心慈手軟，太善良只會害了自己。」他不認同我的觀點。

「這是談戀愛，又不是在經商！」

「抱歉，我現在沒辦法像高中生一樣單純地去追求女生了。」

「渣男！你不就是高中生嗎？腦子裡到底都裝些什麼啊？」我有點生氣。

「我不是妳想的那種男人，這是有原因的。」他無奈地揉揉太陽穴，一副有理說不清的樣子，「好好好，我答應妳，不會再對張璟閎耍心機，更不會欺騙采菲的感情。」

「我會繼續監視你的，絕對不會讓你傷害采菲。」我鄭重警告。

「好好好。」他又敷衍，接著伸手蓋住我的頭，輕輕揉了兩下，「對朋友這麼有義氣，十七歲的友誼眞美好。」

「你不也是十七歲。」我揮開他的手。這傢伙究竟在感嘆什麼？

「外表是，可是內心不是。」

「你內心幾歲？」

「二十四歲。」他凝視我的臉，眼神十分認眞。

「什麼啊……」我噗哧笑了，「那種測驗我也測過啊，我內心的年齡可是四十歲，你二十四歲算什麼？」

「我眞的是二十四歲。」

「我也眞的是四十歲。」

「喔？那我們來實測一下。」孟易辰在沙發扶手上坐正身子，忽然靠了過來，伸出雙手圈住我的腰。

我頓時呆了，還來不及反應，便感覺他的臂彎忽然收緊，讓我整個人瞬間貼到他身前。

「你幹麼？」我驚慌不已，及時伸手抵住他的肩膀，發現自己被他困在雙腿之間，這姿勢說多曖昧就有多曖昧。

「都說四十歲的女人如狼似虎，面對我這麼青春鮮美的肉體，妳不撲上來享用嗎？」他露出犯規的慵懶笑容，勾得我的心跳開始飆速。

「你、你有病啊！」雞皮疙瘩直竄頭頂，我臉上一熱，奮力推開他。

「哇唔……」被我的蠻力一推，孟易辰整個人倒栽進沙發裡，躺在一大堆雜物上，「啊，我的背，我的腰……好痛！」

「你活該！」我伸手使勁壓住他的胸膛。

「喂！很痛耶！」他不停扭動身軀，想起身卻被我強壓下，「是我玩笑開過頭了，妳別再壓了，背眞的好痛。」

「跟我道歉。」

「沒關係，我原諒妳了。」

「渣男，你欠扁！」我又故意壓他兩下，作勢要坐到他身上。

「停停停！」他痛得有點上氣不接下氣，「對不起。」

「一句不夠。」我忍不住想刁難他。

「讓我向妳致上最高的歉意。」他深深吸了一大口氣，以高分貝的聲音喊道，「對不……」

「夠了夠了夠了。」我迅速摀住他的嘴，沒想到自己再度犯了同樣的錯。

孟易辰眼裡盈滿笑意，感覺掌心下的脣微微掀動，溫熱的氣息輕搔著掌心，我頓時像燙著般連忙鬆開手。

「原來妳是個S。」他從沙發上起來。

「什、什麼S？」

「抖S。」

「你、你少亂講！你膽敢再鬧我，我就不幫你整理了。」我撂下狠話，也不知被戳中哪個點，整個人羞得不敢直視他的臉，隨即夾著尾巴一路逃進書房。

是他先惹我，我才反擊的，我才不是什麼抖S呢！

時間來到中午，我在餐桌前坐下，忙了一個早上，早已飢腸轆轆了。

我低頭打量綴著漂亮花邊的瓷盤，左半邊鋪著橢圓狀的蛋包飯，右半邊盛滿濃郁的咖哩醬，醬汁裡蘊藏著馬鈴薯、紅蘿蔔、雞胸肉和花椰菜，撲鼻的香氣令人食指大動。

「之前放學看到你買了菜，想不到你眞的會做菜。」我欽佩地望著對面的孟易辰。

雖然咖哩是他昨晚就料理好的，剛才只是拿出來加熱而已，但蛋包飯是現做的。瞧他揮動鍋鏟炒飯和煎蛋的動作相當熟練，煮完收拾流理臺的速度也挺快，似乎經常下廚。

「蛋包飯和咖哩做起來不難吧？」他一邊大口吃飯，抬頭對我皺了皺眉。

「是不難，可是要做得快、做得好很難，我煎蛋常常煎到破掉，不像你煎得這麼漂亮。」漂亮到讓我捨不得拿湯匙戳破它。

「這純粹是熟練度的問題。」他微微一笑，彷彿認爲我的誇讚是多餘的，「因爲自己一個人住，吃膩了外食，自然會想動手做點料理，多做幾次廚藝就會進步了。」

「你自己一個人住過？」我順著他的話問，一邊用湯匙切開蛋皮，露出裡面色澤漂亮的炒飯。

「我媽……不在家的時候，就等於是我一個人住。」

我舀起一匙炒飯送進嘴裡，困惑地瞥他一眼，覺得他拗得有點硬。

「妳喝看看這道湯。」孟易辰神色不動，轉移話題似的幫我盛了一碗湯。

我伸手接過湯，品嘗了一口，忍不住讚歎：「這是什麼湯？喝起來好鮮甜。」

「鱸魚湯，我昨天煮了一條給我媽補身體。」

「連這個你也會煮？」

「煮魚湯更簡單，水滾後，把薑和魚丟進去，煮個十分鐘再加點蔥和米酒就好了。要不要再配些涼菜？」他起身打開冰箱，取出兩個保鮮盒，裡面裝著涼拌海帶和小黃瓜。

「你說得簡單，但同學裡也沒幾個會下廚吧。」我各夾了一點海帶和小黃瓜，冰涼爽脆的口感相當開胃，這人簡直是開了外掛，「嗯……好好吃！沒想到你的廚藝這麼好。」

「對妳來說，會作菜可能很厲害，可是在大人的世界裡，這些都是普通的事。」他淡淡說道。

「你幹麼跟大人比？」我不解。

「因爲……」他搖頭笑了笑，不想再解釋什麼，「對了，我們必須約法三章。」

「約什麼法？」我狐疑地問。

「這兩天，妳在我家聽到或看到的，如果有哪點讓妳感覺我奇怪，包括我之前抓到搶匪的事，我都希望妳不要傳出去，包括對采菲也別說。」他的神情認眞到有點嚴肅。

「你不想讓人知道你會跆拳、柔道、擒拿術、做菜，還抓到過搶匪？」

「對，我這個人走低調路線，不愛出風頭。」

我瞇眼盯著他，對他的說法表示懷疑。

「眞的啦！」他笑了，笑得略顯心虛。

「算了，我也不想探究原因，反正我本來就不會到處八卦人家家裡的事，再加上既然你特別要求了，我也會特別注意，不會隨便亂說的，包括對采菲。」倘若我喜歡傳八卦，人緣可能會比現在更好一點。

「想不到妳意外地好溝通。」

「不然你以爲我很難搞嗎？」

「妳的臉就是一副很難搞的樣子。」他的眼底閃過一絲促狹。

「你有沒有被湯匙打過臉？」我緊握湯匙，朝桌面重重一敲。

「只要妳遵守約定，我自然也會保密妳喜歡顧之喻的事，我們兩不相犯，交個朋友吧。」他微微一笑，無視我的威脅。

「跟你交朋友當然好，只是我不太明白，遇到搶匪那天，你怎麼會錯認我和顧之喻是情侶？」我跟孟易辰在此之前不曾見過面，在那種狀況下，他也能看出我喜歡顧之喻？

「因爲……」他笑得高深莫測，「妳扶著他的手臂，眼神充滿擔憂，乍看挺像情侶的。」

「我以爲我的眼神只像有殺意。」我嘆了口氣。

「別這麼說，妳只是長得挺厭世的。」他忍俊不禁。

「你不是說像富江嗎？」

「富江就是厭世臉的代表。」

「所以厭世臉等於富江臉，兩者的意思一樣，那講厭世臉也沒有比較好聽。」我恨恨地挖了一大匙蛋包飯塞進嘴裡。

「可是富江滿紅的耶，只要提到恐怖漫畫，很多人都會想到她。」他笑咪咪地說。

「就算你這樣講，我心裡也不會比較舒服。」我翻了一個白眼。

「那說妳像《櫻桃小丸子》裡的野口呢？」

「ㄎㄎㄎ。」

「啊，好像喔！」他指著我，笑得十分開心。

扣除沒營養的外貌話題，這一頓午餐其實挺愉快，孟易辰吃飯的速度比我快，吃完後他便捧起餐盤，來到後方的流理臺清洗。

「我等等去買飲料，妳想喝什麼？」他一邊洗盤子一邊問。

「我想喝芒果冰茶。」

「我也喜歡吃芒果。」

「我沒問你喜歡吃什麼。」我冷哼一聲。

「妳這樣很不可愛喔。」他的聲音帶著笑意。

「我幹麼要讓渣男覺得可愛？」

「唉……我不是妳想的那種人。」將餐盤擺在瀝水籃裡，他拿著抹布回到餐桌前，將他剛才用餐的位置擦得乾乾淨淨。

「是不是並非你說了算，而是要以我的所見爲憑。」我不以爲然。

「懶得跟妳辯，我去買飲料了。」他拿起斜背包背上。

「等等，我有飲料店的折價券，一杯可以折十元。」我從背包裡拿出皮夾打開，在抽出兩張折價券時，有樣東西被夾帶出來，掉進了餐盤裡。

孟易辰側頭盯著我的餐盤，彷彿想起什麼可怕的事，受到驚嚇般猛然瞠大雙眼，我以爲掉出來的東西是發票，低頭一瞧，沒想到竟是裝著紅線的小夾鏈袋。

「啊！」我連忙撿起來，見袋子上沾了咖哩，我趕緊抽了張面紙，雙手藏在桌底下擦拭。

「月老的紅線？妳是求跟顧之喻在一起嗎？」他的臉色迅速恢復正常。

「要你管！」我羞窘地喊，雖然這樣答等於是默認了。

「是福聖宮的月老廟？」

「你挺清楚嘛，難不成你也去拜過？」

「不是我，是我前女友過年時去拜過，她也求了一條紅線。」

「聽說月老也會拆散不合適的人，原來是眞的。」我涼涼地說。

「妳什麼時候去求的？」他沒好氣地白我一眼，伸手拿起桌上的折價券。

「上個月的二十號。」

孟易辰頓時有如被電擊，渾身一震，又啞著嗓音問：「那天的幾點幾分？」

「大概是中午的……十二點十分吧。」當天離開月老廟時，我正好看了一下手機的時間，確認公車到站的時刻。

「我很好奇，妳是怎麼向月老祈求的？」他定定凝視我的臉，好像想求證什麼事。

「我幹麼跟你說？」

「不用問也知道，妳應該滿腦子都是對顧之喻的邪惡思想。」他雙眼瞇起，笑得不懷好意。

「才不是！」我伸手拍桌瞪他，「我是很正常地向月老爺爺祈求，祂也很乾脆地賜給我紅線，還給了我一支籤，籤詩上說要等貴人前來相助，我的戀情才會有進展。」

「所以妳在神明面前召喚貴人趕快出現？」他的眼底再度閃過一絲震驚。

「我拿著紅線過香爐時，心裡的確祈禱著貴人趕快出現。」我低頭瞧著桌上的碗盤，「因爲認識顧之喻一年多來，他始終不曾把我記在心裡，我們完全沒有更多互動。沒想到才剛拜過月老，之後就發生了在街上遇到搶匪的事，我和顧之喻就這樣開始有進展了。」

「所以搶匪那件事，是改變你們關係的轉折點？」

「沒錯，現在我跟顧之喻也常聊到你，你是我們的共同話題，說不定就是那個貴人。」

「這太諷刺了……」他彷彿是屏著呼吸聽完，微微低頭喘了一口氣。

「怎麼了？」我瞧他臉色越來越蒼白。

「沒事，妳……」他伸手壓著自己的胸口，「那條紅線妳要好好留著，千萬別弄丟了。」

「這關係到我和顧之喻的未來，我當然會好好保留。」

「那我去買飲料了。」臨走前，他又瞥了我手中的紅線一眼。

我滿心疑惑目送他走出大門，不懂他怎麼突然變得怪怪的。

到商店街的路程不遠，孟易辰卻混了半個多鐘頭才回來，我早就吃完飯，把書房全部整理好了。

「你是騎到外太空去買嗎？」我雙手抱胸質問。

「給妳。」他的態度已經恢復正常，遞了一杯手搖飲給我。

「接著整理客廳嗎？」我把吸管插進飲料杯，吸了一口帶著碎冰的冰茶，感覺無比滿足。

「嗯，麻煩妳了。」他打量著我，若有所思。

「好！那就一鼓作氣完成！」

接下來，孟易辰負責歸納和收拾客廳裡的雜物，我則負責擦拭家具和掃地，直到傍晚五點多，我們終於聯手把房子整理得乾淨又整齊。

「謝謝妳的幫忙。」孟易辰特地陪我到商店街的公車站等車。

「不客氣，整理了那麼多天，你應該很累吧。」我不在意地笑了笑。

「是很累，不過值得。」他也微微一笑，「話說回來，妳是那種外表看似難以親近，實際上卻心思單純的女生，妳應該常被人誤解吧？妳明明滿懂事也滿好相處，又熱心助人。」

「從小到大，同學們都不會主動來找我說話，我必須非常努力才能打進別人的圈子。」我低下頭，輕輕絞著手指，「上了高中後，班上的小圈圈太多，於是我越來越懶得跟別人交際，一回神就變成班上的邊緣人了。」

「不過妳跟楊采菲感情不錯。」

「因為我們興趣相同。話說回來，我以為西倫的高材生也會和璟閎一樣，瞧不起成績不好的人。」

「抱歉，我之前絕對不是看不起妳，只是不小心遷怒妳而已。」他誠懇地向我道歉。

「為什麼遷怒我？」他的道歉讓我一頭霧水。

「因為他……」

「他？」

「加我的LINE吧。」他沒有回答我的問題，直接從褲袋裡摸出手機。

「我不想加渣男的LINE。」我面無表情拒絕。

「少廢話！手機拿出來。」他一臉不耐煩，作勢要用手機敲我的頭。

「好啦，加就加。」我只好拿出手機，加了他好友。

加完好友，我探頭望向馬路的盡頭。公車怎麼還沒來呢？

收回目光時，才發現孟易辰靜靜看著我，神色沉凝，不知道在想些什麼。

「你先回家沒關係。」我被他瞧得極度不自在，於是對他揮揮手。

「我本來打定主意什麼都不管，只想好好把握新的人生，去追求新的戀情和夢想。」他抬頭對著天空喃喃自語，「畢竟那件事跟我無關，我也早已得知結局是什麼，要避開可以有許多種方法，只要我不多管閒事就行。」

「我不懂你在講什麼。」我困惑地說。

「可是我媽媽的病是我今生最大的遺憾，我一直很自責沒能早點發現她的不適，內心十分愧疚。」

「你別這樣想，只要好好照顧你媽媽，她一定會恢復健康的。」

「嗯，如今我已經沒有遺憾了。」他思索了幾秒，終於揚起笑容，「妳對我有恩，而我不是忘恩負義的人。」

「只是幫忙整理房子而已，你講得太誇張了。」我的腦筋有點轉不過來。

「希望我做下的這個決定，會是最好的抉擇。」他傾身凝視我的雙眼，深深吸了一口氣，似乎下了一個極大的決心，「我問妳，妳跟顧之喻進展到哪裡了？」

「我現在會跟他一起留校夜讀，常跟他聊起你的事。」我被他異常認眞的表情和語氣震懾住了。

「笨蛋！」

「嗄？」

「呆子！」他又罵了我一句，「妳跟他聊我，豈不是容易被他誤會妳對我有意思？」

「欸？」我一時傻住，想起顧之喻曾經說過我跟孟易辰很有緣。難道眞的被誤會了？

「妳意外地笨拙呀。」他搖搖頭，一副覺得我沒救的樣子。

「不然……我該跟他聊什麼？」我苦著臉問。

「當然是談心、談煩惱呀。」他露出像在看笨蛋的神情。

「我跟他還沒有那麼熟，他對我一直很客氣，突然要聊心事聊煩惱，我說不出口。」

「那就聊夢想。」

「夢想？」我再度怔了怔，「他說他的家人希望他考醫學系。」

「那是他家人的希望，那他自己呢？」

「他說，他目前還不曉得未來想做什麼。」

「不可能，他是騙妳的。」孟易辰篤定的口吻裡隱含一絲厭煩，「他的心裡肯定有其他夢想，而那個夢想絕對不是醫學系。」

「你怎麼知道？」我不明白他怎麼不高興了。

「這妳不用管，反正妳一定要找出顧之喻眞正的夢想。」

「爲什麼？」

「這樣你們的戀情才能長長久久，這是我這個『貴人』所給妳的寶貴建議。」他伸手揉揉我的劉海。

我呆呆點頭，儘管還是一頭霧水，搞不懂他在賣什麼關子。

此時公車抵達，我朝他揮手道別，孟易辰只是默默目送我上車，眼神彷彿有一點點悲傷。

第四章　汪洋般的煩惱

這天晚上，我洗了個舒服的熱水澡後，回房間複習功課。

門外傳來芊甯輕盈的腳步聲，她沒有任何停頓地快步走過，一步又一步踏沉了我的心。

以往芊甯晚上總會跑來我的房間，跟我分享生活中的大小事，不知不覺中，夜晚的姊妹談心時間，已經成爲我們生活裡重要的一部分。

其實我們不是沒吵過架，不過女孩子的吵架較單純，不像男孩子可能會大打出手，頂多就是我不理妳，妳也不要跟我說話罷了。

年紀小的時候，爸媽看到我們不說話總會介入調停：「妹妹還小不懂事，才會弄壞妳的東西，妳身爲姊姊不能那麼計較，要學著包容。」說完，爸媽便會拉著我的手，要我跟芊甯握手和好。

從小父母對我的教育，硬是將我塑造成好姊姊的性格，因此每當跟芊甯吵架，最先忍受不了尷尬氣氛、自我譴責太愛計較、主動開口言和的人，往往是我。

可是說實話，我並不是一個心胸寬大的好姊姊。

即使嘴上告訴芊甯別理會顧之岳，我的心裡其實還是十分在意，無法阻止自己不去想起那些傷人的話。

這全是顧之岳的錯！

他一定是惡魔投胎的，才會隨便幾句話就喚起我內心的陰影。

話說回來，有個攻擊性那麼強的哥哥，顧之喻應該時常遭受冷言冷語吧？

由於睡前思緒過於雜亂，這一夜我睡得並不安穩，還做了幾個噩夢，以致隔天早上起床沒什麼精神。

我梳洗完畢，背著書包走進客廳，沒想到芊甯起得比我早，她一見到我便馬上背起書包，跟爸媽道了再見匆匆出門。

當她經過我面前時，我發現她的眼睛有點腫腫的。

「芊婭，妳又跟妹妹怎麼了？」媽媽質問我。

「我沒有和她怎樣。」我覺得十分無辜，爲什麼是「我又」，而不是「她又」？

「妳們吵架了嗎？」爸爸關心地問。

「沒有。」

「那她怎麼會哭？」

「我怎麼曉得她在哭什麼？」大概是沒睡好，我莫名有些來氣，語氣也差了點。

「我只是問妳知不知道妹妹怎麼了，妳的口氣有必要那麼差嗎？」媽媽板起臉訓斥我。

「我又沒有怎樣！」我倔強地反駁。

「那就不要一大早就擺臭臉，搞得大家心情跟著不好。」媽媽不講理地繼續責怪我。

「我沒對你們擺臭臉……」

「那妳看到人要笑啊！」

「好了好了，不要講了。芊婭，妳吃完早餐趕快去上課。」爸爸出聲打斷我和媽媽的爭執。

一股難以言喻的委屈升起，我沒坐下來吃早餐，而是默默抓起書包跑出去，早晨的景色被盈滿眼眶的淚水暈開成模糊光影。

不公平！

平平都是女兒，爲什麼只要芊甯心情不好，爸媽便先入爲主認爲是我欺負她？

爲什麼妹妹沒有笑容時，大家都急著關心她是否發生了什麼事，換成是我卻只會挨一頓罵？

記得國中時，有一次芊甯拿走我的東西，卻並未告知，讓我找了好幾天。當時芊甯不曉得我生氣了，還跑來房間跟我聊天，說了半天才發現我都不理她。

「妳在生氣嗎？」她不解地問。

「嗯。妳拿了我的東西，爲什麼沒跟我說？」

芊甯沉默了一下，沒有道歉，只是冷冷回了一句：「我不知道妳在生氣，如果我知道的話，我就不會先跟妳說話，因爲我會堅持得比妳更久。」

誰先開口誰就輸了，先哭的孩子有糖吃，而我，總是被大人罵的、輸的那個。

不愧是可以考上西倫的學生，芊甯眞的比我聰明太多了。

心情低落地抵達學校，我站在教室門口，先拍拍臉頰，藏住情緒，再揚起微笑踏進教室。

平常鬧哄哄的教室此刻異常安靜，氣氛沉重而緊繃，已經到校的同學們都靜靜坐在位子上，一副在看戲的模樣，視線集中在楊采菲和張璟閦身上。

「發生什麼事了？」我一頭霧水來到自己的座位，只見楊采菲臉上帶著幾分薄怒，張璟閎也漲紅了臉，脖子上的青筋微微跳動，顯然兩人起了爭執。

「學藝股長說要找人做壁報，我只是推薦了孟易辰，璟閎就突然罵我。」楊采菲委屈地向我控訴。

「我哪有罵妳？」張璟閎煩躁地辯解，「我只是說，妳不要因爲他是西倫轉來的，就什麼事都那麼推崇他，好像他很厲害的樣子，其實妳對他了解又不深，怎麼曉得他會設計壁報？」

「西倫的文藝社主打文學和藝術合一，聽說裡面有很多能寫又能畫的人。」

「可是任何社團都不缺混水摸魚的成員。」

「他之前是社長，怎麼可能會混水摸魚？」

「很多社團的社長就是混得最凶的那個！」

「你們兩個冷靜點。」聽他們爭論得越來越激烈，我急忙介入，「這種事問一下本人就好了，不要爲了這種事吵架。」

「大家早安。」

說人人到，孟易辰慵懶的聲音自前門傳來，同學們紛紛轉頭望向他。

「怎麼了？」突然接收到這麼多視線，孟易辰一臉莫名其妙停下腳步。他的臉頰下方貼了一塊OK繃，應該是昨天被打的部位淤血了。

「我們只是想問問你，學藝股長要找人做壁報，你可以幫忙嗎？」我代替兩人發問。

「呃……抱歉，我不會畫圖，文筆也不好，可能幫不上忙。」孟易辰面有難色，委婉拒絕。

「妳看，果然是混的。」張璟閎回頭朝楊采菲哼笑一聲，宣示自己辯贏了。

楊采菲眼底又閃過一絲怒意，既不認輸也不服氣，她隨即對孟易辰揚起笑容，「那你以前在文藝社都做些什麼？」

「幫社員跑腿、接洽事情、聯絡廠商印製文宣，簡單來講就是打雜的。」孟易辰拉開椅子坐下，露出燦笑。

見兩人笑臉相對，張璟閎的臉色難看到了極點，默默轉回頭兀自生悶氣。

打掃時間，我在校史室裡和孟易辰說明了早上發生的事。

「我們社裡能寫能畫的人確實不少，只有我是最廢的，什麼都不會，就算能畫，現在也無法接下做壁報的工作。」孟易辰攤開雙手表達無奈。

「爲什麼？」我好奇地問。

「因爲要考學測了啊。」

「學測？」

「我除了英文有持續進修，比較有把握外，其他科的內容幾乎全忘光了，而目前距離學測不到五個月，我必須在這段時間內把一、二年級的課本重讀一遍，所以哪有時間做壁報？」他煩躁地用手指梳了一下頭髮，「憑我的實力本來可以考上臺清交的，如今說不定會落榜，這樣的人生太可怕了！」

「你到底是怎麼忘的，爲什麼可以把前兩年讀的東西忘光光？」我簡直哭笑不得。

「不然妳還記得國一的課程內容嗎？」他狠狠瞪我一眼。

「國一都是那麼久以前的事了，當然會忘記。」

兩下。

「我就是那樣忘記的。」

「嗄？哪樣？」

「妳別再問了，我無法跟妳解釋。」他一副被我問煩了的樣子，敷衍般在我的頭頂輕拍

「你不要亂碰，萬一被人看到怎麼辦。」我揮開他的手警告，後退一步靠到牆上。

「就算被顧之喻看見，那也無所謂，反正你們遲早會在一起的。」

「你憑什麼這樣認為？」

「憑……」他單手抵在我耳邊的牆面，緩緩向前傾身直視我的眼睛，語氣神祕，「我看過你們的未來，你們真的會在一起。」

眼前那張乾淨帥氣的臉龐令我呼吸一緊，嘴角微微抽搐，「你是看水晶球，還是算塔羅牌，或者夜觀星象？」

「我就說妳不會相信。」

「神經病！壁咚已經退流行了。」我抬起手肘用力撞開他，毫不客氣地再踩他一腳，「還有，不必花心思對我使出摸頭殺，我一點感覺都沒有。」

孟易辰兩手抱著肚子，痛得彎下身。

瞧他半弓著身子，我忍不住又補上一掌，壓住他的後頸逼他就範，冷冷說道：「再次驗證你是渣男無誤，我已經弄清楚你的把戲了，通常男生想跟女生打好關係，不外乎就是聊八卦、星座，看手相、變魔術、玩心理測驗，但這些技倆對其他女生有效，對我來說可是一點吸引力都沒有，懂嗎？西倫文藝社的廢柴社長。」

「周芊婭……」他輕咳兩聲，冷不防旋身掙脫我的手，再一個反掌扣住我的左手腕，直起身扭扭脖子，「妳有墮落爲罪犯的傾向。」

「嗄？」我扯了扯自己的左手，無奈他力氣大，扣得死緊。

孟易辰低低哼笑，雙眸瞇起露出一抹危險的笑意，右手猛然一扯，將我整個人拉了過去。就在我以爲會撞進他懷裡時，那傢伙竟然側身閃開，亮出背後擺著一堆獎杯的玻璃櫃。

我來不及反應和尖叫，只能瞪大雙眼看著玻璃櫃在眼前倏地拉近，此時腰間突然被一隻強而有力的手臂從旁勾住，止住了我的衝勢。

「小心點。」他單手緊抱著我的腰，垂首在我的耳邊輕輕吐息，「一旦妳的性衝動跟暴力連結，必須藉由凌虐他人的身體才能得性釋放時，妳就回不去了，將會走上連環殺手之路。」

「你……在講什麼？」我的思緒一片空白，整個人狼狽地掛在他的手臂上，雙頰因耳邊微熱的氣息也染上熱度。

「犯罪心理分析。」他扶起我，我有些脫力地慢慢站好，而他笑得眼眸彎彎，對我被他唬住而不知所措的模樣似乎頗滿意，「不過妳放心，連環殺手沒有正常的情感、同理心和愧疚感，妳還會臉紅害羞，只要不、隨、便、打、人，就還有救。」

我鼓著雙頰，揚起拳頭想揍他，他卻故意把臉湊到我眼前，我隨即氣不過地放下手。

他抿嘴一笑，又是那副得意的姿態。

臭狐狸，又被他耍了。

剛才那一大堆話講得跟眞的一樣，目的只是要我不能隨便亂打他而已。

度過連考四堂小考的悲慘時光，終於到了可以鬆一口氣的午休時間，楊采菲拉著我去福利社買午餐。

「采菲，妳跟璟閎怎麼鬧成這樣？」走在路上，我關心地問。

「妳要問他，怎麼會問我？他這幾天一直當著大家的面嗆我。」楊采菲的口氣很不滿。

「可能是妳太關心孟易辰，所以璟閎有點吃醋了。」

「因爲在意、吃醋，我就要受他的氣嗎？難道我不能跟其他男生說話？不能做自己喜歡做的事？」楊采菲聽了更加生氣，嘴巴高高嘟起來，「反正我不想理他了。」

我在心裡輕嘆，明白她還在氣頭上，不管說什麼都沒用。

來到福利社，我拿起一盒標榜夏日輕食的涼麵，研究裡面的配料。

「吃這麼少？」

熟悉的聲音從旁傳來，我轉頭一瞧，對上顧之喻帶著微笑的臉，他的身邊跟著陳柏鈞。

「這分量看起來比一般涼麵少，吃了會飽嗎？」他的話裡透著關心。

「會，當然會。那你吃什麼？」被他主動關切，我頓時有點難以呼吸。

「我帶了便當，只是來買飲料而已。」

「你媽媽做的便當？」

「嗯。」

「我的班上沒幾個同學會帶便當，我想你媽媽的廚藝應該很好。」話剛說完，我瞥見陳柏鈞嘴角輕扯，帶點嘲弄的意味，似乎不太認同，而顧之喻只是笑了笑，沒說什麼。難道我的猜測錯了？

「芊婭，妳選好了嗎？」楊采菲走過來，發現我和顧之喻及陳柏鈞在說話，眼裡滿是驚訝，「咦？陳柏鈞，你跟芊婭認識嗎？」

楊采菲的成績是班上第一名，時常跟陳柏鈞一起上臺領獎，他們自然打過照面。

「是阿喻跟她認識。」陳柏鈞瞥了一眼顧之喻。

「你跟芊婭怎麼認識的？」楊采菲疑惑地望著顧之喻。

「開學前，我有一次跟我妹去逛街，在光南剛好遇見他，聊了一下就認識了。」我搶在顧之喻前頭解釋。

「他們兩個現在還一起夜讀。」陳柏鈞直接爆我們的料，「楊采菲，妳成績那麼好，怎麼不教教妳朋友？」

我的笑容僵在臉上，被他的挖苦刺痛了心，那意思彷彿是我扯了顧之喻的後腿。

其實我向楊采菲請教過功課，可是當一道題目講解了三遍還聽不懂後，我就不敢再問下去了。我不希望她覺得我煩、不想讓她傷透腦筋，我寧願跟她當興趣相投的朋友就好。

「我只知道芊婭有參加夜讀，不知道他們在一起。」楊采菲乾笑兩聲。

「不，不是的。」我慌張地搖手，「我們沒有在一起。」

「像她那麼勇敢體貼的女生，怎麼可能會喜歡我？」顧之喻也笑笑否認。

不！我喜歡你！

我盯著顧之喻的笑臉，嚥了一口唾沫。

「阿喻，我要回去午休了。」陳柏鈞直視著我，接著抬起手肘頂頂顧之喻，似乎讀出我心裡的不良企圖。

「我們先走了，周芊婭，放學後見。」顧之喻朝我們揮揮手。

「放學後見。」我依依不捨目送他走出福利社。

「芊婭，原來妳參加夜讀是有目的的，妳不想告訴我妳有喜歡的男生，是因爲我不配當妳的朋友嗎？」楊采菲本來就心情不好，得知我有事瞞著她頓時更加生氣，逕自走向櫃檯結帳。

「采菲，不是的……」我心慌地追上去。

「總覺得……你們都不把我當一回事。」結完帳，她冷冷拋來這句話便扭頭離去。

我內心一緊，只是沒告訴她有關顧之喻的事，她就生氣了嗎？

暗戀這種事如果可以輕易說出口，那就不叫暗戀了。

「妳不結的話，我先結。」一道身影從背後繞過我的身側，插隊到前面，將手裡的便當擺在櫃檯上。我定睛一瞧，居然是孟易辰。

原來他也在福利社裡？那他是不是聽見我們四個人的對話了？

後來，楊采菲整個下午都在生悶氣，張璟閎也僵著一張臉，顯然依然認爲自己沒有錯，不再像之前那樣一下課就轉身靠著楊采菲的桌子聊天，逗得她開心得直笑。

在學校跟好友鬧不愉快，回家還得面對跟妹妹之間的冷戰，什麼都不順利，我的心情同樣被攪得煩亂不已。

好不容易捱到放學，我想跟楊采菲好好坦白顧之喻的事，她卻背起書包，頭也不回地直接走到孟易辰的座位旁。

「孟易辰，要不要一起下山？」楊采菲對他微笑，主動提出邀約。

「OK呀。」孟易辰眼裡寫滿驚訝，顯然沒料到會有這樣的發展。

完蛋了，這傢伙完全是漁翁得利。

我和張璟閎無語地看著他們兩人說說笑笑離開，之後我獨自走出教室，鬱悶地來到福利社，這回又買了涼麵。

找了個位子坐下，正當我咬著第五根麵條時，前方的椅子被拉開，一道溫醇的嗓音輕柔落下：「心情不好嗎？」

我嘴裡還叼著麵條，仰頭和面帶淺笑的顧之喻對上目光，他手裡也拿著一盒跟我一樣的涼麵。

「看妳一根一根地吃，好像好吃到捨不得吃完，讓我也想買來吃看看。」他坐下來，打開涼麵的盒蓋，撕開醬料包倒進去。

「沒有啦，我只是在想事情。」我連忙咬斷麵條，害羞地垂下眼簾。

「煩惱什麼事？」

「只是小事，不是很重要。」

「麻醬的味道挺香的。」他夾了些涼麵送進嘴裡。

「應該比不上你媽媽做的便當。」我莞爾一笑。

「未必喔。」

「怎麼說？」

「我媽特別注重健康，她做的菜少油少鹽少佐料，吃起來非常原味非常清淡，相較之下，外面賣的食物口味比她做的菜好吃。」他輕輕舔去沾在唇邊的醬汁。

「眞的嗎？」難怪我說他媽媽的便當應該很好吃時，陳柏鈞會露出嗤之以鼻的表情。

「幸好柏鈞喜歡清淡的食物，可是他媽媽做的菜都是重口味，於是我們就每天交換便當吃。」

兩個男生交換便當？這好像……不，因爲口味差異各取所需，應該也沒什麼奇怪的吧。

「你跟陳柏鈞感情眞好，常看到你們走在一起。」我的心裡滿是羨慕，多希望可以跟他同班，可惜我的成績連資優班的邊邊都搆不上。

「我跟柏鈞住在同一個社區的大樓，他家在A棟，我家在C棟，我們從小就認識。」他又低頭吃了一口涼麵，「我們國小不同班，不過他會跟我和我哥一起上下學，升上國中後我們才同班。」

「既是鄰居，又國高中都同班，難怪你們總是形影不離。」

「之前我們連補習都一起，可是升上三年級後，我突然不想再上補習班了。」

「天天過著補習的日子，也是會倦怠的吧？」

「沒錯，就是突然感到倦怠，不想再補習了。」他挑眉點了點頭。

「對了……」聊到補習，我想起上星期發生的事，「那天聽你說你哥哥喝了酒，跟爸爸吵架了，後來呢？」

「那晚吵得很凶，我出手攔住我爸，我哥卻反而更加憤怒，還砸壞客廳裡的電話。」他神色黯然，看起來相當苦惱。

「他以前個性是這樣的嗎？」

「不是的，他以前是乖巧的學生，我從小就特別黏他，他不管去哪裡都會帶上我，我們總是一起讀書、一起玩耍，他是個很好的哥哥。」他一句又一句強調顧之岳的好。

「那他現在爲什麼會變成這樣？」

「我哥高中考上西倫，可是西倫的學生太厲害了，他很努力地念書和補習，成績卻始終在班排十幾名，我爸對此十分不滿意，老是數落他，還不准他交女朋友。」顧之喻輕輕嘆了口氣，「漸漸的，我哥的個性變得越來越陰鬱，當他大學沒考上醫學系，我爸強迫他重考後，他整個人就徹底崩潰，變成現在這樣了。」

「沒辦法跟你爸溝通嗎？」原來顧之岳那憤世嫉俗的態度，居然是被逼出來的。

「我爸是一個充滿權威思想的人，說一是一，連我媽都怕他。」他無奈搖頭。

「你爸對你也是這樣嗎？」

「我不會回嘴，不會像我哥一樣跟他正面衝突。」

「那你現在會討厭你哥哥嗎？」

「與其說討厭，應該說是應付不來，我不太懂他在想什麼，不知道該如何對待他。」他抿了抿唇，難以啟齒似的皺了皺眉頭，「我爸爲了限制我哥的行動，沒收了他的手機，不給他零用錢，也不准他跟朋友外出，只能去補習班，所以我哥才會跑去打工。偏偏打工導致他的成績更差了，惹得我爸更不高興，爲此我曾經想幫助我哥，把零用錢給他，可是卻被他趕出房間。」

「換作是我，應該也會生氣。」我直覺表示。

「爲什麼？」

「因爲我還想保有身爲姊姊的自尊，即使各方面都輸給妹妹，也再怎樣都不想拿她的錢、不想被她可憐。」

「原來我傷到他的自尊心了……」他一副大受打擊的樣子，眼神哀傷中帶著一絲懊悔。

「其實我也弄不明白我妹的想法。」我瞧著只吃了幾口的涼麵，瞬間沒了食慾。

「怎麼說？」

「最近……我們被某個人講了一些難聽的話。」我簡單說明被顧之岳挑撥的事，不過並未提及他的名字，「我和我妹之間變得尷尬，我也沒辦法阻止自己不想東想西。」

顧之喻聽完，突然握住我的手，有些焦急地解釋：「周芊婭，我跟妳說，從小到大，我哥都是我的偶像，他會很多我不會的事、懂很多我不懂的知識，他教會了我許多東西，我非常喜歡跟他一起玩、一起念書。因此，我不知不覺開始追逐他的背影，想要跟他一樣厲害，只要超越他的成績，我就會感到開心，想要他稱讚我好厲害！」

我睜大眼睛愣愣瞧著他，被他激動的態度嚇到了。

「我一開始眞的沒有想到，這樣會造成他的壓力，害他因爲成績被我超越而被爸爸罵。」顧之喻握著我的手越收越緊，令我的手有些發疼，「我對我哥感到十分歉疚，不管是鼓勵他、安慰他，都沒辦法讓他開心起來，最後我覺得他根本不想見到我，於是就下意識地開始閃躲他。」

「所以……我妹的心情可能跟你一樣？」

「嗯，她可能不知道該怎麼跟妳和好，因爲她明白自己的作爲眞的傷害到妳了，這是事實，所以她更難原諒自己。」他垂下目光，發現自己握著我的手後倏地鬆開，滿臉通紅，「對、對不起。」

「沒關係。」我搖搖頭，將被他捏紅的手藏到桌面下。

氣氛有點微妙，顧之喻跟我拿起筷子繼續吃涼麵，各自想著自己的心事，靜靜將晚餐吃完。

眼看夜讀的時間快到了，我們才一起離開福利社，前往圖書館大樓。

「剛才聽你那樣說，我決定回家跟我妹好好聊聊。」這是我剛才在思考的事，也許芊甯沒有我想像的那麼壞心眼。

「雖然妳要她別道歉，不過她的心裡對妳肯定依然很歉疚，希望妳們可以順利和好。」

「謝謝你讓我了解妹妹的想法。」

「因爲我是弟弟呀，妳也讓我了解了我哥的想法。」顧之喻笑了笑，臉色忽然又黯淡下來，「其實還有一件事，我不確定當時是不是也傷了我哥。」

「什麼事？」

「準備考高中的那時候，原本我的目標是西倫，可是我覺得我哥……」他停下腳步。

「你哥很怕跟你同校，對嗎？」因爲芊甯要上國中時，我也這樣擔心著，害怕芊甯一進來，我又成爲被拿來和她比較的對象。

「我聽到他和同學說，『只要我弟考進來，我一定會被我爸逼死』。」他的神情顯得無比受傷。

「所以你故意考差了？」我瞪大眼睛。

「嗯。」他僵硬地點點頭，「不只考差，就連進到這裡，平常考試我也不敢考得太好，怕他因爲我而被我爸罵。」

「顧之喻，你眞是大笨蛋！換成我是你哥，我一定會很想殺了你。」我感覺一股怒氣直衝頭頂，忍不住爲顧之岳說話，「你的好意重重傷到你哥的心了！雖然我也會嫉妒妹妹、怕跟妹妹站在一起，可是那些都比不過我對妹妹的期望。我最想看到的，是妹妹可以考上西倫，在學校裡展露光芒，讓我爲她感到驕傲。」

「果然……我錯得離譜。」他頹喪地垮下肩膀，雙手掩住臉，「我該怎麼彌補我哥？」

「如果是我，我會希望你能恢復原來的水準，考個好大學，不要讓他認爲是自己害了你。」

「我現在非常懊悔，可不可以請妳打我一下？」

「打你幹麼？」我失笑。

「這樣我會感覺好一點。」他依舊摀著臉。

我遲疑地伸出手，輕輕摸了他的頭髮一下。

「再用力點。」

我再次伸手，拍了拍他的頭。

「可以再更用力點嗎？」他小聲哀求。

「我不行，你回家叫你哥揍你比較快。」我忍不住笑了，執意討打的他實在挺可愛。

「好吧……我回家叫他揍我。」他慢慢放開手，露出小狗般的可憐神情，「心情不好的時候，跟妳聊聊就會好很多，也能解開一些疑惑。」

「你今天心情不好？」

「有一點。」

「可是中午在福利社裡，還有剛剛你來找我時，你看起來都不像心情不好。」

「我的家族跟許多政商人士都有往來，所以從小我爸媽就特別要求我和哥哥要保持禮貌，即使心情不好，也不可以表現出來，這是人際交流上的必備能力。」

「我爸媽也常要我微笑，說我不笑時臉太臭，會影響大家的心情。」我以爲自己的情況是特例，沒想到傳說中的菁英教育更加嚴苛，「沮喪或悲傷都是人類與生俱來的情緒，這個世界卻似乎並不包容，大人總是會要求小孩時時戴上微笑的面具，稍微表現得不開心就會挨罵。」

「因爲這個社會需要吧，不過多點微笑確實對人際關係滿有幫助，反正久了就習慣了。」顧之喻溫和地一笑，顯然不認爲哪裡不好。

久了就習慣了？

難不成他的笑容也是被逼出來的，他也時時戴著微笑的面具？

不不不，他的笑容無論從哪個角度看都是出自眞心，即使要戴起面具，我想也是面對不認識的人。

我甩甩頭，阻止自己胡思亂想，對於顧之喻願意和我分享心事，我覺得十分高興，好像又跟他拉近不少距離。

夜讀結束，我跑去85度C買了一盒蛋塔，回到家時已經十點了。

洗完澡，我來到芊甯的房門口，伸手敲敲門板。

不久，芊甯打開門，低低輕喚：「姊。」

「我買了蛋塔，一起吃吧。」我主動對她揚起微笑。

芊甯倏地抬頭看我，漂亮的大眼睛裡寫滿驚訝。

我走進房間在床邊坐下，見到她的書桌上攤開著補習班講義，再轉頭看看床頭，上面擺著一個相框，裡面是我和她的合照。

「妳念書不要念太晚，早點睡，小心有黑眼圈就不美了。」我打開紙盒，把一個蛋塔遞給她。

「姊……」芊甯瞬間紅了眼眶，「我、我……」

「其實我對妳也很抱歉，因爲我有時候會想，如果妳不是我妹妹就好了。」我輕輕拉住她的手。

「姊！」芊甯撲過來，抱著我抽抽噎噎，「對不起，我一直在跟妳競爭……不知不覺一直在傷害妳……」

「我明白妳小時候是拿我當目標，才會處處想跟我比較，可惜長大後，我只是個平凡的姊姊，無法一直領在妳的前頭。從今以後，妳再去找其他更遠大的目標、朝著那個方向繼續前進吧，我會在妳的身後爲妳加油。」

「姊……我眞的、眞的很喜歡妳。」芊甯緊緊抱住我，忍不住放聲大哭。

我差點被她勒到喘不過氣，不過還是忍著輕拍她的背，眼圈也逐漸溼熱。

後來，我們一起享用蛋塔，似乎不需要再多說什麼便前嫌盡釋，氣氛一下子輕鬆起來。

「姊，我們學校今天發生了一件可怕的事。」芊甯一邊吃一邊說。

「什麼事？」我疑惑地問。

「今天放學的時候，有個男人喝得醉醺醺的在校門口徘徊，警衛和教官上前盤問他有什麼事，那個人含糊不清地說要找一個男學生報仇。」

「那個男人該不會是……」我微微瞠眼，嚥了一口口水。

「對，就是之前那個搶匪。」芊甯怯怯地點頭，「他說他只是因爲爸爸生病、工作不順，生活壓力太大，才會臨時起意搶了幾張彩券，沒想到被孟易辰抓到，進警局關了幾天。他因此丟掉工作，太太也帶著小孩搬回娘家，他覺得非常不甘心，就跑來我們學校堵人。」

「那件事沒上新聞，孟易辰也沒留下來做筆錄，爲什麼搶匪會知道抓他的學生是誰？」我記得當時警車一抵達，孟易辰就轉身跑了。

「他說他被制伏時，聽到圍觀的人群裡有人說『那個男生是西倫的』，不過沒聽清楚名字。」

「原來有人認出孟易辰……後來你們學校怎麼處理？」

「教官想趕他走，那傢伙卻一直死賴著，警衛說要報警，沒想到他忽然抓狂，拿酒瓶把警衛的頭打傷了！」親眼目睹那一幕的芊甯說到這裡，不禁打了個冷顫，餘悸猶存，「後來警車和救護車抵達，警察就把搶匪抓上車了。」

「我會再提醒一下孟易辰。」雖然我的生活被孟易辰攪得一團亂，可是這件事關係到人身安全，不能選擇無視。

「還有，姊……」

「嗯？」

「我現在跟顧之岳在同個補習班。」芊甯垂著頭小聲說，似乎怕我聽了會生氣。

「妳跟他常碰面？」我有些驚訝。

「沒有，我們不同班級不同樓層。聽補習班的人說，顧之岳去年考上國立X大，那是排名第二的大學耶，可是他爸爸卻不准他讀。」

「顧之喻跟我說過，他哥沒考上醫學系，他爸就逼他哥重考，所以他哥的脾氣才會變得那麼糟。」

「總覺得……他有點可憐，在家裡的日子一定很難過。」芊甯的語氣略帶同情。

「對呀，我們似乎也沒理由再繼續怨他了，他是情有可原。」我點頭附和。

回到自己的房間，我立刻拿起手機，透過LINE向孟易辰提出通話要求。

「喂？」孟易辰不一會便接聽，「妳是來警告我的嗎？」

「對！你不要趁亂介入采菲的感情好嗎？」我冷冷表示。

「冤枉呀！大人，我什麼都沒做，是采菲自己邀我一起回家的。」他的聲音隱含笑意。

「你可以拒絕啊！」

「我怎麼捨得傷害心情不好、需要人安慰的她？」

「你是中央空調嗎？」

「我有暖到妳嗎？」

「沒有！」

「那就不是嘍。」他又笑了笑，「如果妳沒有重要的事，那我要繼續念書了。」

「有，有事。」我冷淡地制止他，「今天放學，那個搶匪跑去西倫高中堵你……後來他打傷警衛，又被警察抓走了。」

電話那頭靜悄悄的，我看不見孟易辰的臉，不清楚他現在是什麼樣的表情和心情。

半晌，他低落的嗓音傳來：「之前沒抓到他，後來並未發生堵人的事件，現在抓到了卻引來麻煩，還害得警衛受傷，感覺好像還不如沒抓到……」

之前沒抓到他，現在卻抓到了？他是第二次遇見那個搶匪搶東西嗎？

「你這話是什麼意思？」我提出疑問。

「意思是，每個事件背後都存在著一定的因果關係，小小的一個改變，卻可能令未來出現巨大的變化，搞不好沒抓到那個搶匪的結局會更好。」

「你說的是蝴蝶效應？」

「對。抱歉，惹出這麼大的麻煩，請妳妹妹上下學要小心。」

「這又不是你的錯。」我認為他做了應當做的事，沒必要為此道歉，「如果讓那個搶匪逃掉了，或許短期內不會造成什麼危害，可是說不定五年、十年後，他會從搶彩券的搶匪變成搶銀行的搶匪，搶劫時還開槍打死了警察或路人，接著潛逃到國外加入黑手黨，升級成國際性犯罪。」

電話裡又陷入安靜，隔了幾秒，他才忍俊不禁地說：「妳的想像力真豐富，我被妳安慰到了，謝謝關心。」

「誰在安慰你呀，我只是覺得要是導致這種後果會很嚴重，又不是在關心你。」語畢，我直接掛了通話。

看看LINE的好友列表，我正考慮著要不要傳訊息給顧之喻時，手機突然響了起來，嚇了我一大跳，螢幕顯示正是顧之喻的來電。

「喂。」我連忙接起，心跳得飛快，沒想到他會打電話來。

「我有沒有打擾到妳？」他總是那麼有禮貌。

「我還沒睡，剛跟妹妹聊完天。」

「和好了？」

「嗯！她的想法真的跟你說的一樣。」我的語氣難掩興奮。

「太好了。」他的嗓音帶著笑意，「剛才我也鼓起勇氣跟我哥道歉了，他居然沒罵我，只是安靜聽我說完，然後冷冷回了一句『你想幹麼關我屁事』，接著又把我趕出去。」

「哈哈……他真是不坦率。」

「所以我決定了，我會好好衝刺，努力考上醫學系。」

這番話讓我一愣，腦海裡閃過孟易辰的聲音：

「他是騙妳的，他的心裡肯定有其他夢想，而那個夢想絕對不是醫學系。」

「顧之喻……當醫生是你真正的夢想嗎？」我試探著問。

「是呀，當醫生是我和哥哥的夢想，小時候我們約好要一起當醫生、一起拯救世界，哈哈……」顧之喻輕快地說，彷彿對未來抱持無限憧憬，「不過我哥目前要考上醫學系應該有難度，再加上我之前抱著不想帶給他壓力的想法，所以才猶豫不決。今天跟妳聊過以後，我心裡的迷霧全都被驅散了，現在我可以篤定地說，我的目標就是醫學系。」

「原來如此，那我們一起加油吧。」我鬆了一口氣，心想孟易辰應該猜錯了。

「嗯，既然以後要一起夜讀，那我們放學後要不要乾脆一起吃飯？」他竟主動提出邀約。

「好呀，那放學後在福利社見。」我的心裡又響起噹噹兩聲：開啟跟顧之喻一起吃晚餐的任務！

月老爺爺太神了！眞的保祐我和顧之喻的發展越來越順利了。

幾天後，關於西倫高中警衛被打傷的事件，學校未能查出之前是哪個學生抓住了搶匪，且單憑搶匪的一面之詞，也無法證實是西倫的學生所爲。由於關係到學生們的人身安全，全市的高中都接獲了警局通知，要求加強門禁管制及安全宣導。

「幸好搶匪的事落幕了，你沒有被肉搜出來。」吃完午餐，我趴在走廊欄杆邊眺望山下的景色。

昨晚下了一場雨，今天天氣明顯變涼了，秋天的氣息逐漸濃厚。

「還是要防範一下。」孟易辰在旁邊滑手機，一邊滑一邊偷瞄隔壁班同學。

我循著他的視線望去，只見姚可珣跟她朋友也趴在欄杆上聊天，她的氣色依然不佳，身材好像又瘦了一點。

距離白尙桓去世已經將近一個月，校園裡的景象恢復如常，彷彿不曾發生過那件意外，只剩下她仍獨自傷心著。

「我搞不懂你跟白尙桓和姚可珣是什麼關係。」根據我的觀察，孟易辰始終很關心姚可珣，每當她和朋友走過窗前，他必定會轉頭看她一眼。

孟易辰收回視線，沒有回答我的問題，只是繼續滑手機。

「你在看什麼？」我瞄到他的手機畫面，顯示的似乎是監視器畫面。

「家裡的監視器。」

「你家有裝監視器？」

「那個搶匪想找我報仇，我怕出什麼意外，就在家裡和門口都裝了監視器。」

「你自己安裝的？」

「對呀，網路上就有賣，一臺攝影機才幾百元，還可以用手機連線，安裝方式也挺簡單。」他說得宛如只是喝水那樣容易。

「你怎麼懂那麼多？」我不禁覺得他處處令人驚奇。

「妳再過個五年，也能學會處理很多事的。」他把手機上的畫面切換至客廳，「我媽又在打掃客廳了，她閒不下來，一直吵著要出去工作，可是醫生說她該休養一年。」

「一個人在家應該挺無聊吧。」說著，腦海突然閃過一個念頭，我馬上回到教室打開書包夾層，拿出一個手工藝品材料包，這是我前天去書局添購文具時順手買的。

「孟易辰，這個送給你。」返回走廊，我把材料包遞給孟易辰。

「這是什麼？」他疑惑地盯著材料包。

「DIY環保杯套，柴犬圖案的，裡面有棉布、針線和配件，可以簡易地縫出一個杯套。」

「我沒時間做，也沒興趣。」他微微皺眉，不懂我爲什麼要送他這個。

「又不是給你的，是給你媽媽的。」我沒好氣地表示，難得他那麼遲鈍，「做手工藝可以打發時間，縫製時心情能平靜下來，完成時也會滿有成就感的，具有心靈療癒的效果，可以當成你媽媽養病時的消遣。」

「聽起來不錯，可是我媽會想做嗎？」他恍然大悟。

「你每天早上都會喝一杯咖啡，你就跟她說你想要一個環保杯套，她肯定會親手幫你縫的。」

「對！我怎麼沒想到。」他輕輕拍了下額頭，伸手接過材料包，「這個多少錢？我跟妳買。」

「才幾十塊而已，不用給，希望你媽媽能縫得開心，身體趕快恢復健康。」

「謝謝。」他微笑凝視我，眼神溫柔，「對了，妳跟顧之喻進展到哪裡了？」

「我跟他確認過了，他的夢想是跟哥哥一起當醫生，他還是決定要考醫學系。」我把這件事告訴他。

「笨蛋！」他錯愕地低罵，「妳小時候有沒有夢想過長大後要跟妹妹一起做什麼事？」

「有……」我被他的反應嚇了一跳，「我跟妹妹玩辦家家酒時，曾經想過一起開一間咖啡店。」

「開咖啡店是妳的夢想嗎？」

「不是。」

「所以，當醫生是他跟哥哥的夢想，但不等於是他的夢想！」他壓低聲音指出關鍵。

「那也沒關係呀，至少是跟哥哥的夢想，如果我妹長大後要找我一起開咖啡店，我應該也會答應。」我認眞覺得這樣的夢想挺美好的。

「不行就是不行！」孟易辰的口氣十分強硬。

「你跟顧之喻有什麼過節嗎？爲什麼要干涉他那麼多？」我雙手扠腰質問。

「過節嘛……」他微微瞇眼，彷彿想起了不愉快的事，「反正妳先聽我的，原因我保證以後會告訴妳。」

「可是考上醫學系的難度很高，依我們學校學生的程度，並不是每年都能產出一個醫學系學生。」

「他絕對考得上。」孟易辰莫名篤定，見我不太想配合，他竟搖搖頭嘆了口氣，轉身走向教室，「算了！我還是自己來好了。」

那語氣好像在嫌棄我沒用，眞是氣死我了！

記得昨天夜讀時，顧之喻開心地跟我說，自從他決定考醫學系後，他爸媽對他哥哥變得寬容多了，不再管顧之岳管得那麼嚴，而顧之岳最近也沒再惹事，家裡的氣氛漸漸變好。

明明一切都朝著好的方向發展，爲什麼孟易辰那麼執著於醫學系是不是顧之喻的眞正夢想？

我沒好氣地回了教室，只見楊采菲側坐在椅子上，隔著走道跟孟易辰聊天。

這幾天她仍然對我和張璟閎不理不睬，除了纏著孟易辰要他陪她下山搭車外，還跑去跟另外一群女生聊天。

「今年寒假，我們全家本來要去韓國滑雪，沒想到我爸有個要好的朋友從國外回來過年，他就爲此取消了出國的行程，和朋友見面，害我好失望。」楊采菲說著年初發生的事，她爸爸是航空公司的內勤，他們每年都有免費機票可以出國旅遊。

「大人都工作了一整年，過年又那麼忙碌，其實他們放假最想做的事，就是待在舒適的家裡，跟許久不見的朋友喝點小酒、聊聊天吧。」孟易辰一邊打開課本，一邊聽她說話。

「可是明明已經規劃好了，突然取消的失落感太大了。」

「出國的機會多得是，妳應該要體諒妳爸爸，他一定相當重視那位朋友。」

「有啊，他說不去就不去了，我也沒講什麼。」楊采菲噘著嘴巴嘟囔，「後來我爸說，明年學測完要帶我們去日本玩。你去過日本嗎？」

「沒去過。」孟易辰瞄著課本，漫不經心回答。

「我跟你說，我上次去了日本的輕井澤，那裡的風景好漂亮……」

楊采菲興高采烈地說起在日本遊玩的經歷，過了一會，學藝股長跑來問她事情，接著兩人便一起走向講臺，而孟易辰居然一副被轟炸完的虛脫樣，用右手揉著額角。

這什麼情況？

他不是對楊采菲有好感嗎？

下午第二堂課是體育課，同學們在體育館集合，體育股長帶領著大家做熱身操。

熱身操後段有幾個動作是必須兩人彼此壓背或互背，以往楊采菲固定會跟我一組，於是如今我就落單了。我都忘了我是班上的邊緣人，邊緣人最可悲的，就是和我現在一樣，當班上的女生人數是單數時，一定會被遺留下來。

我自己一個人做完前段的熱身操，接著便站著發呆。

熱身操結束後，大家自由打球，我獨自坐在場邊休息，望著楊采菲又纏上孟易辰，要他教她投籃。

張璟閎沮喪地過來，在我的旁邊坐下，低聲探問：「采菲有沒有跟妳說，她是不是喜歡上孟易辰了？」

「她也看我不爽，怎麼會跟我講那些事。」我有些不自在地抱住雙臂。

「她現在好像很討厭我。」

「她只是在生氣，還不到討厭的程度。」

「眞的嗎？」

「嗯。」

「妳……有沒有什麼建議？」他放低姿態向我求助。

「采菲的個性就是這樣，有點固執己見，在大家面前又愛面子，不喜歡服輸，所以你不能因爲在意和吃醋，就當眾一直跟她辯，這樣只會惹得她更生氣。」我這個人就是耳根軟，儘管跟張璟閎的關係不算好，我也不想看到楊采菲不開心，他們能夠和好自然是最好的。

「我是不該那麼衝動。」

「還有，她也不喜歡被限制，你不能要求她不跟其他男生做朋友。」我把自己對楊采菲的了解告訴他。

「那我該怎麼辦？」張璟閎的臉上滿是懊悔。

「她會慢慢消氣的，等她冷靜後，你再好好跟她解釋吧。」

距離下課還有十分鐘，不少同學打球打累了，便跑去買飲料或洗臉，體育館裡一下子少了許多人，就連楊采菲和孟易辰也不知在什麼時候離開了。

「璟閎，我要去找小黑玩了。」我瞥見學校的校狗小黑跑進了器材室。

「喔……」張璟閎不得不停止訴苦。

我起身走進體育器材室，見到小黑在置物架間好奇地東聞聞西嗅嗅，我在牠的前方蹲下來，伸出手，小黑聰明地把前腳搭在我的掌心。

「妳剛剛在當張璟閎的戀愛諮詢師？」孟易辰的嗓音從器材室門口傳來。

「他很苦惱，來問我該怎麼辦。」我簡單說明跟張璟閎的對話內容。

「身爲閨密，妳最好不要和采菲曖昧的對象有私下互動。」

「你指的是像現在這樣？」

「眞的耶！」他哈哈一笑，又是那種事不關己的口吻，明明他是最該爲兩人吵架負責的人，「你們啊，鼻屎大的事，汪洋般的煩惱，眞是青春。」

「你啊，高一的數學忘光了？」我學著他的語氣，因爲他今天一直皺著眉頭在算數學題目。

「廢話！妳畢業後會用到數學嗎？」他露出想殺人的目光。

「畢業後當然用不到，可是我們現在還沒畢業。」

「可惡！」他低咒一句，無力地在旁邊的藍色跳高墊上坐下。由於流了汗，孟易辰把運動服的袖子捲了起來，上臂的肌肉結實好看，明顯特別練過。汗溼的短劉海往上撥開，露出稜角分明的臉，他剛才應該洗過臉，臉頰還殘留了點水珠，看起來竟有些性感。

小黑發現我沒零食可以餵牠，便現實地跑了出去，於是我站起身。

「可以跟采菲聊天，你應該要覺得開心呀，怎麼看你好像有點不耐煩？」我提出心裡的疑惑。

「聊天是沒事做時的娛樂，可是目前我最缺的就是時間。」他兩手撐在後面，身體微微後仰望著我，「時間這麼寶貴，應該用來好好念書，而不是用來聽一個女生花著父母辛苦工作賺來的錢，卻不滿足地一直批評父母。」

「你怎麼這樣講采菲？她不是你的女神嗎？」我雙手扠腰瞪視他，他的論調和爸媽在念我沒幫忙做家事時像極了，讓人聽了有些反感。

「嚴格說起來，是未來的女神。沒想到女神成神之前，也是有幼稚任性又帶點公主病的時期。」

我愣了一下，不禁失笑，「你的意思是，你只憑第一印象，就判定采菲未來有成爲女神的潛力，才會對她產生好感？而跟她相處過後，卻發現她的個性不如你想像中的好？」

「我不想否認，但事實正是如此。」他神情坦然，沒有任何敷衍或否認，「我現在跟采菲有時間差，再加上心境已經改變，別說是喜歡，就連原本的來電感都被消磨殆盡了。」

「就和對前女友一樣，你對采菲也失去了喜歡的感覺？」

「好像是。」

「我覺得有毛病的人是你，你應該去看心理醫生！」他的回答挑起我的怒火，我抬腳重重地踩在他的布鞋上。

「噢！很痛耶！」孟易辰痛得把腳往上縮起。

「不喜歡就跟她保持距離！」我一腳踏上跳高墊，伸手揪住他的領口警告。

「我沒辦法控制。」

「什麼叫沒辦法控制？」

「就是身不由己。」他一邊的嘴角淺淺勾起。

「你這個只會發情的渣男！」一陣熱氣湧上我的臉，我承認我想歪了。

我氣急敗壞地握緊拳頭，狠狠搥向他的胸口，孟易辰被我推得往後倒去，可是同時我感覺腰間一緊，他的手竟順勢勾住我的腰，把我一起拖下水，我們雙雙倒在跳高墊上。

我整個人趴在他身上，那張英氣的臉龐近在眼前，鼻尖差一點點就相碰，雙脣也近在咫尺。

「妳再叫我一句渣男，那我絕不能辜負這個美稱，就要對妳做出很渣的事了喔。」他的口吻帶點調侃，微熱的呼息輕輕拂上我的臉。

我的臉八成紅得和蘋果一樣，在他深邃的眼眸裡看見自己的身影，我好半晌說不出話，手忙腳亂地翻身坐到旁邊。正想爬下跳高墊時，身上的運動短褲卻被什麼東西勾住了。

轉頭一瞧，那傢伙竟然無賴地抓著我的褲管。

「你、你放手！」我重新坐回跳高墊上，伸手想扯開他的手，然而我們力量差距懸殊，怎麼扯都扯不開。

「妳冷靜點，聽我把話說完。」他側身躺在墊子上，右手慵懶地撐著臉，左手仍緊緊揪著我的褲管不放。

「說什麼啦？」

「我所謂的身不由己，是指采菲現在在利用我，我拒絕她的利用反而會傷了她的心，所以妳警告我也沒用。」他的聲調平緩，耐心向我說明。

「她在利用你？」我一愣。

「而且是以很幼稚的方式。難道妳看不出來？」

我仔細回想，自從跟張璟閎吵架後，楊采菲便更加頻繁地找孟易辰說話，彷彿刻意在高調放閃，這麼做的用意是……

「不會吧！她是拿你……刺激璟閎？」我吶吶地說。

「是啊，就跟她故意找其他女生說話，目的是爲了讓妳難過一樣，公主都希望被王子和女僕高高地捧在手掌心。」說完，他忍不住笑了。

「誰是女僕呀？」

「誰應聲誰就是。」

我狠狠刨他一眼，不過經他這麼一說，感覺楊采菲的心態眞的挺幼稚的。

「采菲從小家境不錯，她爸媽都疼她，在學業上也沒遇過什麼挫折，再加上沒有社會歷練，這年紀會這樣鬧情緒也是可以理解。」他分析得頭頭是道。

「可是弄到這個地步，我根本不知道該如何收拾。」我沮喪地嘆氣。

「我可以退出喔。」

「眞的？」

「只要妳求我。」他又笑彎了眼。

「你去死！」我伸出腳抵住他的腹部，用力將他踹開。

孟易辰終於鬆手，我轉身想跳下墊子，沒想到運動服的衣角又被他從後面扯住。

「你是流氓啊！」我氣得鼓起雙頰，回頭瞪他。

「以前不少人都這麼說，還有人叫我稅金小偷。」他盤腿坐在墊子上，運動服前襟印著我的鞋印。

「我管你是什麼東西！」

「快啦，求我退出。」

「你變態！」此時下課鐘聲響起，我心裡暗叫不妙，「等等體育股長會把籃球收進來，你想惹麻煩跟我傳緋聞嗎？」

「我無所謂。」他側耳傾聽，「眞的有人來了……」

腳步聲和說話聲已近在門前，我慌得六神無主，冷汗自額角滑下，我輕輕喘了一口氣，

「孟易辰，饒了我……」

話剛說完，孟易辰霍地撲過來抱住我，一個翻身朝牆角滾去，墊子旁邊剛好有個貼牆的貨架，架上擺了許多體育器材。

孟易辰把我塞在貨架的側邊，他則單膝點地跪在一旁，兩道腳步聲隨即踏進器材室。因爲有貨架擋著，這裡等於是視線死角，從門口看過來並不會發現，但只要有人再往裡面走，

就會瞧見我們兩個擠在一起。

這狀況根本比被孟易辰拉住衣角還糟！

「球都收進來了嗎？」

「收了。」

我的背貼著貨架側邊，雙眼平視孟易辰的下巴，低頭可以看到他微微凹陷的鎖骨，明明沒有胡思亂想什麼，臉頰卻不自覺地又開始發燙。

腳步聲在器材室裡走動，孟易辰朝我擠近一點，我連忙伸出雙手抵住他的胸膛，試圖跟他隔開距離。這一推擠，我的鞋底磨擦到了墊子表面，發出細微聲響。

「咦？裡面好像有什麼聲音？」

「有嗎？我沒聽見。」

完蛋了！

孟易辰縮起身子把我抱進懷裡，將我壓在貨架上，我緊張地仰起頭，這一刻，我的唇剛好印上他的臉頰。

我倏地瞠大眼睛，他好像怕我會叫出聲，急忙側頭，柔軟的雙唇直接壓住我的唇。

啊……

這是……初吻……

記憶彷彿中斷了好幾秒，只剩柔軟的觸感清晰地燙著我的唇，直到體育股長的聲音傳來。

「可能是蟑螂吧。時間不早了，我們回教室吧。」

「好，走吧。」

孟易辰默默把臉移開，表面上看起來鎮定，可是我的掌心明顯可以感覺到，他胸膛下的心跳既強勁又急促。

「抱歉，我又玩得太過火了。」他的嗓音低啞，耳根泛起一點紅。

雖然是我先碰上孟易辰的臉，他也是情急之下怕我出聲才堵住我的脣，然而事情會發展至此，全是因為他故意捉弄我。

滿腹委屈湧現，淚水在眼眶裡打轉，我再也忍不住，伸手打了他一個巴掌。

「孟易辰，我討厭你！」

月老爺爺，祢是不是牽錯線了？

第五章　花樣的少年們

被孟易辰一陣胡搞，放學後我沒心情留下來夜讀，鐘聲一響就背起書包走向校門。

校門口兩側排著等待校車的學生，糾察隊員忙碌地指揮交通。因爲之前放學後常有活動，有時也會跟楊采菲去逛街，因此我才只有早上搭校車，放學則是下山到商店街搭市區公車。

正當我臭著一張臉繞過校門的轉角時，一道冰涼的嗓音從背後傳來：「周芊婭，我有話要跟妳說。」

我倏地停下腳步，轉身對上陳柏鈞不帶情緒的臉。

身爲資優班菁英中的菁英，身材高瘦的陳柏鈞制服穿得整整齊齊，臉上戴著黑框眼鏡，看人的眼神帶著一點高傲感，渾身散發出強大的氣場，逼得我這個成績倒數的學渣不敢直視。

「妳喜歡阿喻吧？」他走到我面前，低低開口。

我輕咬住下唇，沒有回答。

「勸妳不必白費心機，以前我也看過不少女生喜歡他，可是最終都沒好結果。」

「爲什麼？」

「妳了解阿喻的背景嗎？」

「知道一點，他爸爸是電子公司的主管，對孩子很嚴格，要求非常高，家族裡的人都十分優秀。」

「在我們那個社區裡，住了許多有錢有勢的人，那些人爲了拓展業務或人際關係，組了一個交流會互相牽線認識。」陳柏鈞雙臂抱胸，換了個姿勢繼續睥睨我，「那些大人的交際方式很浮誇，例如妳女兒十七歲，剛好跟我兒子同年，我們見面時就會客套地說『妳女兒將來長大嫁給我兒子好了』，接下來見面時，雙方便開始以親家相稱。雖然大家都知道基本上是玩笑話，可是眞的有一家的女兒相當討阿喻爸媽喜歡。」

自慚形穢的感覺升起，他所形容的世界距離我太遙遠了。

「那個女生的爸爸是大公司老闆，本身是西倫高中音樂班的學生，聰明、漂亮又有家教，跟妳是不同等級。」他的立足點比張璟閎更高，盯著我的眼神赤裸裸地透出一絲不屑。

「所以顧之喻喜歡她？」我逼自己直視他，即使難受也不能退縮。

「不是，這代表得具備那樣的條件，才能入阿喻父母的眼。」對於我的遲鈍，陳柏鈞翻了個白眼，「阿喻的爸媽已經曉得妳跟他一起夜讀的事，如果妳再繼續纏著他，依照以往的慣例，妳可能會被阿喻的媽媽加臉書好友，然後她會傳訊息給妳，鼓勵妳要專心念書，別打擾阿喻的學習。」

聽到會被顧之喻的媽媽加好友，我的心顫抖了一下，不敢想像那個狀況。

「這種事我見過好幾次了，才會事先提醒妳，喜歡上阿喻的人眞的很可憐。」陳柏鈞又推了推眼鏡。

「不對吧！可憐的是顧之喻。」一道沉靜的聲音冷不防冒出。

我循著聲音來源望去，孟易辰一手抓著腳踏車的車頭，從牆的另一側轉出來，衝著陳柏鈞勾起嘴角，「沒想到他爸媽還安插了眼線，偷偷在學校裡監視他。」

「你說什麼？」陳柏鈞臉色微微一變。

「他爸媽會知道周芊婭跟顧之喻一起夜讀，還知道以前有哪些女生喜歡顧之喻，應該都是你打的小報告吧？」

「我……」陳柏鈞的眼睛快速眨了幾下。

「說謊大學會落榜喔。」孟易辰惡毒地補了一句。

「因、因爲大學學測近了，阿喻卻退掉補習班的課，他爸媽才會希望我多注意他在學校的情況。」陳柏鈞咬牙辯駁，鏡片後的雙眼流露出敵意和防備。

孟易辰彷彿看到了什麼有趣的生物，輕輕失笑，「身爲顧之喻的好友，你也不用事事向上秉報呀，照理說朋友都是互挺的，怎麼你一直暗中陰他？」

「因爲他哥哥就是高二談了戀愛，才會沒考上醫學系，後來還不是跟那個女生分手了。高中生的戀愛根本無法長久，又何必浪費時間去談戀愛，甚至爲此影響到成績？」陳柏鈞振振有辭。

「你沒談過戀愛吧，自然不能了解十七歲的愛情是多麼美好，即使最後不歡而散，還是會惦記著一輩子。」孟易辰感慨地說，似乎十分懷念上一段戀情。

「你錯了，我就是談過才明白愛情不全是美好。」陳柏鈞又推了推眼鏡，視線自孟易辰的臉上移開，落到我身上，「反正我好心提醒過妳了，妳自己看著辦，準備接顧伯母的訊息吧！」

撂完狠話，陳柏鈞便轉身去排隊搭校車。

事情怎麼會變成這樣？

好不容易我覺得跟顧之喻的距離又拉近了一點，沒想到原來後面還有一山高過一山的重重阻隔。

「妳那是什麼表情？」孟易辰若無其事地打量我的臉，好像忘了稍早在體育器材室發生的事，伸手用指節輕敲一下我的額頭，「富可敵國的道明寺都能克服萬難跟杉菜在一起了，顧之喻的爸媽加上有錢又漂亮的候補女友算什麼？」

「那是少女漫畫耶，你拿來安慰我會不會太扯？」我狠狠拍開他的手，被他奪走初吻的餘怒未消。

「不會呀，我的目的就是要讓妳吐槽我。」他甩了甩被我打疼的手。

「你不要以爲幫我說了話，我就會原諒你的行爲。」

「不原諒，是要叫我負責嗎？」

「嗄？」我的腦筋一時轉不過來。

「我也是可以負責的。」他低頭在我的耳邊輕喃。

「我才不要！」我猛力將他撞開。

孟易辰差一點連人帶車跌倒，他穩住腳踏車站直身子，以帶點歉意的複雜語氣說：「那就忽略那個意外，好好進攻顧之喻。」

「你怎麼能⋯⋯那麼隨便！」我壓下滿腔憤怒，轉身氣沖沖地朝山下走去，不明白自己想表達什麼，更不明白爲什麼聽他那樣說，心裡又莫名冒出一股氣。

「忽略不行，負責也不行，女生的心思眞難懂。」孟易辰在我身後幽幽嘆氣。

踩著重重的腳步往前走了幾步，我終究按捺不住好奇，又緩下步伐問：「剛剛陳柏鈞說的那個女生……」

孟易辰快步來到我身側，笑道：「父母間的玩笑話就是玩笑話，那個女生不會跟顧之喻在一起的。」

「你又知道？」

「我夜觀星象，掐指算的。」

「你少吹牛了。」我抬起手肘撞他的腰間。

「噢……」他微微扭了一下身體，「我覺得，妳真的可以無視那個女生，既然顧之喻的爸媽那麼喜歡她，那他爲什麼沒有跟她交往？」

「因爲不喜歡。」

「正解，對自己有自信一點，像我就認爲妳比采菲懂事，相處起來沒那麼累，妳也有自己的優點的。」

被他這麼一頓安慰和誇讚，我的氣消了些，腦袋瓜和情緒總算冷靜下來了。

想想跟孟易辰的意外之吻，實際上我沒什麼損失，損失的只是「初吻」的意義。那種意外發生就發生了，沒有任何補救的方法，除非時間能夠倒流，否則再生氣也只是爲難自己。

「那個……我不承認是初吻。」我決定跟他把話講明。

「喔？」他挑眉看我。

「只有脣碰脣而已，根本不算接吻……我也曾經被我阿姨的小孩那樣親過。」我別過臉避開他的視線，直盯著旁邊的草地，「眞正的接吻……應該要更深入……所以那個連吻都算不上。」

說到這裡，我已經羞得頭低到不能再低，加快速度往商店街走去。

過了一會，孟易辰踩著腳踏車悠悠掠過我的身側，輕柔的嗓音飄來：「妳怎麼說就怎麼算，只要不討厭我就好。」

望著他的背影遠去，我這時才發現，雖然我很氣他的亂來，可是並沒有因此眞的討厭他。

回到家，我洗完澡便待在房裡溫習功課。

晚上九點多，芊甯從補習班下課，一進門便直衝我的房間。

「姊……」芊甯一臉不安地抓住我的肩頭，「我今天在補習班門口遇到顧之岳在抽菸，他突然叫住我，問妳是不是跟顧之喻一起夜讀，我很緊張地說是。」

「他和妳說了什麼？」

「他要我感謝妳，說拜妳所賜，他弟弟決心要考醫學系後，他爸媽就把重心全都放在弟弟身上，讓他這個哥哥現在過得很輕鬆。等明年重考上大學，他就要用打工存的錢搬到外面住，之後家裡怎樣就不關他的事了！」芊甯說到這裡，臉蛋都氣紅了，「姊，他的口氣一樣酸溜溜的，根本不像是眞心想向妳道謝。」

「他的意思是……」芊甯的傳話令我頓時警覺到這件事的嚴重性，「假如顧之喻沒考上醫學系，他將來的生活就會和哥哥之前一樣，被爸媽逼著重考，而顧之岳卻拍拍屁股走人了，不會管他弟弟死活。」

「這樣有夠沒兄弟愛欸！」芊甯不能接受顧之岳的態度，「顧學長明明是爲了他這個哥哥，才決定承擔起考醫學系的重責大任，達成他爸媽的期望，可是顧之岳居然一點都不領他的情，只想要自己過得輕鬆。」

而若顧之喻考上了，可是哥哥卻毫不感謝他的付出，這樣顧之喻未來難道不會後悔嗎？如果他後悔了，那鼓勵他考醫學系的我豈不是害了他？

想到這裡，我頓時覺得孟易辰想找出顧之喻的眞正夢想的那份堅持，應該是正確的。

ℬ

週末休了兩天，我的心情已經好轉，決定忽略意外跟孟易辰接吻的事。

新的一週開始，早上進到教室，只見張璟閎臉上帶著討好的笑容，轉身正在輕聲和楊采菲說話。

楊采菲雖然一手托腮，露出愛理不理的表情，可是神色間明顯少了怒氣，似乎原諒張璟閎了，只是一時還拉不下臉。

他們和好了，我心裡也鬆了一口氣，於是坐下時對她揚起微笑，「采菲，早安。」

楊采菲身子微微僵了一下，竟仍舊充耳不聞，沒有回應我。

不久，孟易辰也來上學了，見到他來，我原本想把臉別開，無奈視線偏偏黏在他的手上，因爲他手裡提的超商咖啡套著柴犬杯套。

照理說，身爲手作社前社長的楊采菲，看到那個杯套應該會和我一樣眼神放光，然而她的反應卻十分冷淡，不像上星期那樣熱絡地跟他道早和聊天。

儘管嗅到不對勁的氣氛，孟易辰並未表示什麼便拉開椅子坐下。

「孟易辰，你認識郭子嗎？」張璟閎突然出聲。

我回頭看向孟易辰，正打開書包要拿課本的他聞言一愣，緩緩轉頭望著張璟閎。

「他是你在西倫的同班同學吧。」張璟閎輕描淡寫地說，接著擅自將孟易辰的私事詔告所有人，「昨天郭子跟我爆料……他說你在暑假時和一個女生告白，卻交往沒幾天就向人家提分手，說已經不喜歡她了。那個女生被你傷害得很深，郭子曾經帶她去找你理論，還生氣地揍了你一拳，我記得你之前上學時，臉上貼過OK繃。」

原來那個男生的綽號叫郭子，更不妙的是，那件事竟然傳到了張璟閎耳裡。

「他說的沒錯。」孟易辰坦承，沒有找藉口敷衍。

「好過分！分手的理由也太爛。」

「果然人帥做什麼都可以……」

在場的同學們一陣譁然，楊采菲的臉整個垮下，癟嘴露出不悅的表情。

而張璟閎的氣焰高漲起來，提高了聲音：「後來你還放話詛咒郭子騎車要小心，結果他前天晚上騎車去買宵夜時，路上莫名想起你的話，就在分神的那瞬間，一隻狗突然從暗巷裡衝出來，他雖然及時閃開，卻撞到路邊正在撿回收物的一個老爺爺。」

原來那天孟易辰在郭子耳邊說的話是這回事。

「撞到老爺爺？」孟易辰顯得相當錯愕，似乎沒想到會是這種結果。

「對，那個老爺爺受傷縫了好幾針，郭子必須賠他不少醫藥費。你的嘴巴也真是厲害，一語成讖耶，大家以後要少惹你了。」張璟閎毫不掩飾話中的譏嘲，同學們聽了紛紛大笑。

孟易辰眼神一黯，他伸手摸著下巴，陷入自己的思緒裡。

「郭子還說，他跟你原本是好朋友，可是你經常利用他，利用完就反過來搶走他的功勞，他又說你特別喜歡跟女生搞曖昧，讓女生喜歡上你後，再拒絕人家的告白，好像想要證明自己很有魅力。」張璟閎瞄了眼低頭坐在那裡的楊采菲，意思非常明顯，就是暗指孟易辰對楊采菲故計重施。

「好差勁，還詛咒人家出車禍，眞是烏鴉嘴……」

「說不定他的書包裡藏著一份百人斬名單。」

「莫非他是在西倫混不下去了，才會轉學到我們學校？」

同學們交頭接耳討論，可是孟易辰彷彿沒聽到，只是盯著空氣裡的某一點，不知道神遊到哪裡去了。

儘管曾經目睹孟易辰和郭子的爭執，明白他和前女友提分手是事實，現在聽著他被同學們批評，我仍莫名有點於心不忍。

「你有沒有在聽？」見孟易辰不理人，張璟閎起身走到他的座位旁，一掌拍在桌面上。

「這是我的私事，我沒必要跟你解釋。」孟易辰眼珠子一轉，眸光銳利地射向張璟閎。

「沒必要嗎？」張璟閎毫不讓步，畢竟他自恃是跆拳黑帶二段，要打架也不怕。

「我不記得郭子有你這個朋友，你是怎麼跟他搭上的？」

「這些事全是郭子告訴我的。」

「我是問你怎麼跟他搭上的？」

「你先問你自己，你從轉學來的那天開始就處處排擠我、貶低我，頻頻對栥菲示好，我說的話有錯嗎？」張璟閎反過來質問，見孟易辰答不出話，他又義正詞嚴地強調，「我說的沒錯吧，若要人不知，除非己莫爲，大家遲早都會看清你的爲人的！」

「對，你眞是遲鈍，現在才發現呀，不過那又如何？你有少一塊肉嗎？我把妹有犯法嗎？法律有規定不能跟女朋友分手？」孟易辰露出無辜的笑容，「我這樣講有沒有符合你的劇本？」

「你少瞧不起人！」張璟閎被激怒了，一把揪住孟易辰的衣領。

我朝孟易辰投去擔憂的目光，他只是淡淡瞥了我一眼，神色平靜，沒有絲毫緊張。

也是，他都可以徒手制伏搶匪了，應該也沒把張璟閎放在眼裡。

「孟易辰，你這樣講眞的太過分了！沒想到你是這麼輕浮隨便的人。」楊栥菲連忙拉住張璟閎的衣角，同學們也是一陣非議，「璟閎，算了，別鬧事。」

「是沒犯法，但是大家眼睛要放亮點，你也給我小心點！」張璟閎丟下一句警告，鬆開孟易辰的衣領，隨楊栥菲回到座位。

孟易辰面無表情理了理衣領，抬起視線跟我相對了一瞬，隨即拿起手機開始打字。

隔了幾秒，我的手機顯示有一則訊息，我點開一看。

孟易辰：我媽縫的杯套很可愛吧！

天啊，原來這傢伙根本只是故意讓自己黑掉，好讓事情快點落幕？

我伸手揉了揉額頭，眼角餘光瞥見楊栥菲還在安慰氣紅臉的張璟閎，要他別跟渣男多費脣舌，這下子兩人眞的徹底和好了。

周芊娅：犧牲那麼大，把女神拱手讓給別人好嗎？

孟易辰：很好，耳根清淨了，只是心裡有點難過，不如妳針對我媽做的杯套，寫個一百字感想安慰安慰我。

這混蛋……剛剛我真是白擔心了。

經過一個早上的觀察，我發現同學們只是有默契地無視了孟易辰，或許是大考在即，沒人有心思刻意搞霸凌。且這種情況也不代表大家真的討厭孟易辰了，單純就是有人帶頭，其他人便跟著選邊站而已，連我都覺得他人在風頭上，今天還是少跟他說話為妙。

不過孟易辰倒是不在意，下課時一樣悠哉喝著咖啡、讀著自己的書，非常用功。

直到打掃時間，我跟他在校史室會合，這才有機會說上話。

儘管決定忽略那個吻，跟他獨處時，我還是忍不住覺得尷尬，沒法直視他的臉。

「芊娅……」低柔的嗓音冷不防從後面傳來，近在我的耳邊。

「幹麼？」他微熱的呼息勾得我的心猛然跳了一下。

「沒想到縫線的間距相同也可以拿來稱讚。」他一手舉著手機，一臉滿意地讀著我剛剛傳給他的杯套心得，「感謝妳的心得，不然除了可愛兩個字，我實在想不出還可以用什麼詞彙讚美那個杯套。」

「你文藝社的耶！」我努力擺出自然的表情與他閒聊，「不過你媽媽真的縫得很好，下一次可以做拼布面紙套，布置你們的新家。」

「好主意！」

「話說……你的書包裡真的有嗎？」

「有什麼？」

「百人斬名單。」

「我……」他伸手指著自己的臉，哭笑不得，「我從出生到死只交過一個女友，怎麼可能有那種東西？」

「那詛咒別人出車禍又是怎樣？」從出生到死？這說法太誇張了吧！難道他之後不打算再交女朋友了？

「那個呀，我問妳。」他斂起笑容，一本正經地問，「撞到狗害自己摔車腿骨折，整整三個月都得拄拐杖上學，跟閃過狗卻撞傷路人，賠了一筆醫藥費，哪一種結果比較好？」

「都不好。」我思索了一下，「不過雖然自私，但當然還是自己不要受罪更好，拿拐杖上課太麻煩了。」

「所以這應該是花錢消災的道理。」

「你怎麼知道你朋友會撞到狗？而且一定會摔車骨折？」

「本山人掐指一算……」他做出掐指算命的手勢。

「掐你個鬼！」我抓起掃把掃向他的手，總算找回原本跟他相處的方式，「那你是愛利用朋友、愛勾引女生的小人嗎？」

「郭子都這麼說了，我不是也得是呀。」他迅速把手縮回，半垂的眼睫下藏著一絲悵然，「反正解釋再多也沒用，妳信就信，不信就不信。」

「我持保留態度。」

聽我這麼說，孟易辰三八地用肩頭推了下我，「如果我被同學們孤立了，妳會和大家站在同一邊嗎？」

「孩子……」我露出憐憫的微笑，「我答應過你媽要好好關照你。」

「可是跟我在一起，妳可能也會遭受排擠。」

「我的臉自帶氣場，從以前就只有我排擠人，沒有別人排擠我。」

「眞霸氣，我欣賞。」孟易辰的嘴角含著溫柔笑意，「其實在伊藤潤二的漫畫裡，我最喜歡的女角色就是暗黑系的厭世臉富江，她美得很特別。」

告白般的一席話來得猝不及防，我的呼吸凝滯了下，立即擺出拒人千里的死魚眼表情。

「妳幹麼瞪我？我這是稱讚妳耶。」孟易辰低聲笑道，伸手輕捏我的臉頰。

「說實話，你是眞的喜歡采菲嗎？」我拍開他的手，回到正題。

「我喜歡她知性、獨立、有主見的那一面。」他的語氣認眞。

「你是不是誤解了什麼？采菲才不是那種個性。」我不禁笑了。

「因爲時間差的關係，她的個性才會和我認識的不同。原先我是對她抱有好感，可是實際相處後，我發現她太孩子氣了，反而妳的個性還比她好。」

我微微瞠大眼睛，心臟一陣狂跳。他覺得我比楊采菲好？不過所謂的時間差到底是指什麼……

「我對妳沒別的意思，純粹是以男人的角度進行分析。」他連忙補上一句，「總之，我答應過妳會退出，不再干擾采菲和璟閎的感情，今天這樣應該就可以了。」

門邊突然傳來抽氣聲，我和孟易辰猛然看去，沒想到楊采菲寒著一張臉，就站在那裡。

「芊娅，不然我是哪種個性的女生？」楊采菲踏進校史室，冷聲質問，「不知性？懦弱？沒有主見？」

「我不是那個意思……」我心頭一涼，明白這下說不清了。

「采菲，妳誤解了，芊娅眞的不是那個意思。」孟易辰走上前想幫我說話。

沒想到他一出言維護我，楊采菲便更生氣地推開他，再次逼向我，嗓音逐微拔高：「妳喜歡孟易辰就說嘛，何必使這種下三濫的手段，在背後說我壞話？」

「我沒有喜歡他，也不是在講妳壞話……」我急出一頭冷汗。

「妳騙誰？上星期的體育課，妳不也跟璟閎講了我的壞話？」

「璟閎……我沒有說什麼啊？」

「妳不是跟他說，我很固執、愛面子、不喜歡服輸？」她尖聲質問。

我百口莫辯，明明是好心告訴張璟閎和楊采菲和好的方法，爲什麼張璟閎會把我的話跟她說？而且傳到她耳裡，怎麼變成我在講她壞話？

「還有，剛才聽你們的對話，妳是要孟易辰不准接近我？」楊采菲咄咄逼人。

「我跟璟閎一樣，只是擔心他不是眞心喜歡妳。」

「芊娅說的沒錯，她的確是擔心……」孟易辰橫身擋在我面前。

楊采菲又猛力推開他，完全不聽他的解釋，砲火只針對我，「妳只是表面上說得好聽，實際上是想排除所有對我有好感的男生吧？」

「我沒有！請妳相信我。」我焦急地想拉住她的手。

「妳根本是雙面人，心機眞重，你們兩個眞的差勁透了！」她甩開我的手，忿忿轉身跑開。

那句話像利刃劃過我的心頭，強烈的委屈令我的眼眶熱了起來，鼻頭漸漸升起一股酸意。

「抱歉，我越是護著妳，只會更加激怒采菲。」孟易辰無奈地嘆了一聲。

我咬牙忍住即將奪眶而出的淚水，他說的沒錯，楊采菲只相信自己聽到的。

回到教室，只見楊采菲趴在桌上哭泣，張璟閎和隔壁的女同學手忙腳亂地在安慰她。

最後一堂課，班上的氣氛變得很差，連老師都主動關心楊采菲怎麼哭了。楊采菲沒回答，上課中時不時擦一下眼角的淚水，模樣楚楚可憐，彷彿受了極大的委屈。

即使並未明說，同學們仍然可以猜到是我和她吵架了。

ღ

這天我再度缺席了夜讀，顧之喻傳訊息問我怎麼沒來，我只回答家裡有事。

不久，楊采菲在IG發了一則貼文：

對自己沒自信，又不努力改善自己的個性，還喜歡在背地裡搶別人的朋友，不想承認自己講朋友的壞話，這種雙面人最討厭了！

下面有同學回覆：

什麼時候這種人也叫做朋友了，這是綠茶婊吧！

在看到這則貼文之前，我從沒想過「雙面閨密」或「綠茶婊」這類名詞，會被套用在我身上。

比起傷心難過，我反而感到一股怒氣直沖頭頂，我把楊采菲當成高中生活裡最好的朋友，可是她卻完全不了解我的性格，甚至不信任我。

沒有思考太多，我直接把社群全部關閉，反正我也怕顧之喻的媽媽傳訊息關切，關了剛剛好。

紊亂的思緒令我失眠，隔天早上只得掛著兩個黑眼圈去上學。一進教室，我明顯察覺到，同學們看我的眼神多了一絲不屑。

楊采菲和張璟閎一起來上課，她的臉色也不太好，張璟閎在旁邊溫柔地侍候她，問她要不要去福利社買早餐，還代替她負責點名。

跟好朋友吵架，最痛苦的莫過於彼此坐在隔壁，所以下課時間，我馬上離開充滿窒息感的教室，趴在走廊欄杆上望著遠方天空透氣。

過了一會，孟易辰也過來趴在我旁邊，「抱歉，我介入妳的生活越多，好像只會把妳推向麻煩的那一端，這樣的發展並不是我能預見的。」

「不用道歉，反而我還要謝謝你讓我聽見采菲的眞心話，畢竟所有的不滿都是累積起來的，采菲顯然早就不太喜歡我了，你只是適時引爆而已。」我自嘲地說。

「我明白妳是眞的關心她。」

「這就是我犯的錯，我自以爲是對釆菲好，但那樣的關心對釆菲而言是多餘的，也許她就是喜歡被男生們圍繞的感覺，而我破壞了她的樂趣。如果同樣的事發生在我身上，換成釆菲去找顧之喻說我的事，我一定也會生氣，認爲她就是綠茶婊。」這是我昨晚自我檢討後，歸納出來的結論。

「女生的友誼眞的很奇怪，好的時候比強力膠還黏，要毀掉卻也很容易。」

「現在我只覺得，朋友之間不必太要好，太要好往往會變成一種隱憂。」

「這句話像是四十歲的人才會說的。」

「完蛋了！高中就這麼厭世，等我將來老了，大概會變成個性古怪的獨居老婆婆……」我把臉埋在臂彎裡，腦中浮現老婆婆拿棍子追著小朋友跑的畫面。

「沒那麼嚴重，妳想得太悲情了。」孟易辰噗哧一笑，被我逗樂了。他伸手順了順我後腦的髮絲，有如在撫摸小動物一樣，「不管怎樣，我不會丟下妳一個人的。」

按照以往慣例，我應該會揮開他的手吐槽他，可是此刻我連一根手指頭都不想動，靜靜地收下了他的溫柔。

後來，我也沒機會再自怨自艾，因爲孟易辰每到下課時間就會拿筆戳我的背，無視同學們的目光逼我回頭和他說話，或者問我功課，甚至連我要去上廁所，他也會跟出教室，眞的是纏我纏到底，煩到不能再煩。

因爲有他在，讓我不至於孤立無援，在同學們面前不那麼狼狽。

只是見我沒想像中沮喪，與孟易辰的互動還增加了，楊釆菲似乎越來越不爽。

好不容易捱到放學，鐘響剛響完，張璟閎便站起身，氣勢洶洶走到我和孟易辰旁邊。

「周芊婭，妳要手段搶到孟易辰，兩人這麼快就公然放閃會不會太過分？」張璟閎挺著胸膛質問我。

「你們是有被害妄想症嗎？」孟易辰也皺眉站起來，抓起書包重重放在桌上，「芊婭根本……」

正好我也想向張璟閎問個清楚，於是我阻止孟易辰繼續說下去，冷冷反問：「璟閎，我那天體育課跟你說的事，你覺得我是在講采菲的壞話嗎？」

「我對采菲都是實話實說。」

「我是問，我當時跟你講的是采菲的壞話嗎？」

「我照妳說的一字不漏轉述，並沒有加油添醋。」

「你覺得那些話是壞話嗎？」我加重語氣重申。

「不然我們一個字一個字對質呀！」張璟閎大聲說，一邊理直氣壯表示自己沒錯，卻又不願正面回應我。

「原來如此……」我怒極反笑，終於看清張璟閎的為人。

張璟閎跟楊采菲提及郭子的事，以及我告訴他的話時，可能沒料到會引來楊采菲對我和孟易辰的不滿，但他當下的反應多半是順著楊采菲，陪她一起砲轟，兩人同仇敵愾。

所以，現在他又怎麼可能承認我說的那些話是出於善意？畢竟承認了，就也等於坦承他在扭曲事實。

就和面對孟易辰時一樣，事實上是他特意找上郭子打探孟易辰的過去，可是他又怕被人貼上在背後耍手段的標籤，才會迴避孟易辰的提問，不斷模糊焦點。

眞的很自私！

「璟閎，算了，不要又爲了我生氣。」楊采菲起身拉住張璟閎。

看著他們兩人相互關心晒恩愛，我也不想再講什麼了。隨便了，只要他們好就好，我怎樣都無所謂。

「我記得是八班。」

「你幹麼特地過來找她？」

窗外傳來對話聲，其中一人顯得十分不耐煩，我還來不及反應，卻見張璟閎渾身輕輕震了一下。

「周芊婭。」

我僵著脖子轉過頭，近距離和趴在窗臺的顧之喻對上目光。他居然把眼鏡戴了起來，充滿書卷氣息的臉龐帶著溫和笑意，而旁邊煞風景地杵著陳柏鈞，他的臉臭得像是剛被從臭水溝裡撈出來似的。

「你怎麼跑來了？」我連忙擠出笑臉。

「妳上星期五和昨天都沒來夜讀，後來又把FB和IG都關閉了，是不是發生了什麼事？」顧之喻關心地問。

「那個……」我下意識瞥了眼陳柏鈞，他冰冷的眸光彷彿要在我臉上刺出兩個洞，「我只是下定決心想好好念書，暫時不想碰社群而已。」

「原來如此，我還怕妳是遇到什麼問題，才會把FB和IG都關了。」

「沒有沒有，真的只是想收心而已。」我坐下來開始收書包，眼角餘光瞥見好幾個同學正在看我，大概是不敢相信會有資優班的男生來找我。

「沒有就好。」顧之喻掃了一眼教室裡的同學們。

「璟閎，陪我去辦公室交點名簿。」見顧之喻來找我，楊采菲一臉氣苦地背起書包，好像認為我在向她炫耀。

張璟閎聞言馬上收拾書包，隨後和楊采菲一起走出教室。

我也背上書包，繞過後門來到顧之喻身邊。

「一起去福利社吃飯吧。」顧之喻拍拍陳柏鈞的背。

「一起？」我疑惑地望著陳柏鈞。

「我看過補習班之後的課表，他們的複習進度太慢，跟不上我自己設定的進度，這樣補習就不符合我的需求了，所以我昨天退掉了補習班的課，想加入夜讀自己複習。」陳柏鈞傲慢地解釋原因，卻反而讓我覺得他是要掩飾什麼。

他是為了幫顧家爸媽監視我和顧之喻的發展嗎？若是出於這個目的，這犧牲未免也太大了。

「我也是想照自己的步調複習，才會離開補習班。」顧之喻認真地附和。

「你是嫌老師太吵吧？」陳柏鈞微微失笑，這是我第一次見到他露出笑容。

「呵……老師上課很喜歡拍白板，喊一些激勵人的口號，真的滿吵的。」顧之喻抱歉地笑了笑。

「還喜歡吹噓自己當年成績有多好，結果最後還不是在補習班當老師而已……」

他們自然地並肩走向樓梯口，聊著只有他們彼此懂的話題，我跟了上去，卻感覺自己的存在好多餘。

「芊婭！」孟易辰冷不防從後面冒出來，貼到我身側，「學測快到了，我也想參加夜讀，可不可以跟你們一起複習？」

顧之喻聞聲停下腳步，回頭困惑地瞧著我們。

「不要吧。」陳柏鈞不滿地拒絕，口氣極差，「爲什麼你們臉皮都那麼厚，喜歡纏著別人複習、拖累別人的進度？不覺得這樣會造成別人的困擾嗎？」一句話又把我給罵進去。

「你是說不可以嗎？」孟易辰微笑盯著陳柏鈞，彎彎的眼眸隱隱透出一絲銳利。

陳柏鈞神色不動，沒有回話，他的喉結滾動了一下，顯然有所顧忌，似乎怕孟易辰抖出之前他來警告我的事。

「你想參加就參加，有問題大家一起討論也無妨。」顧之喻倒是不介意。

「謝了！」孟易辰微笑道謝。

那天這傢伙說什麼要自己來，原來指的是要親自調查顧之喻眞正的夢想嗎？

雖說跟孟易辰交集越多越沒好事，不過方才得知陳柏鈞也要加入夜讀時，我其實煩惱著不知該如何應付他，說不定孟易辰的加入能跟陳柏鈞抗衡，多少幫我一把，畢竟他始終鼓勵我去追求顧之喻。

前往福利社的途中，陳柏鈞跟顧之喻走在前面，我和孟易辰落在後頭。

「抱歉，我又害妳被張璟閎亂說話。」孟易辰低聲道歉。

「我眞是看清他的爲人了。」我無奈地嘆氣，頓了頓後想到一件事，「我剛剛在想……

你朋友郭子該不會是喜歡你前女友？」

「爲什麼妳會這麼想？」

「因爲放棄跟璟閎繼續爭辯時，我心裡想著，只要他們好就好，我怎樣都無所謂，這感覺跟你那時說的『郭子都這麼說了，我不是也得是』挺像的。還有，郭子曾經表示以後換他來保護你的前女友，那句話我怎麼想都覺得微妙，你聽了心裡應該很難受吧？」我望著顧之喻的背影，漫不經心地說出自己的想法。

「妳……似乎有一種特別的能力，容易和別人的心情產生共鳴。」孟易辰神情複雜，「這樣的特質，應該也會讓妳滿容易被旁人的情緒波動影響。」

「所以我猜對了？」我眼神一亮。

「可是沒獎品喔。」他失笑，「我現在總算能理解，像顧之喻那種心牆高築的人，爲什麼會被妳給潛進去了。」

「這不是什麼能力，只是細不細心的問題。你跟郭子和前女友到底是怎麼一回事？」

「我們三個人的故事，改天等時機到了，我自然會跟妳講，但不是現在。」

「你的祕密怎麼那麼多……」

到了福利社，我們四個人各自買了晚餐，正好可以湊成一桌。由於三個男生加一個女生的組合不太尋常，還引來一些同學側目。

「我記得你哥是生命科學研習社上一屆的副社長。」孟易辰主動向顧之喻搭話。

「嗯，那是我爸要他加入的。」顧之喻點點頭。原來他爸媽還規定社團要選對課業有幫助的。

「我之前在學校都在忙文藝社的事，可惜沒機會和他認識。」

「我很難想像你是文藝社的社長。」

「當初我是被同學拉進文藝社的，後來就莫名其妙被推舉爲社長了。」孟易辰吃了一口飯，認眞地說，「不過我沒什麼才華，只能做些聯絡廠商、幫忙排版和宣傳的工作而已，我那個同學寫作和畫圖才厲害。」

我猜孟易辰口中的同學，多半就是郭子，畢竟他們曾經非常要好。郭子比孟易辰有才華，可是孟易辰大概比較受同學歡迎，溝通能力應該也比郭子好，才能包辦對外事項。再對照張璟閎從郭子那裡聽來的話，我忍不住揣測，郭子對孟易辰可能有瑜亮情結。

隨著孟易辰透露的事情越來越多，我逐漸拼湊出他的過去，再加上方才又得知郭子喜歡他的前女友，這讓我不禁認爲，孟易辰也許並沒有那麼渣，他做的事都是有理由的。

顧之喻瞧我只吃飯不說話，關心地問：「周芊婭，剛剛看妳跟同學在講話，氣氛好像怪怪的，是不是發生了什麼事？」

「沒事沒事，只是一點小誤會。」我揚起微笑。

「才不是小誤會。」孟易辰卻不打算帶過，「那傢伙就是一個喜歡挖人隱私、不敢承認自己卑鄙，非常自私的一個人。」

「我們班以前也有這種人。」陳柏鈞冷哼一聲，咬了口雞腿，「自以爲講話幽默，但他講的笑話我都笑不出來，又經常問東問西打探別人的事，讓同學們很反感，搞到全班同學都不想理他。」

「這種同學太可怕了。後來呢？」我打了一個冷顫。

「後來他因爲成績沒達到標準，就被刷下去了。」顧之喻淡淡說。

「西倫的資優班也頗競爭，一年級時招收兩班，可是升二年級時會併成一班，只留下兩班中的菁英。」孟易辰提起西倫高中的資優班制度。

「你是資優班的嗎？」顧之喻好奇地問。

「不是。」

「聽說你在西倫是校排前五十名，爲什麼上次模擬考的校排榜沒看到你的名字？」陳柏鈞身爲校排第一，自然對排名特別關注。

「當時我家裡有事，臨時缺考了。」孟易辰笑得尷尬。

我不屑地睨他一眼，他分明是怕考出爛成績，故意找藉口請假。收回視線時，我發現顧之喻正在看我，於是連忙勾起脣角朝他露出微笑。

陳柏鈞應該是相信了孟易辰，聽完只是低頭吃了辣炒豆干，卻似乎吃到辣椒輕輕哈了一口氣，隨即順手便拿起顧之喻的飲料，旋開瓶蓋仰頭就喝。

我見狀瞪大眼睛。這……這是間接……

「那道菜辣得很好吃。」顧之喻果眞喜歡重口味的菜色。

「你要的話全部給你。」陳柏鈞皺著眉頭，將豆干統統撥進顧之喻的餐盒裡。

「那豆芽菜給你。」顧之喻把清淡的豆芽菜夾給陳柏鈞。

我怔怔瞧著兩人交換便當菜，又忍不住轉頭看孟易辰，心裡有種說不上來的異樣感，覺得他們倆的感情好到十分可疑。

「豆干和豆芽菜我都喜歡。」孟易辰似笑非笑看著我。

「誰要跟你搶呀。」我狠狠刨他一眼。

「孟易辰，你的目標是哪一所大學？」顧之喻突然好奇地問。

「中央警察大學。」孟易辰回道。

「你想當警察？」這個答案令我意外。

「嗯，讀警大不但食宿學雜費全免，每個月還能領到一萬多元的生活津貼，條件挺不錯。」

之前我心裡本來有一個疑問，賣掉房子可以解決燃眉之急，讓孟媽媽待在家休養，可是高中畢業後呢？

想不到孟易辰對未來早有打算，想要讀警大減輕家計負擔，他眞是一個既孝順又有目標的人。

「這是你想讀警大的理由？」然而顧之喻似乎並不這麼認爲。

「是啊。」孟易辰一愣。

「你是因爲希望成爲警察才想考警大，還是爲了顧及家中的經濟狀況，才決定了這個志向？」

「應該是……經濟因素。」孟易辰的筷子停在半空中，表情有點僵硬。

「那如果撇除經濟因素，你的夢想又是什麼？」

孟易辰張著嘴，遲遲說不出話。

顧之喻會這麼問，大概是由於之前我跟他提過孟易辰家裡的情況，孟易辰原本想調查顧之喻的夢想，現在卻被反將了一軍，這下有趣了。

「如果不能走自己想走的路，以後應該會留下遺憾。」顧之喻又補了一句。

「事實上，我會對讀警大感到後悔，是因爲我做了一件傻事……」孟易辰直視著顧之喻，眼底似乎閃過細微的責怪之意，「話說回來，你眞正的夢想又是什麼？」

「跟柏鈞一樣是醫學系。」顧之喻答得毫不猶豫。

「你不是不想考？」陳柏鈞皺起眉頭。

「最近才決定的。」

「你怎麼沒有跟我講？」

「這又不是很重要。」

「這很重要好嗎？」

「顧之喻。」孟易辰打斷兩人的爭執，「你眞正的夢想不是考上醫學系吧？」

「我其實沒什麼夢想，對於未來一直缺乏目標，升上高二也不曉得自己將來想做什麼，是前陣子跟芊婭聊過後，想通了許多事，才決定當醫生救人。」顧之喻微笑解釋，一隻手輕輕摩娑著頸側。

結果換孟易辰來套話，顧之喻依舊堅持自己想當醫生。

聽到是我促使顧之喻改變想法，陳柏鈞面無表情瞪著我，彷彿有點遭受打擊，這讓我感覺自己又更加惹他討厭了。

等大家都吃完晚餐，時間也不早了，話題便告一段落。

我們來到K書中心，我和顧之喻早就劃位了，周圍的座位也都有人登記，於是陳柏鈞和孟易辰只能登記其他座位，與我們隔了好幾條走道的距離。

中間休息時，陳柏鈞揉著鼻子走到顧之喻旁邊，眼睛有些泛紅。

「過敏了？」顧之喻拿起自己的外套遞給他。

「空氣不好，冷氣又太冷。」陳柏鈞穿上外套，自顧自走開。

啊……我也好想穿顧之喻的外套，偏偏我的身體壯得跟牛一樣，從小到大連感冒的次數都很少。

夜讀結束，我和顧之喻收好書包，走向K中的後門，遠遠瞥見陳柏鈞朝我們而來。

就在此時，孟易辰突然從旁搭住他的肩頭，說有幾個問題想向他請教，陳柏鈞臉色微變，斜斜刨了我一眼，隨即不情不願跟著孟易辰走。

爲了纏住陳柏鈞，孟易辰沒有牽腳踏車，直接跟我們一起走下山，因爲有他的協助，我和顧之喻才能走在一起，繼續與他培養感情。

「你爲什麼突然問孟易辰讀警大的原因？」我和顧之喻落在後面。

「只是順口問的。」顧之喻垂著眼簾。

「不能走自己喜歡的路，心裡會留下遺憾，那麼……你以前有過這樣的遺憾嗎？」我拿他說過的話試探。

「沒有，完全沒有。」他回答得太快，令我直覺他是在說謊，而且他還馬上轉移話題，「對了，妳妹妹是不是叫周芊甯？」

「你怎麼知道？」我十分訝異。

「我的一個補習班同學傳了幾張漂亮學妹的照片給我看，其中一個看名字就知道是妳妹妹。」

「我妹在XX補習班。」芊甯不管去到哪裡總是大受歡迎。

「我高二時和柏鈞就是在那裡補習。」

「眞巧！我妹長得很漂亮吧？」

「是滿可愛的，不過我覺得妳也不差。」顧之喻實在挺會說話。

「才怪！我跟她差……」當我說到這裡時，某隻小生物忽然飛進我的嘴裡。

我伸手壓著喉嚨處，輕咳了兩下，感覺黏在舌面上的小生物嚐起來乾乾粉粉的，體積比聚集在路燈下的飛蚊大一點，好像是飛蛾……

「怎麼了？」顧之喻察覺到我的異樣。

我轉身背對他，想用手指把小蟲從嘴裡挖出來，可是一隻手卻壓在我的肩頭上，把我整個人扳轉回去，我連忙掩住嘴，不想讓顧之喻看見我摳舌頭的醜樣。

「周芊婭，妳怎麼了？」他的臉上寫滿擔心。

既然不能吐，那就吞下去吧！

我低頭用力嚥了一口口水，想把那隻小蟲吞下肚，偏偏牠竟然卡在喉頭處，還散發出酸酸的味道。

天啊！我怎麼那麼倒楣？今天眞是多災多難。

如果小蟲是飛進眼睛裡，就可以上演偶像劇裡吹吹眼睛的戲碼，無奈偏偏是飛進嘴巴，畫風瞬間變成搞笑劇。

「妳是不是噎到東西？」他緊張地伸手捧起我的臉。

顧之喻的臉龐近在眼前，我失神地呆愣著，彷彿被他深邃的眼神禁錮。

前方不遠處的孟易辰和陳柏鈞聽到後方有動靜，停下腳步轉身望過來，見到了我和顧之喻四目相對的場景。陳柏鈞沉下臉，想要朝我們走來，卻馬上被孟易辰拖著前行。

「妳沒事吧？」顧之喻又問了一句。

「沒事，只是……吃到一隻小蟲子。」我囁嚅著。

「呵呵……原來，嚇死我了。」他笑笑地吁了一口氣，慢慢移開貼著我臉頰的雙手，「蟲子有吐出來嗎？」

「沒有，我吞下去了。」

「好吃嗎？」

「你不要笑我。」我伸手摀著燒紅的臉頰，糗得想去撞樹。

「我沒有笑喔。」他抿著唇角，明顯在忍笑。

讓我死了吧！我頓時陷入極度自暴自棄的狀態。

來到山下的商店街，陳柏鈞和孟易辰已經在那裡等我們，顧之喻一把抓住我的手，帶著我走向前面的超商。

「等我一下。」他鬆開我的手踏進超商內，在貨架間轉了一圈，拿了一樣東西至櫃檯結帳。

接著，顧之喻回到我面前，遞出一隻手，掌心裡擺著一個包裝漂亮的香草泡芙，「希望可以蓋過妳吞下蟲子的可怕回憶。」

「謝謝。」我接過泡芙，心頭漾起一股暖意，下意識看看旁邊，卻見陳柏鈞一臉黯然，轉身往路口而去。

「繼續剛才的話題。」顧之喻揚起天使般的溫暖微笑，「我覺得一個女生並不是只有長得漂亮才能吸引人，也有因爲做事認眞、經常幫助人，因而得到他人喜愛的。只要跟妳相處過，就會發現妳是個懂事、體貼的好女孩。」

我怔怔回望他，淡淡的酸意在鼻頭凝聚，心頭彷彿有道小傷口被他的溫柔療癒了。

「走吧，快去搭車。」他指指公車站的方向。

「嗯。」我隨顧之喻走到公車站，那裡只剩下孟易辰一個人。

「柏鈞呢？」顧之喻四下張望。

「他先去對面等車了。」孟易辰指著對向的公車站。

「那我也過去等車了，再見。」

「再見。」

目送顧之喻穿過馬路，我收回目光望著孟易辰，他神情複雜，掀了掀脣好像想說些什麼，但最後還是嚥下了。

「腳踏車留在學校裡沒關係嗎？」我關心地問。

「沒關係。」他摸摸鼻子，將視線轉開。

我欲言又止，心裡很想問他對顧之喻和陳柏鈞的關係有什麼看法。

「只要妳問，我就會給妳一個答案。」他低聲說，彷彿料到我心裡的猶豫。

我卻別開目光，決定保留這個問題。

公車進站，我上車後找了個位子坐下，而孟易辰回家的方向也和我一樣，於是他跟著上車，坐在我旁邊。

「我剛才又向顧之喻打探他的夢想，還是問不出答案。」我提起跟顧之喻的聊天內容，「而且根據他的反應，我直覺他的心裡眞的藏有另一個夢想。」

「他回我話的時候，一隻手摸著脖子，那通常是說謊的下意識動作。」孟易辰摸著下巴，陷入思緒，「他到底在隱瞞什麼事？」

突然間，一個有點荒誕的念頭閃過，我嚥了嚥口水問道：「你該不會是有什麼很強的感應力，可以看見未來的事，看見顧之喻不適合當醫生？」

「沒有很強，只能看見半個，就在妳的右手邊。」他朝車窗外瞄了一眼。

「啊！」我驚叫一聲，反射性朝反方向彈開，額角直接撞上他的下巴。

「痛死了！」他摀住下巴，痛苦地縮在椅子裡。

乘客們紛紛轉頭看我們，顯然被打擾到了。

「我隨便說妳也信。」孟易辰咬牙含糊地說。

「這種事任誰聽了都會嚇到的。」我摀著額頭反駁。

「妳有那麼膽小嗎？」

「我也是女生呀。」

「妳那麼粗魯也算女生？」

「你對我有什麼意見？」我被他吐槽得有點生氣。

「有意見！」他突然側身把手按在車窗上，將我鎖進座椅和車窗之間的角落，俊帥的臉龐逼近我的臉，我們的額頭差一點相碰，他脫口而出：「妳要不要甩了顧之喻跟我交往？」

車內陷入一片安靜。

「你、你在開什麼玩笑？」我的心跳得飛快，被他告白般的話語嚇著了。

「天啊！我一定是瘋了，怎麼會……」他瞠大眼睛，似乎也被自己的話嚇到，崩潰地雙手抓著頭髮想解釋，「我只是……只是……」

孟易辰一時說不出話，他瞥了眼窗外，接著匆匆忙忙摁了下車鈴。他家和學校只有兩站的距離，應該是快到站了。

背起書包，他轉身背對我，把話說完：「我不是要跟妳告白，只是不希望妳再受到傷害。」

「我也沒當眞。」我冷哼，心頭又莫名湧起火氣，夾雜著淡淡的煩躁。

目送他快步下車，我低頭瞧著握在掌心的泡芙，心裡明白他在擔心什麼。

儘管如此，此刻的我，依然只想記住顧之喻給予的幸福感。

第六章　青春裡的哀愁

綿綿細雨自灰沉的雲層灑落，將遠方山下的城鎮籠罩在一片霧濛濛裡。

班上最新的大事件，就是張璟閎不想再搞曖昧，趁著楊采菲被閨密背叛心情不好，對她溫柔以待並告白成功，於是兩人便開始交往了，眞是可喜可賀。

「眞是可喜可賀！」下課時間，孟易辰陪我待在走廊邊看雨景，「妳挺平靜的嘛，害我白擔心了，本來怕妳會就此消沉下去。」

「他們好就好，我無所謂，這樣正好可以專心準備學測。」我雙手托腮趴在欄杆上，遙望被雨水洗刷的校園。

「我現在才知道，那些聰明、獨立、知性的美好女孩，在養成這些特質之前，不知得有意和無意地傷害過多少人，才能去掉刺人的稜角，變得圓融而世故，成爲大家所嚮往的女神。還有，等妳長大出社會，就會發現聰明人就像張璟閎一樣，懂得製造機會和善用時機，笨的人才會傻傻按步就班，相信只要努力就一定會成功。」

「講得好像你已經在社會上打滾過一大圈。」

「沒有一大圈，只有一小圈而已。」他輕笑。

「現在該怎麼辦？我們都問不出顧之喻的眞正夢想。」而且再問下去，顧之喻肯定會起疑心。

「陳柏鈞的口風也很緊，只說顧之喻除了閱讀沒有其他興趣。要是繼續追問，讓他產生防備就麻煩了，可能又會連累妳。」他微微瞇眼，用左手壓了壓右手的指節，「如果可以把他們抓起來，拷問個三天三夜不睡覺，逼他們開口就好了。」

「喂！不能刑求。」我哭笑不得，這傢伙是想當警察想瘋了？「我昨晚把顧之喻在社群上的貼文全部看了一遍，他的貼文內容都挺正向陽光，但看不出對什麼事情特別感興趣。」

「那些貼文我早就確認過了，還用得著妳去查？」他伸手推了一下我的頭，認為我多此一舉，「他的社群好友中有不少姓顧的，顯然爸爸叔叔伯伯等一堆親戚全在裡面，換成是妳，妳會在上面發什麼文？」

「換成是我……我會變得很少發文，尤其是抱怨文。」我左手一揮，賞他腹部一拳。

「咳咳……沒錯。」他摀著肚子咳了兩聲，「所以，我認為那些貼文都是發給別人看的。」

「因為加了家人和親戚好友，讓顧之喻不敢說出心裡的想法？」

「有可能，通常家中排行第二的小孩都比較會看大人的臉色，明白怎麼做才可以取悅大人。」

「我懂，我妹也滿會看爸媽的臉色。」我深有同感。

「辛苦妳了。」他從後面伸手攬住我的頭，安慰般地輕拍兩下，「這是身為長子長女的心酸，弟妹有兄姊可以效法，可是身為姊姊的妳只能自己硬闖，撞了滿頭包還會被父母罵。」

心頭升起被理解的感動，不過我還是悄悄伸手掐住孟易辰的腰間，沒想到他的肌肉好硬，居然擰不動。

「唉……」他嘆了口氣，側頭在我的耳邊吐息，「對付男人不必這麼粗魯，只要輕輕用指尖劃個圈，殺傷力肯定比用掐的強。」

低柔的耳語一秒暴擊我的心，我的臉頰瞬間被熱氣淹沒，連忙鬆開他的腰。

這傢伙實在太低級了！

「回歸正題。」他笑了一聲，好像很滿意我的反應，「關於顧之喻，既然用問的問不出答案，不然我們就來個B計畫好了，詳情我再用LINE傳給妳。」

「那A計畫是什麼？」我狐疑地問。

「A計畫還在預備中。」

「你不要亂搞又害了我。」我警告了一句，轉身想走進教室。

「等等！」他拉住我的手臂，拿出手機打開一個網頁，「這個太複雜了，看得我眼睛都花了。」

我接過手機一瞧，是某家手工藝材料專賣店的購物網站，頁面中的商品琳琅滿目，對孟易辰這個連針都沒拿過的門外漢來說，確實會眼花繚亂。

「妳幫我挑挑看，哪款好看易縫，比較適合我媽媽做。」他又挨到我身邊，低頭跟我一起瀏覽網頁。

我微微側頭，那張好看的臉龐近在眼前，令我渾身不自在。我迅速勾選了幾款在手作社曾經用過的材料包，加進購物車後，將手機還給他，「這幾款都不錯，先挑幾個就好，如果你媽媽有縫製上的問題可以問我。」

「謝謝。」接過手機，他二話不說，竟然將購物車裡的商品全部勾選，準備結帳。

「你會不會一次買太多了？」我壓住他的手。

「省麻煩呀。」

「買個兩、三款就好，下次直接帶你媽媽去逛手工藝材料店吧，我保證她進到那裡會樂瘋。」

「我一個男人去那種地方很奇怪。」他爲難地皺起眉頭，彷彿我是叫他去街上裸奔，「不如妳找一天先帶我去探個路？」

「這……」我猶豫了幾秒，覺得似乎沒理由拒絕，畢竟他是爲媽媽著想，「好吧，等確定你媽媽做出興趣了，我再帶你去手工藝材料店逛一圈。」

「謝了。」他露出溫和的笑容。

回到教室，我瞥了一眼隔壁，張璟閎正回頭對楊朶菲露出傻笑，楊朶菲則滿臉嬌羞地推他一下，軟軟喊了句「討厭，不要看啦」，明明沒做什麼，卻讓人雞皮疙瘩掉滿地。

戀愛就是如此，一點小事便足以甜上心頭，可惜這些小事，楊朶菲已經不會再與我分享了。後來她加入了班上另一個小圈圈，跟裡面的女生成爲好朋友，每天都聊得十分愉快。

就這樣，我跟她從原本的志趣相投，變成無話可說的陌生人。

而孟易辰取代了她的角色，成爲我的新「閨密」，他平常會陪我聊天，也會教我功課，或和我閒聊他媽媽又縫了什麼作品。不管是要換教室上課、去福利社買午餐，或是上體育課，他總是會陪著我一起走到目的地，不曾丟下我一個人；晚上夜讀時，他也會盡責地幫忙助攻，努力隔開陳柏鈞，撮合我和顧之喻走在一起。

不知不覺間，我漸漸習慣了身邊有他陪伴，視線開始追逐他的身影。

時序進入十月，氣溫一天天下降，秋天的腳步逐漸走遠。

自從我們四個人一起夜讀後，日子已經過了大半個月，孟易辰跟顧之喻、陳柏鈞也混得很熟了。

說混得很熟，其實指的只是學習方面，並不是指常一起聊天或玩耍。這三個人卯起來念書時，就好像在比誰讀得最專心，居然可以讀到忘了休息。

至於我跟顧之喻的關係，就是感情比他和其他女生更好、聊起來相當契合，卻也沒有更進一步的發展，這讓我不禁感到焦躁，可是又覺得可以伴在他身邊便已足夠。

此外，楊采菲開始和張璟閎交往後，似乎被限制不能和我互動，只要我跟她一有接觸，張璟閎便會跳出來阻撓，因此，我們兩個始終沒機會和好。

十月中旬的某天，我在下課時間走進教師辦公室，來到班導的辦公桌旁。

「老師……我有問題想問妳。」我低著頭，不安地絞著手指。

「來，妳先坐下，跟老師說說是什麼問題。」班導溫言安撫，拉了張椅子給我。

我乖乖坐下，沮喪地說：「我不知道該怎麼一邊兼顧高三的課業，一邊準備學測。」

「好，老師跟妳說，妳平常先照學校的進度走……」班導剛給了我幾句建議，孟易辰就推開辦公室的門進來。

「老師，我想修改自己的學生基本資料，因爲之前搬家，我好像把地址寫錯了。」他雙手背在身後，恭敬地表示。

「喔，那……」班導看了看我，正想起身去拿檔案夾。

「沒關係，老師妳忙，我自己拿就好。」孟易辰指指我。

「好吧，在隔壁的檔案櫃裡，外面有貼班級名稱。」

孟易辰若無其事地繞過一排櫃子，班導接著開導我，我頻頻點頭之餘豎起耳朵，仔細傾聽檔案櫃那邊的動靜。

沒多久，孟易辰拿來自己的資料卡給班導看，上面的地址用立可帶塗改過，「老師，我改完了。」

「好，那再麻煩你放回去。」班導過目後點點頭，隨即把注意力轉回我身上，「芊婭，我覺得妳給自己的壓力太大了，只要盡力讀就好……」

餘光瞥見孟易辰放好檔案夾，一手插著褲袋悠哉走出辦公室，我這才露出領會的微笑，「謝謝老師的建議，我會打起精神繼續努力。」

「如果還有問題，放學後再來找我。」班導鼓勵地拍拍我的肩。

離開辦公室，我快步跑向樓梯口，剛爬到樓上，孟易辰便從柱子後方閃出來。

「有嗎？」我急忙刹住腳步。

「有，給妳看。」他把手機遞給我，「可惜顧之喻的專長和興趣，填的也是閱讀。」

手機螢幕顯示出一張照片，拍的正是顧之喻的學生資料卡，這是孟易辰藉著修改自己的資料，順手偷偷翻拍的。

這就是B計畫。

「害我剛才好緊張，可惜沒有成果。」我垂頭嘆氣。

「妳演技挺不錯嘛。」他打趣地笑道。

「我根本不用演，因爲本來就很煩惱成績。」我沒好氣地一笑，「B計畫行不通怎麼辦？」

「接著C計畫。」

「C計畫又是啥？」

「我一樣再用LINE傳給妳，讀完要馬上銷毀喔。」他笑得神祕。

「銷毀又是啥鬼？」我哭笑不得，「我們偷看別人的資料是不應該的，你別越玩越大。」

「爲了顧之喻好，這點險是一定要冒的。」他居然理直氣壯，彷彿這是拯救地球的重大任務。

下午的體育課，球打到一半，孟易辰便拉著我偷偷離開體育館。

我壓低身子跟在他身後，像小偷要偷東西一樣，沿著牆邊悄悄繞到圖書館大樓的後方。

「孟易辰，要是被人發現怎麼辦？」我不安地扯住他的衣角。

「別怕，我勘查過了，圖書館裡只有走廊裝了攝影機，館內沒有。」他回頭握了握我的手，要我放心。

我們沿著牆邊往前挪移，來到圖書館辦公桌旁的窗戶前。現在是上課時間，圖書館阿姨鎖了門，並不在裡面，她通常是即將下課時才會回來開門，處理學生們的借還書事宜。

側。

由於天氣變涼了，圖書館中沒開冷氣，只開了內側的窗戶通風，也就是我們所處的這一

「妳在這裡等著。」孟易辰說完，起身抓住窗框。

「你、你知道，要怎麼查嗎？」我緊張到結巴。

「用顧之喻的學號查。」

「你怎麼曉得？」

「制服上有繡呀，最近每晚天天見面，我早就背起來了。而前天我來借過書，偷瞄了一下借還書系統，操作看起來挺簡單的。」他一個翻身俐落地攀上窗臺，跳進圖書館內，接著俯身繞到辦公桌後，打開電腦螢幕。

我整個人縮在地上，從窗臺邊往裡頭窺視，看見螢幕上正是借還書系統的畫面。

孟易辰從桌下伸出手，在鍵盤上打了幾個字，調出顧之喻的借閱紀錄，接著拿起手機將螢幕畫面拍下。

「有人來了！」我悄聲提醒，圖書館的走廊上出現人影，正是圖書館阿姨。

孟易辰反應極快，馬上關閉視窗和螢幕，彎身躲到辦公桌的側邊，此時阿姨已經用鑰匙打開大門了。我嚇得手腳發軟，伏低身子走到圖書館的最後方，心裡焦急著。

怎麼辦？孟易辰還困在裡面。

我慌得六神無主，不知如何是好，深怕下一秒就會聽見阿姨的尖叫。

就在此時，一個黑色的小小身影突然跑過來，在我的腳邊東嗅嗅西聞聞。

「小黑，幫個忙，明天我請你吃狗骨頭。」我靈機一動，立刻抱起小黑，把牠從窗戶塞

進圖書館裡。

進到不曾去過的新鮮地方，小黑馬上在一排排書架間奔跑起來，還興奮地吠叫了幾聲，圖書館阿姨的驚叫很快響起。

「天啊！有狗……狗狗……狗怎麼會跑……」隨後是一陣猛力的開門聲，阿姨似乎嚇得奪門而出討救兵了。

緊接著，孟易辰從窗戶翻身跳下來，矮身跑到我的旁邊。

我拉住他的手，拖著他往前跑，直到離開圖書館大樓的範圍，來到圍牆邊的一棵大樹下。

「安全了。」他停下腳步扯住我的手。

我盯著他的臉不斷喘息，腦袋一片空白，連話都說不出來。

「眞刺激，妳反應很快嘛，挺適合當我的搭檔。」他抿脣笑了笑，伸手撥開我汗溼的劉海，「妳要不要跟我一起考警大？」

「開、開什麼玩笑！」聽他還有心情說笑，我氣得握拳捶向他的胸膛，「你後面如果還有什麼D計畫、E計畫，我都不要參與了。」

「對不起，嚇到妳，讓妳擔心了。」他抓住我的拳頭，將我整個人攬進他懷裡。

突來的虛脫感讓我一時站不住腳，只能靠在他懷裡，一股想哭的委屈感在眼角醞釀。孟易辰一手稍稍摟緊我的腰，另一手在我的後腦輕撫幾下，溫柔地滅去我的滿腔怒火。

因爲還在上課中，四周沒人，微冷的秋風陣陣吹來，令頭頂的樹葉嘩啦啦作響，我聽見他的心跳越來越急促，這才回神推開他，仰頭望進他帶著溫柔笑意的眼眸裡。

「我剛剛跟小黑說……要買狗骨頭給牠吃，犒賞牠的幫忙。」心臟怦怦直跳，我眨眨眼，有些不知所措。

「好，我會負責報恩的。」他微微一笑，從褲袋裡拿出手機，點開方才偷拍的照片。檢視著照片裡的借閱紀錄，我發現顧之喻借的書籍全是勵志書，沒有一本是別的類型。

「這傢伙是多需要勵志呀？」孟易辰也不禁傻眼，「男生嘛，至少也要來一、兩本日本的A……」

我翻白眼瞪他。話說圖書館根本不會有那種書吧！

「日本ㄟ輕小說。」他硬是把話轉了個方向。

「他說過他不喜歡看小說……」我頓了下，某個畫面閃過腦海，「我在圖書館遇到顧之喻的那天，他正在翻一本書，好像是名人語錄之類的，他很喜歡裡面的句子，可是他沒借回家。」

「妳知道書名是什麼嗎？」

「不知道，不過我大概記得書封長什麼樣子。」

「任何線索都不能放過，我們找個時間去看看，研究一下是什麼書。」

「好。」

此時，下課鐘聲響起，我和孟易辰若無其事地經過圖書館大樓，見到圖書館阿姨跟兩個男老師在討論，疑惑著小黑怎麼會「狗急跳窗」跑進圖書館。

「拍照記念一下。」孟易辰忽地拉住我，另一隻手將手機舉到面前，開啟自拍模式。

他把臉靠在我的頭旁邊，特地留出一些位置，把圖書館的掛牌也拍進來，我們對著鏡頭一笑，拍完後快步離開犯罪現場，結束了C計畫。

放學後，我跟孟易辰和往常一樣，前往福利社與顧之喻及陳柏鈞會合。

「期中考要到了，你準備得怎樣？」走在路上，我好奇地問孟易辰。

「我回家都在重讀一、二年級的課本，高三課程只有上課時隨便聽聽，反正學測又不考。」

「你考不好的話會被陳柏鈞鄙視。」陳柏鈞一直虎視眈眈等著看孟易辰的大考成績。

「那就祝他笑掉大牙。」孟易辰一點都不在意。

來到福利社，我們四個人買了餐點後坐在一起吃晚餐。彼此熟悉了之後，吃飯有伴的感覺還不賴。

顧之喻和陳柏鈞依舊時不時會交換便當菜，這種事看久了又似乎沒什麼奇怪，畢竟我後來觀察到，班上的男同學中也有人會拿好友的飲料喝，並沒有人對此感到怪異。

吃完飯，孟易辰突然提議：「在K中沒辦法討論有疑問的地方，我們要不要留一天在教室裡複習？」

「不要，你只是圖自己方便，想問問題的人是你吧。」陳柏鈞又第一個反對。

「夜讀時不能討論的確有點麻煩，選一天在教室裡念，可以把問題提出來交流也不錯。」顧之喻則是依舊理性。

聽顧之喻這麼說，陳柏鈞撇撇脣，不再多說什麼，而我也樂觀其成，期待著四人可以一起討論功課。

於是這天晚上，我們沒去K書中心，而是跟老師借了鑰匙回到八班教室。

我們把四張課桌椅兩兩併起，四個人對坐。陳柏鈞公開了他的複習進度，因爲同班，所以顧之喻跟他的進度差不多，孟易辰則是趕著複習高一和高二的課程，只有我沒特別安排進度，看學校考試考到哪就隨著複習到哪。

我曾經看過一篇報導，成功人士大多都具備著不會賴床、能夠有效規劃和控管時間的自制力。當見到陳柏鈞精美的複習計畫表，且每一格中的分項目標都打了勾代表完成時，我頓時覺得自己鐵定無法成爲成功人士。

「孟易辰，你的筆記可以借我看看嗎？」顧之喻探頭打量孟易辰的筆記本。

「可以呀。」孟易辰將筆記本遞給他。

顧之喻接過後一頁頁翻看，似乎發現什麼不得了的事，雙眼微微放光，「你的筆記統整得好詳細，還畫了許多圖例，做得眞好。」

「是呀，我眞優秀，以前筆記怎麼做得那麼好。」孟易辰毫不害臊地自誇，「幸虧當年有認眞做筆記，現在還能藉此一點一點回想起來，否則就完蛋了。」

「回想？」陳柏鈞狐疑地說。

「他把以前讀過的內容全忘光了，必須重念。」我直接代替孟易辰說明。

「眞的假的？」陳柏鈞顯然不信，伸手從顧之喻手裡抽走筆記。

「哈哈……就暑假玩過頭了。」孟易辰打哈哈敷衍。

「阿喻的筆記做得更好。」陳柏鈞迅速翻過孟易辰的筆記，一副不以爲然的樣子。

「是喔，我可以看看嗎？」孟易辰轉頭問顧之喻。

「可以。」顧之喻把自己的筆記交給他。

孟易辰翻了幾頁，眼睛緩緩瞠大，忍不住讚歎：「你的筆記太驚人了，都可以拿去網路上賣了。」

我把顧之喻的筆記拿過來，也仔細看了幾頁，心裡忍不住驚呼。

顧之喻的字跡端正，運用了各種不同顏色的筆以歸納不同的重點，跟孟易辰的筆記一樣畫了不少圖例。差別在孟易辰的圖只是簡單的線稿，顧之喻的圖卻還加上陰影畫出立體感，簡直有如圖鑑中的插圖。

「我可以跟你交流筆記嗎？」孟易辰提出要求。

「嗯，我也想跟你交換，確認有沒有漏掉什麼重點。」顧之喻欣然同意。

兩人達成協議，我們四個便開始複習和討論。原本我對於可以跟顧之喻面對面一起讀書十分期待，沒想到後來卻變成我一路被三人的智商輾壓，不斷自取其辱的慘況。

「妳眞的很笨耶！爲什麼講了三次還露出那種白痴表情？」陳柏鈞氣得在我眼前甩筆。

「柏鈞，口氣不要那麼差，不懂再講解一次就好了。」顧之喻連忙制止。

「我看再講解個十次她也同樣笨到聽不懂！」

「這題我已經弄懂了，你們可以先跳過，明天上學我再找時間教她。」孟易辰急著打圓場。

「抱歉……」我低聲向陳柏鈞道歉，內心沮喪到了極點，沒想到自己跟他們的程度差這麼多。

就連聲稱忘了前兩年課程的孟易辰，也只要一個提點就能馬上融會貫通，而且雖然他上課都隨便聽聽，對高三課業的理解仍比我多出許多，讓陳柏鈞都開始對他另眼相看，漸漸收斂起高傲的態度。

「她這樣會拖累我們的複習進度，你爸媽如果知道你在做這種事，肯定又會罵你浪費時間。」陳柏鈞嘴上毫不留情，繼續向顧之喻數落我。

「不會的。」顧之喻安撫地拍拍他的肩，「我跟我媽提過跟芊婭一起夜讀的事，她沒有反對，只說我不能辜負芊婭的期許和鼓勵，要好好考上醫學系。」

我睜大眼睛盯著顧之喻，沒想到他跟父母提過我的事，更沒想到他爸媽竟然沒有像反對他哥哥交女朋友那樣，反對他跟我往來。

「你媽沒反對？」陳柏鈞也瞪大眼睛，顯然和我有相同的想法，「又不是只有她會鼓勵你，我之前也有……」

看來他的意思是，他之前也鼓勵過顧之喻考醫學系，然而差別在於是我令顧之喻下定了決心。

陳柏鈞臉色一黯，猛地一口氣將課本和筆記統統塞進書包，語氣充滿忿恨：「我要回去了，不想在這裡浪費時間。」

「等等！我可以到旁邊讀……」話還未說完，顧之喻突然握住我的手，阻止我繼續說下去。

陳柏鈞的視線掃過我們兩人交握的手，雙脣抿成一直線，彷彿在壓抑什麼情緒，接著他背起書包，粗魯地將椅子踢進桌子下，轉身快步離開教室。

他強烈的反應使我倍感自責，不知所措地望向孟易辰，發現他也默默注視著我和顧之喻交握的手，眼神帶著一絲複雜。

「別理他，柏鈞在班上也是這樣，沒什麼耐性教人，態度有時也不太好。」顧之喻安慰我。

「放他氣沖沖地跑掉也不好，不如我去陪他走下山吧。」語畢，孟易辰起身將課本和顧之喻要借他的筆記收進書包裡，「我走啦，明天見！」

我明白，他又是想讓我跟顧之喻獨處。

目送孟易辰的背影離去，我垂頭喪氣坐在椅子上，淚水在眼眶裡打轉。

「抱歉，我代替柏鈞向妳說對不起。」顧之喻的嗓音十分柔和。

「不，是我自己不好，當初就不應該越級讀這所學校。」我微微哽咽。

「別這麼說，如果妳沒有來讀，我怎麼能遇見妳？」

「有沒有遇見我都沒差。」

「怎麼會沒差？」顧之喻沉著臉，不認同我的話，「數資班那麼多聰明又優秀的女生，偏偏我跟她們都話不投機，只有跟妳才能聊得愉快，妳有自己的獨特之處。」

「可是……」

「我是真的很喜歡跟妳相處，如果妳認爲自己很差，這豈不是也在說我的眼光很差？」

「不不不，你很好，一點都不差。」我搖頭否定他的話。

「所以，在我心裡妳也很好，一點都不差的。」他溫柔地揉揉我的劉海。

聽了這段話，我頓時好想放聲大哭，謝謝老天爺讓我喜歡上一個彷彿天使下凡的男孩。

「要不要去洗把臉？回來我再跟妳好好講解那一題。」

「好。」

洗了臉回到教室，顧之喻耐心地把剛才那道題目重新講解一次。或許是他的氣場和陳柏鈞不同，沒有逼人的壓迫感，我靜下心聽了這一遍，居然就聽懂了。

念完書準備回家，我跟顧之喻鎖好教室門，一起走到校門口。

手機傳來訊息提示聲，我從書包裡拿出來一瞧，是芊甯傳的，還附帶一張毛衣的照片。

姊，我剛剛逛網拍看到這件毛衣好漂亮，可是網路價還要四百九十九元，是不是太貴了？

「妳要網購衣服嗎？」顧之喻瞄了我的手機螢幕一眼。

「不是，是我妹想買。」我把手機螢幕朝向他，「你覺得這件衣服好看嗎？」

顧之喻側頭盯著螢幕，好半晌沒回話。

「是不是不好看？」

「不是，我只是在想，這張照片看起來有用濾鏡修圖，實品跟照片可能會有色差。」

「對耶！你不講我都沒注意到。」我恍然大悟，這才發現照片色調唯美，確實套用了濾鏡。

「我是理科腦，只能留意到這種細節，至於衣服漂不漂亮……呵呵。」

「聽說不少男生都分辨不出女生的衣服好不好看。」

「我就是那種男生，以前還討厭跟我媽一起逛街，搞不懂爲什麼女生挑衣服可以挑那麼久。」他露出疑惑的神情。

「我也是挑衣服會挑很久的人，因爲不知道自己適合穿什麼。」我關閉手機螢幕，仰頭望著夜空，今晚居然看得到星星。

「我不曾煩惱過挑衣服的問題，我媽都會幫我們買好，基本上全是一些名牌服飾。」顧之喻也順著我的視線看向夜空，嘴角微微帶笑。

「難得看到星星。」我輕喃。

「對呀，星星好少。」他旋身環顧整個天空，「我前年跟家人去夏威夷度假，那裡整個天空都灑滿星星，美到令人屏息。」

「你常出國玩嗎？」我笑得尷尬，原來他覺得星星很少，我不禁爲自己剛才的小小浪漫念頭默哀。

「還好，印象中去過十幾個地方。」

十幾個……

我最遠只去過綠島，而他的家族裡全是有頭有臉的社會菁英，孩子的才藝不能輸給別人，穿著也不能隨便，出國旅遊想必是十分普通的活動。

「說到星星，我小時候看過一張照片，是星空下的埃及金字塔，美麗中帶著神祕感。」我順口跟他聊起小時候的事，「後來我爸媽問我將來長大想做什麼，我說我想當考古學家，去埃及挖掘金字塔，我爸聽了卻吐槽說，那妳將來要吃土嗎？」

「因爲你爸認爲當考古學家不能賺錢？」

「嗯。」我點頭，「接著，我爸問了我妹妹同樣的問題，我妹說她長大想當特務，結果我爸媽笑著要她學好英文，再去學跆拳和功夫，這樣才能當特務。」

「比起考古學家，特務更不是說當就能當的吧。」顧之喻微微失笑。

「是啊，過了一段時間，有親戚來家裡玩，又問了我們同樣的問題。」我低頭望著被路燈照亮的路面，輕輕踢開一顆小石頭，「我改口說我想當老師，這回我爸說，那要成績很好才考得上師範大學，妳覺得自己現在的成績行嗎？而我妹換成說想當法官，說完馬上指著大家高喊『我判你有罪』，當下所有人都被逗樂了，大家都認為我妹很有氣勢，將來一定可以成為法官。」

聽到這裡，顧之喻臉上的笑容消失，凝視我的眼神透著一抹淡淡憂傷。

「那時我心裡很不平衡，也相當受傷，明明考古學家和特務都不是普通的職業，憑什麼我被奚落，我妹卻被捧上天？而法官和老師比起來，考上的難度應該更高，為什麼我爸媽可以輕易地肯定妹妹，卻不願意給我一點鼓勵？」說到這裡，我感覺自己的心緒亂了。

「那妳眞正的夢想是什麼？」

「當然是當考古學家，我想去埃及探索金字塔，去長江、黃河畔找古墓。可是我因為被爸爸認為考古沒錢賺，而改口說想當老師，其實當老師才不是我的夢想……」話還沒說完，顧之喻冷不防握住我的手，將我拉進他的懷裡。

「妳總是說自己很差，可是我卻常常覺得，妳隨便一句話就可以觸動我的心，彷彿是我遺失的一小塊靈魂。」他雙手環抱住我的肩頭，嗓音輕柔得幾乎要融進夜風裡。

思緒空白了好幾秒，我心跳紊亂、難以呼吸，好半晌才小心翼翼地問：「顧之喻……你是不是跟我一樣，心裡也有別的夢想，可是卻不斷地被爸媽否定？」

「我被否定的並不是夢想。」他的聲音帶點畏縮。

「不是夢想……那是什麼？」

顧之喻突然推開我，將目光移開，臉上閃過一絲包含難堪和羞慚的複雜表情。

心頭隱隱抽痛，我頓時以為自己什麼都明瞭了，於是忍不住握住他的手，揚起善意的微笑，「你的煩惱我可以理解，你千萬不要覺得自己跟別的男生不同，我認為只要互相喜歡，就該勇敢去追求，不管那個人是女生……還是男生，只要你喜歡，我都會支持你。至於你爸媽那邊，先慢慢來吧，不必急著讓他們接受。不管怎樣，加油！」

顧之喻困惑地眨眨眼睛，微微歪頭看我。

「我也該給自己一個結果了。」我依依不捨地鬆開他的手，「其實……我一直很喜歡你，從那個下雨的午後，你撐傘送我下山搭車開始……還有你來手作教室，我們一起做了一隻黃色小雞……一起夜讀後，我每天都期待著見到你，回家也會想到你……」他一聲不吭，讓我說不下去，只能尷尬地抓抓額角，「你看，我都鼓起勇氣告白了，你也要勇敢一點去跟他說……」

「跟誰？」他總算出聲。

「就是……就是……陳柏鈞……」我無力地垂下頭。

「他是不錯啦，不過……」他抿著嘴，忍俊不禁，「我喜歡的是女生。」

我猛然抬頭，不敢相信自己聽到了什麼。

「我喜歡的人是妳喔。」他輕輕一笑。

這一瞬間，我整個傻了，心中頓時湧起說不清道不明的情緒，一時不知該如何反應。

顧之喻對我告白了！

他喜歡的人竟然是我！

腦袋裡有個聲音在瘋狂尖叫，我真的無比開心，開心到——就只是開心而已。

我曾經想像過無數次被顧之喻告白的情景，得知暗戀的人也喜歡自己，不是應該都會激動得語無倫次，彷彿整個世界的花都開了一樣嗎？怎麼實際上跟想像中的感覺好像存在著一點落差？

「但是……」沒想到他又抿抿脣，神情有點掙扎，「關於交往這件事，可以讓我再想想嗎？」

聽他這麼說，我居然愣愣點頭，露出傻笑，「好……你再想想，我會等你的。」

「謝謝。」他歉然道。

我跟著顧之喻往前走，心裡又是一陣困惑。為什麼當他說還要再考慮時，我好像也沒有想像中的難過？難道是個性使然？

因為我很少在人前顯露出太激烈的情緒，以至於面對告白時，也下意識壓抑了情緒？

而顧之喻說要再想想又是因為什麼？

我真的想不明白。

回到家，我第一件事是告訴芊甯，顧之喻認為那件毛衣可能有色差。由於顧之喻還沒決定跟我交往，我也不敢提前講這件事。

後來，我跟芊甯仔細研究了那家網拍的商品照，確實全都用濾鏡修過圖，每一張都霧霧粉粉的，和許多網美拍的照片一樣。

再查了一下那家網拍的評價，果真有不少買家買了衣服後，反映實品的顏色比網路上看到的深很多，穿起來沒有那麼好看，於是芊甯最後就放棄買那件毛衣了。

昨晚想著妳的告白，竟然想到失眠了，不知道妳睡得好嗎？

我拿著手機趴在走廊欄杆上，看著顧之喻今早傳來的訊息，心底流過甜甜的暖意，感覺此刻的陽光特別美好。

「瞧妳一早臉上就掛著傻笑，昨晚是不是發生什麼好事了？」孟易辰突然出現在我身邊，手裡拿著一杯咖啡。

「昨晚我意外跟顧之喻告白了……」我害羞地低下頭，將事情的經過簡單說明一遍。

得知顧之喻也回應了我的告白，孟易辰臉上的笑容黯下，語氣似乎帶點低落，「遺失的一小塊靈魂啊……這有點像靈魂伴侶的說法，也許是因爲你們兩個的生活和思維模式都呈現互補的狀態，所以妳才能跨過他的高牆。」

「顧之喻可以跟任何人友好相處，也不會跟任何人發生爭執，我不懂他哪裡築起高牆了。」

「他對每個人都很好，在別人面前總是一副懂事又謙遜的模樣，然而在我看來，這就好像在逢場作戲。」

「那是你的偏見。」我不認同他的說法。

「還有，顧之喻昨晚跟妳提到『被否定的並不是夢想』……」孟易辰想不透般地蹙眉，「他被否定的不是夢想，也不是性向問題，那到底是什麼？他該不會有什麼人格或行爲上的缺失？」

「你亂講！他才不是那種人。」我更不能接受這個揣測。

孟易辰僅是笑了笑，沒有繼續猜測下去，眼神又閃過一絲落寞。

「話說我還是很訝異，顧之喻的爸媽怎麼不反對我跟他一起夜讀？」陳柏鈞明明說過，顧媽媽之前常會傳訊息關切對顧之喻有好感的女生。

「因為有管教哥哥失敗的前車之鑑吧。」孟易辰對此倒是不意外，「他爸媽曾反對他哥哥交女朋友，造成了強烈反彈，那他們自然會記取教訓，對另一個孩子的態度就會試著寬鬆一點。再加上妳是站在鼓勵顧之喻考醫學系的立場，他們目前沒必要反對，反而可以借力使力。」

「難怪他媽媽會說不能辜負我的期許，將顧之喻推進醫學系才是他們的主要目的……」我感覺被澆了一盆涼水，大人的心機真是太重了，「不過，雖然顧之喻也向我告白了，可是他還沒決定要跟我交往。」

「他可能是怕家人不贊成，不想讓妳受到傷害，也可能是顧慮到陳柏鈞的心情。」

「我也是這麼想，怕家人不贊成這點可以理解，若是顧慮到陳柏鈞……」光是這麼想，我就覺得難受，我不想傷害陳柏鈞。對於顧之喻，陳柏鈞多半抱持著超越友誼的情感，畢竟當看見我和顧之喻雙手交握時，他的反應太不對勁了。

「感情的事終究必須兩情相悅，這點陳柏鈞應該清楚，但他還是失控了。」孟易辰同情地一笑。

「昨晚我幾乎被他批評到一無是處，他肯定認為像我這麼笨的女生，根本配不上顧之喻。」我忍不住打了個冷顫。

「可這也讓妳意外告白成功，那點苦頭吃得值得，恭喜啦！」孟易辰一手拿著咖啡，以手背輕輕碰了碰我的額角，「好了，暫時先別想這麼多，把心靜下來好好準備期中考。」

不曉得為什麼，當他用愉悅的口氣恭喜我，手背輕觸我的額頭時，我的心竟沉了一下。

隨著他返回教室，我正要坐下時，瞥見孟易辰的桌上擺著顧之喻的筆記，便忍不住又拿起來翻閱。

「我昨晚全部檢查過了，沒找到什麼蛛絲馬跡。」孟易辰拉開椅子坐下。

「你借筆記是要檢查？」我有些傻眼，還以為他是真的讚賞顧之喻的筆記。

「對呀，很多人都會在筆記裡留下一些隨筆或破綻。」

「所以裡面什麼都沒有？」我同意他所說的，因為我自己就是那種會在筆記上塗鴉、寫些話罵罵老師、撇幾句心情感想的人。

「就只有筆記而已，不過我透過他的筆記了解到，他在美術方面挺有天分。」

「真的！」我指著筆記本某頁的眼球剖面圖，顧之喻繪製得十分精細，「我知道他小時候學過美術，有沒有可能他的興趣是畫圖，可是他的家人認為畫圖沒前途，不許他走美術這條路？」

「若是這樣，那有什麼好不能說出來的？」

「也對……」

「我想，應該還有更深層的原因。」孟易辰篤定地表示，接著從書包裡拿出一根狗骨頭，「別說我忘恩負義，這是昨天在山下的寵物店買的。」

「喔。」我接過狗骨頭在椅子上坐下，「對了，那間店是白尚桓家開的。」

「我知道。」見我欲言又止，他連忙擺擺手，要我把疑問嚥下。

我偏頭對他皺了皺眉，他和白尚桓的關係實在很謎。

「中午要不要再來個D計畫？」他笑得眉眼彎彎，不曉得又在打什麼主意。

「又什麼D計畫？」

「調查那本書呀！」

「喔，那個啊。」我點點頭，鬆了一口氣。

時間來到中午，我帶著狗骨頭跟孟易辰前往圖書館，可惜一路上並沒有看見小黑。進入館內，我領著孟易辰走到上次遇見顧之喻的圖書區，「我記得是黑色書封，上面有個白色的人物剪影。」

正要開始尋找時，一道人影從窗邊經過，我下意識轉頭望了一眼，那個人是宋紹偉，我記得他和顧之喻的關係還不錯。

「剛好，E計畫路過。」孟易辰動作很快，馬上繞過書架快步走向門口。

「等等……」我來不及抓住他的衣服，心裡喊了一聲不妙。

那傢伙的E計畫是鎖定宋紹偉嗎？

如果孟易辰跟他打探顧之喻的事，豈不是很可能被顧之喻發現？

只見孟易辰推開圖書館大門，和宋紹偉碰個正著，我也顧不得找書了，趕緊追過去。

當我來到門口時，他們兩個竟然已經在門外聊了起來，我推門走出去，聽到宋紹偉說：

「柏鈞早上看起來還好，應該是沒有在生氣了。」

見我出來，孟易辰突然把我拉到宋紹偉面前，「就是她，昨晚惹得陳柏鈞大發雷霆，今天又一直煩我，問我該不該跟陳柏鈞道個歉。」

「應該不用啦，阿喻會安撫柏鈞，那種事過了就算了。」宋紹偉笑笑地轉頭看我，我連忙把頭低下，表現出難過的樣子。

「他們兩個感情眞好，我跟他們一起夜讀，還以爲他們才是一對。」孟易辰用開玩笑的口氣說。

「他們從小一起長大，感情本來就特別好，以前也有同學誤會他們的關係，但柏鈞其實早就有女朋友了，我們班的同學都知道。」宋紹偉微笑澄清。

「女朋友？」我倏地抬頭，驚訝地望著他。

「他有女朋友？」孟易辰的眼睛微微睜大，顯然這個事實也在他的意料之外。

「嗯，高一的時候，有個同學去臺北參加萬聖節大遊行，在西門町遇到柏鈞在跟一個女生約會，那位同學偷拍了他們兩個的照片傳到班上的群組裡，對方是個打扮挺漂亮的長髮女生。」宋紹偉仔細回想當時的情景，「後來柏鈞才向大家坦白，說他女朋友在日本念書，只有寒暑假才會回臺灣度假，那天是特地飛回來玩的。」

「他眞是保密到了極點啊，哈哈。」孟易辰乾笑兩聲。

「聽說他女朋友今年暑假也有回來，你別看柏鈞一副不苟言笑的樣子，只要提到女朋友，他馬上就會臉紅害羞呢。」

「眞看不出來。」孟易辰顯然難以想像，「話說你也要跟他們一起衝醫科嗎？」

「沒興趣，我想走電機或資訊方面。」宋紹偉抓了抓後腦。

「跟他們一起念書眞的特別有衝勁，昨天我還和顧之喻借了筆記，他的筆記做得超漂亮，畫功簡直可以與美術班的學生比，讓我自嘆不如。」孟易辰很懂得帶話題，自然得一點都不像在打探顧之喻的興趣。

「阿喻是滿會畫圖的，不過他對設計類科沒興趣。」

「那他對什麼有興趣？」

聽到孟易辰那麼直接地問出來，我感覺都快心臟病發了。

「他的個性比較安靜，就喜歡看書，之前常常書不離手，還老愛發一些心靈雞湯文洗版。」宋紹偉笑得有些尷尬，顯然不太喜歡心靈雞湯文。

「好啦，陳柏鈞沒有生氣了就好。」孟易辰冷不防一拍我的肩。

「我擔心他今天晚上會不來夜讀。」我沮喪地說。

「不會啦，他只是脾氣比較急躁，隔天就會恢復正常，妳只要習慣就好。」

跟宋紹偉道別後，孟易辰雙手扠腰，無奈地搖頭嘆氣，「我之前還說陳柏鈞沒談過戀愛，沒想到人家早就有女朋友了，而且還是遠距離戀愛，難怪他會說戀愛不全是美好的。」

「所以，陳柏鈞對顧之喻並不是我們以爲的那種情感？」我如墜五里霧中。

「不對，這說不通，因爲陳柏鈞當時是說，高中生的戀愛根本不會長久，又何必浪費時間去談戀愛，這表示他不贊同高中生談戀愛。那他怎麼會交女朋友？」孟易辰揉著太陽穴，看起來跟我一樣迷惘，「我完全搞不懂他們的關係了，似乎繞了一大圈又回到原點。」

此時，一道熟悉的小黑影穿過走廊，跑進花圃裡，在花叢間嗅來嗅去。

「小黑！孟易辰有買狗骨頭給你喔。」我走到花圃前面，拿出狗骨頭蹲在地上輕輕揮啊揮。

小黑興奮地朝我奔來，一口咬住狗骨頭，趴在草地上，用前腳壓著骨頭開始啃食，啃得津津有味。

「不過由此可證，顧之喻上高中後就是這種個性了，問同學或老師應該問不出所以然，必須換個方向。」孟易辰隨後蹲在我身邊，伸手摸摸小黑的頭。

「哪個方向？」

「直接問顧之岳，或者問他國中和國小的同學或老師。」

「不行！這樣太冒險了，事情很容易曝光，我會被顧之喻討厭的。」我怕我們最後連朋友都當不成。

「我會小心一點調查的。」孟易辰保證，不知哪來的自信。

「我覺得你好像警察在查案。」

「我就是在查案。」他答得認眞。

「只是調查夢想而已，不算什麼案件吧？」我隨便說說，他居然當眞了。

「如果這個錯誤的夢想，在未來會引發一件命案呢？」

「嗄？」我轉頭凝視他正經的臉，「你是講眞的還講假的？」

「假的。」

「無聊。」

「等等。」他神情一垮，哭笑不得，「我講眞的，妳都認爲是假的，那講假的，妳應該要當眞吧？」

「好，那證據呢？」我朝他伸出手。

「這……還眞的沒有。」他沮喪地垂頭。

「不過我想，你如果考上警大，將來應該會是一個好警察。」我眞心覺得他已經在角色扮演了，還是鼓勵他一下。

「將來嘛……不管怎樣，我絕不會再犯跟以前一樣的錯。」他抬起頭咬牙切齒，似乎又想起什麼不愉快的事。

「以前是什麼時候？什麼錯？」我又聽得一頭霧水。

「七年後的……」他的聲音細如蚊鳴。

「什麼？」午休結束的鐘聲響起，讓我沒聽清楚他後面的話。

「沒什麼，回去上課了，書改天有空再來找吧。」他沒事似的微笑，將我從地上拉起來。

儘管宋紹偉要我不用介意昨天的事，顧之喻自會安撫陳柏鈞，可是晚上夜讀時，陳柏鈞缺席了，似乎完全不想看到我。

由於明天就是期中考，孟易辰說他考前習慣會早點睡，今天不想參加夜讀，最後便只剩我和顧之喻兩人獨處。

「紹偉說，妳很在意柏鈞的想法，擔心他還在生妳的氣？」

休息時間，顧之喻果眞問起這件事，想必是宋紹偉回教室後跟他提及了。

「我確實拖慢了他的複習步調，感覺非常對不起他。」我困窘地輕嘆。

「別這麼說，柏鈞很聰明但不善於指導人，再加上學測近了，他壓力大情緒才會失控，其實隔天他就沒生氣了，妳不要太在意。」他溫柔地安慰我。

「希望如此。」

「那妳跟孟易辰去圖書館做什麼？」

「當然是去借書了。」幸好孟易辰早料到這種狀況，已經幫我想好藉口，「孟易辰他媽媽最近迷上做手工藝品，他想借書給他媽媽參考，問我借哪一本書好。」

「原來如此。」顧之喻不疑有他，聽完只是笑了笑，「聽說是妳建議孟易辰讓他媽媽在家裡一邊養病、一邊做手工藝打發時間，身體才很快恢復了健康，醫生說他媽媽現在每半年回診一次就行。」

「你怎麼知道這些事？」我之前不曾和他提過。

「孟易辰告訴柏鈞的，柏鈞後來又告訴我。我覺得，是因爲妳的細心和體貼，才能帶來那些改變。」

看來顧之喻和陳柏鈞之間完全沒有祕密呀。

「我只是起了個頭，後來都是孟易辰在鼓勵他媽媽，我根本沒出到什麼力，也不認爲自己有什麼功勞。」他的稱讚令我汗顏。

「妳跟他感情好像很好？」他雙手交握，擺在欄杆上，垂下眼簾望著一樓的花圃。

「因爲我之前跟采菲吵架，而孟易辰剛轉學來，沒什麼朋友，又坐在我的後面，自然比較容易說上話，不過我們就只是同學的關係而已。」我連忙解釋，心想他該不會誤會了。

「是這樣嗎？」他的語氣透著疑惑。

「當然！」

「我覺得他好像也喜歡妳。」他冷不防拋出這句話。

「因爲我常常跟他在一起嗎？」我感覺腦袋嗡的一響，彷彿被什麼東西狠狠砸到。

「那也是其中一個原因，主要是昨天我們四個人一起討論功課時，我發現孟易辰的注意力都在妳身上，一直在觀察妳寫到哪裡，只要妳寫錯了，他就會馬上提醒妳，還怕妳會聽不懂，明顯非常在意妳。」說到這裡，他的臉色顯得十分落寞。

我呆了好幾秒，愣愣回想昨天夜讀的情況。似乎……好像……孟易辰的確經常靠過來，探頭查看我的算式，一有錯就指出，當陳柏鈞罵我的時候，他的臉上同樣透著擔憂。

「還有柏鈞發脾氣時，孟易辰的手擺在妳的椅背上，顯然是想保護妳。」顧之喻又補上一句。

「這……我完全沒注意到。」他的話讓我思緒大亂。

「昨晚我一直在想，孟易辰或許比我更適合妳，妳跟他在一起會比和我在一起好。」他自嘲地笑了笑。

「這就是你需要再想想的原因？」

「嗯。」

不是怕家人反對、不是擔心陳柏鈞的感受，而是顧慮到孟易辰，這理由出乎我的意料。顧之喻各方面的表現都比孟易辰好，爲什麼會有自己比不上孟易辰的想法？

「我想你真的弄錯了，孟易辰並沒有喜歡我，反而還一直鼓勵我去追求你，甚至會建議我該怎麼跟你相處，我想沒有人會推著自己喜歡的女生，去追另一個男生吧？重點是，我喜歡的人確實是你，我只想跟你……在一起。」我非常勇猛地二度告白，整張臉瞬間熱到好像要燒起來。

顧之喻先是一臉困惑看著我，接著似乎認爲我的話有道理，眼底流露出淡淡的欣喜。他輕輕握住我的手，低聲提出邀約：「考完試後，我們一起出去玩吧？」

「這個意思是……」我低頭注視被他牽住的手。

「我們在一起吧。」他漾開笑容。

我衝著他傻笑又點點頭，心跳快得彷彿要從喉頭蹦出來，儘管腦海裡閃過了孟易辰的臉，不過很快就被我驅逐出去。

在暑假以前，顧之喻對我來說，就像一顆只能遙遙遠望的璀璨星子。我曾經想試著摘取，伸出手卻觸及不了，直到在街上撞見孟易辰，這顆星星才慢慢降下在我眼前。

月老爺爺真是太神了，讓邊緣又不起眼的我這麼快就實現了夢想！

第七章 Save你的告白

期中考第一天，太陽躲進厚厚的雲層裡，氣溫明顯又降了幾度。

下了校車，我背著書包踏進校門，只見顧之喻頎長的身影倚靠在校門邊，拿著手機在滑，似乎正在等人。

「早安。」他抬眸對我露出微笑。

「早，你在這裡做什麼？」一早就見到他，考試壓力所帶來的灰暗心情都被驅散了。

「等妳。」

「咦？有什麼事嗎？」我記得他搭的校車早十分鐘到。

「沒事呀，就是想等妳而已，一起進去吧。」他不禁失笑，好像覺得我的問題很奇怪。

「陳柏鈞呢？」我跟在他身邊，我們緩步走向中廊，中間隔著一個人的距離。

「他先進教室了。」他主動靠過來，把距離拉近。

「聽宋紹偉說，陳柏鈞已經有女朋友了？」我害羞地低下頭，還是不敢相信我們已經在交往了。

「嗯，她在國外念書。」

「你見過嗎？」

「嗯。」來到中廊，他停下腳步轉身面對我，「路好短，還是放學時比較好，可以走久一點，也聊多一些。」

「那就放學後見。」我依依不捨望著他，多希望可以跟他同班。

「考試加油了。」他靦腆地伸手揉了揉我的劉海，耳根微微泛紅。

「你也加油！」我止不住傻笑，目送他走上通往特科大樓的樓梯。

孟易辰突然從我背後冒出來，「妳應該衝上去親他一下。」

「你在後面偷看嗎？」我嚇了一大跳。

「你們光明正大的，我有必要偷看嗎？」他朝教學大樓走去。

「你今天來得眞早。」我跟了過去，腦海閃過顧之喻的話。孟易辰怎麼可能會喜歡我？

「昨晚比較早睡，有睡飽今天就能早起一點。」

「有睡飽還喝咖啡？」這次他手裡提的咖啡套了摺耳豬的杯套。

「因爲習慣了早上就是要來一杯。」他把咖啡舉到眼前。

「咖啡喝太多也會胖。」

「我喝的是美式。」

「不加糖不加奶的純咖啡好難喝。」我吐吐舌，班上同學大多是喝飲料，就算要喝咖啡，也是偶爾才喝，沒人像孟易辰每天早上一杯，而且還是純咖啡。

孟易辰將我的表情看在眼底，微微一笑，「我以前都喝拿鐵，後來漸漸變得不喜歡糖和奶的味道，其實咖啡喝久了，喝的是一種感覺，重點並不是好不好喝。」

「什麼感覺？」

「一種可以開始工作了的感覺。」

「工作？」

「就是一天開始了的感覺。」

「那一天結束呢？」

「當然是啤酒一罐！」他愉悅地笑。

「我們還沒滿十八歲。」我瞇眼瞪他。

「對喔，我們還沒滿十八歲耶，哈哈哈……」他笑了起來，「不過我的生日快到了。」

我沒有回話，假裝在欣賞中庭的風景。

「妳應該接口問，你的生日是幾號？」

「沒興趣。」

「問嘛問嘛，我好想告訴妳。」他用肩頭蹭了蹭我。

「不要，我一點都不想聽，就算聽了也會馬上忘記。」我實在受不了男生撒嬌的模樣，加快腳步跑上教學大樓的樓梯。

進到教室，只見同學們難得都乖乖坐在座位上讀書，在這逼近考試的時刻，再混的學生也會臨時抱一下佛腳。

「咳……」

我拉開椅子坐下，偷偷往旁邊瞄了一眼，楊采菲一邊看書一邊揉著鼻子，偶爾還乾咳兩聲，氣色顯得不太好。這時節是秋冬之交，天氣變化大，也是容易感冒和過敏的季節。

不過我想，她每天都跟張璟閎膩在一起，放閃到天怒人怨，大概也不需要我的關心。

第一堂考試開始，我寫著考卷，忍不住又豎耳傾聽身後的動靜。孟易辰書寫的聲音相當規律，不像剛轉學來那時那麼急躁，考完遞給我的考卷也是寫滿的，似乎游刃有餘。

倒是楊采菲的狀況有些不對勁，她的臉色越來越蒼白，一隻手不時伸到桌下揉著小腹，答題的狀況好像也不是很順利。

熬過早上的考試，時間來到午休，我和孟易辰一起去福利社買午餐。

「早上的考題妳會寫嗎？」他挑選著便當，問了我一句。

「有幾題不太會。」我實話實說。

「考完有空我再教妳。」他正在研究便當裡的配菜，順口這麼回。

我轉頭注視孟易辰的臉，似乎是因爲顧之喻的話，讓我開始在意他的一切小動作。

孟易辰挑好便當，轉身對上我的視線，「看我幹麼？」

「沒事。」我拿著便當走向櫃檯。

「既然妳那麼誠懇地以眼神詢問，我就好心告訴妳。」他跟了過來，揚起嘴角在我的耳邊低語，「我的生日是十月十八日。」

「啊，我跟顧之喻約好了，那天考完試要出去玩。」我對他露出燦笑。

孟易辰的笑容頓時僵在臉上，我的心卻緊擰了一下，下意識移開目光，趕緊把便當拿給櫃檯阿姨結帳。

「六十元。」

我掏出皮夾拿錢，想了想又說：「再一杯熱可可。」

孟易辰默不作聲，我低著頭杵在旁邊，氣氛莫名變得尷尬，直到阿姨遞來熱可可，才打破我們之間的沉默。

「是約會嗎？」走出福利社，孟易辰的臉色已經恢復正常。

「嗯。」

「進展很快嘛，以後我就不跟你們一起夜讀了。」

「爲什麼？」我訝異地問。

「本來就是爲了撮合你們兩個，既然目的達到了，那我也該功成身退。只是距離學測剩下沒多少時間，妳別忘了繼續打探顧之喻的夢想，我也必須把握時間，從其他方向展開調查。」他平緩的嗓音裡少了笑意，瞧我沒有回話，表情也有些微妙，這才重新掛上笑容，「幹麼？捨不得我走嗎？」

「才沒有。」我反駁，卻分不清胸口悶悶的感覺是因爲什麼。

又是打探夢想，又是展開調查……依我看，孟易辰是熱衷於扮演警察或偵探的遊戲，對我其實毫無一絲情愫。既然我都跟顧之喻在一起了，就好好經營這段感情。

畢竟，顧之喻才是我眞正的嚮往。

回到教室，我掙扎了幾秒才決定豁出去，將熱可可擺在楊采菲的桌角。

楊采菲吃驚地抬頭，我微慌地閃避她的視線，拉開椅子準備坐下時，瞥見孟易辰溫柔地望著我，嘴角勾起讚許的微笑。

可是同一時刻，重重的腳步聲從講臺上傳來，張璟閎沉著臉走近，拿起熱可可擺回我的桌上，不留情面地說：「妳什麼意思？現在又想回來討好采菲嗎？我看還是不要喝比較好，誰曉得裡面加了什麼？」

「我只是……」我正想出聲辯解，孟易辰卻將筷子朝桌上一拍，霍然起身來到走道上。

教室裡的氣氛陷入緊繃，同學們紛紛轉頭望著他們，一副想看好戲的樣子。

「芊婭只是關心采菲，采菲今天不太舒服，難道你看不出來？」孟易辰臉上笑容不變，朝張璟閎逼近一步。

「我當然知道，她有過敏體質，鼻子不舒服。」張璟閎下意識伸手要推他的肩膀。

孟易辰側身閃過，張璟閎一掌撲了個空，身體收勢不住往前跨了一步，孟易辰趁隙閃到他背後，右臂輕搭在張璟閎的肩頭上，一氣呵成的動作猶如事先排練好的。

「杯子裡就是熱可可而已。」孟易辰嘴角的笑意更加明顯，附在張璟閎耳邊以很輕的聲音說，「有些痛只有女生才能了解，這樣你懂了嗎？」

張璟閎意會到了什麼，臉色慢慢漲紅，雙脣卻抿得極緊。

我心裡覺得奇怪，視線下移，結果見到在兩人的側邊，孟易辰左手緊緊扣住張璟閎的手腕，用力向後反折。這情況只有我這個角度能看到，其他同學只會以爲他們倆像哥兒們一樣，勾在一起。

儘管張璟閎練過跆拳，不過剛才兩人一交手，他應該就察覺了孟易辰同樣身懷絕技，而且比他高段，於是不敢亂掙扎。

「你們別吵了，快點坐下來，不要打擾大家吃飯和看書。」楊采菲無力地出聲制止，大概是痛到只求耳根清靜。

「孟易辰，回去吃你的飯啦。」我戳戳孟易辰的手臂，他已經把張璟閎的手折到微微顫抖，似乎挺痛的。

「好喔。」孟易辰馬上鬆開張璟閎。

張璟閎顯然對他有所忌憚，默默拿起熱可可擺回了楊采菲桌上後，便快步返回自己的座位，把手藏在桌下。

我擔憂地瞧了那杯熱可可一眼，很怕楊采菲會退回來，幸好她並沒有這麼做，不過直到放學她都沒有喝，而是直接帶走。

考完試，孟易辰背起書包，朝我擺擺手便瀟灑離開，對於夜讀彷彿一點都不留戀。

除了他，陳柏鈞也不來了，說有其他的讀書計畫。雖然跟他們兩人一起夜讀的時間不長，但多少也培養出一點感情了，現在他們一致都不來，我的心裡難免有些惆悵。

結束夜讀回家時，我跟顧之喻一起下樓，聊著今天在學校裡發生的事。

走著走著，顧之喻忽然輕輕牽住我的手，我紅著臉回他一個微笑。視線相觸，他立刻低頭用左手揉揉臉頰，模樣非常害羞，這樣的反應讓我覺得他好可愛。

「我的手……好像很冰。」感覺到彼此掌心的溫差，他略略鬆開手。

「不會，我怕熱。」我下意識握緊他的手，說完就糗得想咬掉自己的舌頭。

一切靜了下來，只剩夾雜著蟲鳴的風聲，以及無法平靜的怦然心跳。

期中考第二天，楊采菲戴著口罩來上學，看來應該是感冒了。

以男朋友的角色來說，張璟閎算是挺窩心，他不時幫楊采菲倒溫開水，摸額頭檢查是否發燒，體貼有加。可是因為生病的關係，我感覺得出楊采菲應考狀況不好，神情越發低落。

午休的時候，張璟閎帶著楊采菲去保健室休息。畢竟曾經是好朋友，見她生病我心裡也不太好受，於是決定去探望一下。

我本來想自己去，沒想到孟易辰堅持陪我。踏進保健室，只見張璟閎坐在床邊拿著課本在背書，一看到我就馬上站起身，露出不悅的臉色，但孟易辰緊跟著我走進來後，張璟閎又坐下來，轉過身子。

病床上的楊采菲看似睡熟了，一點動靜也沒有，我不想吵醒她，只看了一眼就離開。

期中考第三天，因爲是星期五，中午考完試，教室裡沉悶的氣氛頓時煙消雲散。大家三三兩兩結伴去逛街或吃東西，還有人要回家補眠，我則是一考完就去了廁所。剛解決完生理需求，我來到洗手臺前，楊采菲接著從另一個隔間走出來。

「謝謝妳的熱可可，還有昨天中午來保健室看我。」她的嗓音帶點沙啞，低著頭旋開隔壁的水龍頭。

「璟閎跟妳說的嗎？」我從鏡子裡瞧著她。

「沒有，當時我沒睡熟，有聽見你們的說話聲。」她淡淡解釋，依然沒抬臉。

「身體有比較好嗎？」

「下午我媽要帶我去看醫生。」

「那妳快點回家吧。」

楊采菲將水龍頭關緊，一語不發地離開。

我朝著她的背影微微一笑，雖然只說了幾句話，不過至少我們已經稍稍破冰了。

返回教室，我拿起手機，原本我跟顧之喻約好今天考完試要一起出去玩，沒想到他傳來訊息，說某間補習班開出高額獎學金，想挖角陳柏鈞去上考前衝刺班，於是陳柏鈞希望顧之喻陪他一起去試聽。

「補習班爲了衝榜單，自然會找上成績優秀的學生，我看顧之喻應該也在獵殺名單裡。」孟易辰懶洋洋趴在桌上。

「你呢？有沒有補習班捧著獎學金找你？」我暗暗嘆了一口氣。陳柏鈞眞是不死心，非得拆散我和顧之喻不可。

「有啊，可是之前已經補過了，不想再補第二次。」

又是之前？到底是什麼跟什麼呀！

「孟易辰。」張璟閎的聲音冷冷傳來。

孟易辰坐直身子，我循聲望向教室門口，張璟閎背著書包，正準備跟幾個男同學出去玩，而楊采菲因爲要去看醫生，已經先走了。

「你前女友被郭子接收了，恭喜、恭喜！」他訕笑道，說完一臉得意地走出去。

「逞一時口舌之快也爽。」我不知道該怎麼評論張璟閎，回頭瞧瞧孟易辰，他一手托腮望著窗外出神，眼神裡帶著一絲黯然，似乎陷入了回憶裡。

「孟易辰。」

對了！今天是他生日。

「嗯？」

「下午沒事，我想去手工藝材料店晃晃，你要一起去嗎？」之前我確實答應過要帶他去看看。

「去啊，怎麼不去。」他對我露出燦笑。

於是，孟易辰再度把腳踏車留在學校，我和他並肩走下山，搭上公車前往市中心。

「前女友跟郭子變成一對，讓你很難過吧？」坐在車上，我忍不住關心他。

「說難過也不是很難過，畢竟過了那麼久，反而是感慨的成分居多。」他扯扯嘴角。

「也才過了兩個多月而已。」

「爲了不負文藝社社長的頭銜，我來說一個故事給妳聽。」

「好啊。」我明白他是終於想坦白他的過往了。

「從前從前有一個男孩，他從小跟住在同社區的一個女孩一起長大，兩人正是所謂的青梅竹馬，而他們也和一般的青梅竹馬一樣鬼遮眼，因爲常打打鬧鬧，男孩就始終只把女孩當成哥兒們看待。後來上了高中，女孩喜歡上男孩的同班同學，結果男同學向女孩告白，兩人也交往了，男孩這才後知後覺地發現，原來他早就喜歡上女孩了，於是內心懊悔不已。」孟易辰的神情透著淡淡無奈。

「可是女孩喜歡男同學呀。」如果女孩對竹馬沒感覺，孟易辰並不需要退讓。

「其實，女孩在國中時就喜歡上竹馬了，只是竹馬一直把她當朋友，她想要放下對他的感情，才會接受男同學的告白。當然，她對男同學也有喜歡的感覺。」

「好像小說情節。」我低低笑道，「我認爲是郭子不懂得珍惜她，你不一定要讓給他呀。」

「不讓，難道要等著被劈腿？」他冷哼一聲。

「嗄？你又知道她會劈腿？」我一頭霧水了。

「她曾經暗戀郭子，他是她的初戀，也是最想擁有卻得不到的人。」他把頭靠在椅背上，長長嘆了一口氣，「反正一對戀人不管感情再怎麼好，都會遇上觀念不合或吵架的時候，當她向郭子訴苦，郭子也想挽回她時，兩人就會擦出火花了……」

「社長。」我偏頭睨他，「你的劇本編得太後面了吧。」

孟易辰噗哧一笑，大概是覺得我的反應挺有趣。

「你才跟你前女友交往兩星期，你就把後面的發展都腦補完了，到底有什麼毛病？」我一邊說一邊戳著他的手臂。

「總之，我爸去世的時候，是他們倆一直陪伴著我，我只是想成全他們。如今得知他們已經在一起了，這樣就夠了。」他停了一下，突然問，「如果妳是郭子，妳會怎麼安慰被我拋棄的那個女生？」

「當然是陪她一起哭，一起罵前男友有多爛……」說到這裡，我打住話，恍然大悟，「啊！所以郭子才會跟璟閎講那麼多詆毀你的話？」

「就像采菲對於妳一樣，可能郭子心裡對我也有諸多抱怨。」

「我能了解你的心情。」我無奈地輕嘆，卻又感覺哪裡不對，「講到采菲，你剛跟前女友分手就喜歡上她，這表示你也沒有很喜歡前女友呀。」

「不是的，這又是另一段故事了。」他揚起的嘴角好像抽筋了。

「快說！」我伸手掐他的手臂。

「現在不是說的時候。」他居然用力握拳，手臂的肌肉頓時硬得像石頭一樣，「都說了，要輕輕繞圈圈，這樣我也許就會被色誘，跟妳透露個一、兩句。」

「低級！」我嫌惡地踹他一腳。

公車抵達市中心，停在我最初遇見孟易辰的廣場旁。

下車後，孟易辰朝大街後方望去，騎樓下已經不見那對賣彩券的老夫婦。

「還沒吃午餐呢，妳想不想吃煎餃？」孟易辰回頭問我。

「好啊。」我點點頭。

孟易辰帶著我走進附近的一間餃子店，我們各自點了一些煎餃和酸辣湯。

「妳確定吃六個就會飽？」他挑起眉毛。

「會呀，還有湯呢。」瞧他一副不信的模樣，我沒好氣地撇撇脣角，「我本來就吃不多，只是吸收好罷了，而且還是鐵胃。像國中時參加隔宿露營，晚上有烤肉活動，結果隔天和我同組的人全都拉肚子，只有我安然無恙。」

「這麼好養又身強體壯的女生不錯呀。」他笑笑地說。

「少亂說了，男生才不喜歡太壯的女生，至少也要像采菲那樣，帶著一點嬌弱的氣質。」我不以為然。

「也是啦，不過……」他微微蹙眉，顯然並未完全認同我的觀點，「以前我可能就像妳說的，喜歡小鳥依人、有點嬌弱的女生，不過現在倒是比較喜歡健康的女生。」

「你應該轉學去體育班。」我忍不住吐槽。

「呵呵……」他低低一笑，「還有個性要明理懂事，我現在沒興趣去服侍公主型的女孩子了。」

「講歸講，遇到了還不是馬上拜倒裙下。」我斜眼質疑。

「我說的是真的啦。」他戳了下我的額頭，「一個人的愛情觀多少會隨著時間流逝、年紀成長而慢慢改變，所以才會有那種以前不喜歡某個人，可是隔幾年再相遇就忽然喜歡上的事。」

「這麼說也有道理。」我點點頭。

此時，老闆端著餐盤走過來。

「老闆，請問原本在前面賣彩券的那對老夫婦呢？」孟易辰開口詢問。

「他們喔，八月底的時候被搶匪搶了彩券，幸好有個功夫不錯的高中生及時抓住搶匪，後來那個搶匪跑去西倫高中鬧事，警察怕搶匪未來可能會再找老夫婦麻煩，就請人聯絡了他們遠在國外的兒女。」老闆一邊說一邊將餐點擺上桌。

「他們有兒女住在國外？」我訝異地說。

「嗯，聽說生活過得很好，卻丟兩個老人家在臺灣不聞不問，眞是不孝。」老闆的口氣帶點譴責。

「後來呢？」

「因爲搶匪再次鬧事，有記者挖出了搶匪和老人家之間的過去，寫成報導在網路上發布，他們的兒女受到輿論抨擊才出面處理，聽說最後把他們安置到一間養老院了。」

「原來如此，我了解了，謝謝老闆。」孟易辰微笑道謝，順便遞了一雙筷子給我。

我接過筷子，淡淡開口：「我覺得，如果你沒抓到搶匪，那對老夫婦現在可能還頂著日晒雨淋在賣彩券。抓到了至少能讓他們的兒女出面，安排他們去到一個可以安享晚年的地方，對他們來說應該算是好結局。」

孟易辰沒有回話，只是夾了一顆煎餃塞進嘴裡，一邊嚼一邊忍不住揚起嘴角。

吃完午餐，孟易辰拿起帳單準備至櫃檯結帳。

「等一下，我給你錢。」我取出皮夾，準備把錢給他。

「不用了，這點錢我付就好。」他壓住我的手。

「爲什麼？跟同學吃飯本來就該各付各的。」我不解地問。

「這點錢要妳付，有點傷男人的面子。」

「傷面子？」

「尤其是要像妳……這麼小的女生付。」他的手指在半空中畫了幾個圈，「我是指身高。」

我衝著他燦然一笑，趁他也對著我笑時，猛然抽走他夾在指間的帳單。

「周芊婭！」他吃了一驚。

我快步走到櫃檯前，從皮夾裡抽出兩百元，連同帳單交給老闆。

「喂！妳不能付。」孟易辰追過來，伸手想拿帳單。

「老闆，請快點結！」我伸手將他往後推，就是要讓他傷面子傷個夠。

「喂……」他又擠過來，我再度推開他。

「妹妹，結好了。」老闆將找零遞給我。

「今天你生日，我請你。」我接過零錢，對孟易辰微微一笑。

孟易辰呆了一下，忽然轉身往店裡走，嘴裡喃喃：「老闆，再來五十個煎餃。」

「喂！來不及了啦。」我伸手拉住他的衣服。

「我還沒吃飽……」

「來不及了，你就算吃再多我也不會付了。」我拖著他離開。

「怎麼可以這樣？」他一路碎碎念，「妳要請我應該早點講，那我一定連早餐都不吃了。」

我不管他的抱怨，拖著他拐進一條巷子，進到我之前常跟楊采菲去的手工藝材料店。

一踏進店裡，入目就是好幾排擺著滿滿手工藝材料的貨架，左右兩側是一整牆的毛線球、緞帶、蕾絲、各式線繩等，琳琅滿目應有盡有，讓人看得眼花繚亂。

孟易辰一副驚訝的樣子，好像來到外星球似的。

我走進貨架之間，掃視各色各樣的鈴鐺、串珠、不織布……腦袋裡馬上浮現許多想法，思考著可以利用這些材料做出什麼飾品。

孟易辰跟在我後面，臉上的表情茫然到極點，顯然那些材料在他眼中，鈴鐺就是鈴鐺、串珠就是串珠、不織布就是不織布，每樣小東西看起來都很無趣。

他拿出手機，對著貨架拍了幾張照片傳給他媽媽看，之後就走到門口滑手機了。

因爲沒打算買什麼東西，我隨意逛了一圈也出去了，「逛完了，你要回家嗎？」

「顧之岳的FB顯示他在附近的一家燒肉店打工。」他看著手機說。

「顧之岳？」我瞪大眼睛。

「我以爲問問顧之喻的好友就可以打聽到他的事，沒想到他藏得那麼深，現在除了直接問他哥，應該沒別的方法了。」

「不要吧！萬一顧之岳回家告訴顧之喻的話，恐怕會惹來麻煩。」

「芊娫，爲了妳好，我不問不行。」孟易辰非常堅持。

「為什麼？」我說完，又直覺這話問了也是白問，「我真怕你又害了我……」

「妳先回家好了，我去找他。」他嘆了口氣，莫可奈何地伸手揉揉我的頭髮，隨即轉身朝巷子口走去。

說得那麼簡單，這叫我怎麼放心回家？

我掙扎了一下，忍不住還是跟上去，落在孟易辰後面五步的距離。

當孟易辰找到那家日式燒肉店時，我心裡不斷祈禱，希望顧之岳今天沒排班。然而事與願違，剛來到門口，一個頂著灰藍色頭髮的男服務生拿著促銷海報推門出來，不是別人，正是顧之岳。

「學長好，我之前是西倫高中的學生，高三才轉學到新苑高中……」孟易辰立刻上前搭話。

「我在上班，長話短說。」顧之岳一樣是不太配合的酷酷態度，而且他眼珠子一轉，很快發現站在不遠處的我，「妳站得那麼遠，是怕被我咬嗎？」

我沒好氣地翻了個白眼，心不甘情不願地走過去，抬起下巴炫耀：「我跟我妹現在感情還是很好唷。」

「這證明妳不夠聰明，是只能依附妹妹的可憐蟲。」

「你……」一句話又激起我的怒火。

孟易辰拍拍我的肩，要我冷靜下來，並誠懇地向顧之岳表示，他是和顧之喻一起夜讀的同學，因為在聊天的過程中，發現顧之喻絕口不提自己的夢想，心裡似乎藏有祕密，所以身為朋友想關心、了解他一下。

「你認爲是我不中用，才害得阿喻被逼著考醫學系？」顧之岳雙手抱胸，冷冷反問。

「不是的，每個人都有力所能及的事，也有力所不及的事，這世上有很多事會令你不得不去認清自己的極限，只要在自己的能力範圍內做到最好，這就足夠了。」孟易辰安撫似的說，口氣聽起來像個大人。

「對我的家族來說，能力是可以塑造和要求出來的，沒有所謂的能力範圍。」

「但大家都明白事實不是如此，因此你才會不斷地向父母抗爭，強烈地表達想做自己能做的事。既然如此，你應該要和顧之喻聯合起來，而不是把他推出去當擋箭牌，讓他犧牲自己的夢想。」

「犧牲？未必吧，我倒是覺得他現在挺好的。」顧之岳仍舊無動於衷。

「因爲顧之喻讓你從家人施加的壓力中解脫，你就眞的不管他了嗎？」

「那是他的選擇。」

「你曾經跟我說過，顧之喻表裡不一，什麼聰明有禮都是僞裝出來的，爲什麼你會那樣講？」我也直問了，畢竟都已經冒險找上顧之岳，如果還問不出線索那就白來了。

「我不記得自己說過那種話。」顧之岳挖挖耳朵，裝傻得徹底。

「學長，我們是眞的關心顧之喻。」孟易辰微微眯眼，直接說重話，「還是說，顧之喻藏在心裡的，是有違法理或道德的事？」

顧之岳冷臉瞪著孟易辰，怒火在他的眼底隱隱躍動，靜了幾秒，他才沉聲說：「我不是想維護我弟弟，而是實在討厭像你們這種喜歡挖掘人家隱私的人，以前他們班的一個男生才被我揍過，要不是念在你算是我學弟，我剛才就打得你滿地找牙了。學弟，奉勸你一句話，每個人都有不想公開的事，我們家好不容易恢復正常生活，請你們不要再節外生枝。」

語畢，顧之岳一把推開孟易辰，逕自轉身要走回店裡。

「等等！」我焦急出聲，「你能不能別告訴顧之喻我們來找過你？」

顧之岳正準備推開玻璃門，聞言停下腳步，回頭對著我嘲諷一笑，「敢做不敢當啊？不過妳放心，我跟他很久沒說話了，那傢伙的事本來就與我無關。」

玻璃門在眼前闔上，我轉身輕聲央求孟易辰：「孟易辰，這件事就算了吧。」

「妳是害怕知道眞相嗎？」他的神情複雜。

「不是！我只是認爲顧之岳說的沒錯，不管顧之喻心裡藏著什麼祕密，他一定是很努力想改變自己，才能造就如今的形象，而這個形象並沒有哪裡不好，不是嗎？」我有點不確定地說，其實我不知道顧之喻那樣到底好不好。

「我會插手這麼多，都是爲了妳好。」孟易辰臉上閃過一絲失望。

「可是你有沒有想過，假如你將顧之喻的隱私挖出來，可能會把事情推向壞的那一邊？」將心比心，我也不希望有人暗地裡調查我的私事。

「那妳希望我怎麼做？」他的嗓音隱隱透著怒氣。

「你能不能先暫時不要管，也許我可以用自己的方式……」去深入了解顧之喻。

「隨妳便！我不管你們會更開心，過得更快樂！」他生氣地揮手打斷我的話，轉身快步走開，「我要回家了，妳自便。」

凶什麼凶？我又沒有求你管我，眞是莫名其妙！

怒火竄上心頭，我也氣鼓鼓地朝跟他相反的方向走去。

既然他說不管我們，他會過得更快樂，那我就順著他的意，還他一個耳根絕對清淨！

ღ

和許多沉浸在戀愛中的情侶一樣，顧之喻的每一句話和每一個動作，都會讓我在睡前回味無窮。

爲了彌補星期五的失約，顧之喻特別約我星期日出去玩，這也是我們第一次約會。

這天我起了個大早，換好衣服，幫自己上了一點粉底和脣膏，再把芊甯從被窩裡挖起來。

「芊甯，我這樣打扮好嗎？」我對她展示自己的裝扮。

「嗯……」芊甯睡眼惺忪地打量我，點點頭後又伸手揉了揉眼睛，「可是我覺得妳的頭髮不行。」

「頭髮？我已經梳得很順了。」我伸手摸摸頭髮。

「我覺得不夠，我幫妳整理一下。」芊甯掀開棉被滑下床，把我按坐在書桌前，拿起吹風機和梳子把我的頭髮吹直，接著用電捲棒將髮尾燙成內彎，劉海也微微燙捲。

我靜靜坐著讓她擺弄，視線不經意掃過她桌上的東西，隨即被一樣事物吸引住。

那是一張發票，發票上印有店家名稱，是顧之岳打工的那家日式燒肉店。

芊甯去那裡吃過東西嗎？

不過那家店離補習街不遠，吃個晚餐應該沒什麼，未必跟顧之岳有關。

「好了，姊姊只要打扮一下就會變得很可愛。」芊甯幫我整理好頭髮，退開一步滿意地打量。

「謝謝。」我注視著鏡子裡的自己，打理過後眞的可愛許多。

「不客氣，祝姊約會順利。」芊甯笑了笑，隨即又倒回被窩。

出了門，我搭車來到市區的影城跟顧之喻會合。他穿著設計簡單的T恤和黑色長褲，外搭丹寧襯衫，修長筆直的雙腿完全被襯托出來，整個人非常帥氣。

「妳今天看起來特別可愛。」他微笑注視我。

「芊甯幫我整理了頭髮。」我輕輕撥了下髮尾，聽到他的稱讚，我的心都快飛起來了。

「妳跟妹妹的感情眞好。」

「再好也是會吵架的。你呢？最近和哥哥相處得怎樣？」

「還是老樣子，誰也沒理誰，沒有更好也沒有更糟，反正他沒再惹事、沒跟家人吵架都好。」他淡淡表示，眼神閃過一絲細微的無奈。

我心裡嘆了口氣，哥哥是那種個性，或許少講話也少爭執吧。

「妳想看什麼電影？」

「嗯……《小丑》好嗎？」我聽說這部電影的票房相當好。

「那部電影的主題大概是什麼？」他似乎不清楚是怎樣的電影。

「好像是DC漫畫裡，關於《蝙蝠俠》的死對頭小丑的故事。」

「好啊，那應該不會拍得太差。」顧之喻隨即買了電影票、爆米花和可樂。

進入電影院，我跟顧之喻坐在一起，一邊吃爆米花一邊聊天，氣氛無比美好。

然而電影才開始播映十分鐘，我們就發現沒有蝙蝠俠駕著蝙蝠車穿梭在高譚市裡的身影、沒有超級英雄拯救世界的情節，只有主角小丑面對人群強顏歡笑、被路人欺負和捉弄的場景。

小丑接受了心理醫生的諮詢，醫生問他有沒有寫日記，結果他的日記裡寫著這句話：「我只希望我的死比我的人生更有價值。」

看到這裡，我聽見顧之喻深深嘆了一口氣。

電影結束，受壓抑而沉重的劇情影響，我一時說不出話，甚至有些悲傷想哭。

「沒想到劇情那麼寫實，看得心情好難過。」心頭悶悶堵堵的感覺，使我想找人說話抒發。

「我也以爲是超級英雄的故事。」顧之喻的臉色略顯蒼白，勉強揚起微笑，「別想太多，我們去吃中餐。」

離開影城，我們到附近的拉麵店用餐。

「……後來張璟閎就把熱可可推還給我，不想讓我跟采菲有互動，要不是孟易辰出面阻止，他可能還會繼續讓我難堪。」我聊起期中考期間發生的事。

顧之喻默默吃著拉麵，並未回話，似乎心不在焉。

「你是不是累了？」他走神的模樣令我十分在意。

「嗯？」他回神抬起眸光，想了一下搖搖頭，「沒事，後來呢？」

「後來張璟閎向老師提議，說考完試要換座位。」

「喔……」

「看來，他很不想讓采菲坐在我旁邊。」

「嗯……」

連回話都變少了，我心裡的不安越來越強烈。

明明只是一頓飯的時間，我卻覺得彷彿捱了好幾個小時，離開拉麵店時，我下意識去牽顧之喻的手，沒想到他像是被突來的碰觸嚇著，直接把手抽了回去。

我整個人呆住了，不知所措地望著他。

「抱歉，我剛好在想事情。」他急忙解釋，重新握住我的手。

「你在想什麼？」

「沒什麼。」他佯裝若無其事，再度露出笑容，「走吧！我們去前面逛逛。」

隨著他走在熱鬧的街上，我已經沒心思觀察周遭有什麼有趣的事物，儘管我們牽著手，兩人的掌心溫度卻始終一片冰涼。

突然間，顧之喻停下腳步，我循著他好像發現什麼東西的視線，轉頭看向右手邊的一間服飾店。

店門口的假人模特兒身上穿著一件紫白橫條相間的毛衣，樣式十分眼熟。

「那件毛衣是不是妳妹妹想買的那件？」他伸手指指毛衣。

「真的耶！」我趕緊接話。

「要不要去看看？」

「好。」我走到服飾店門口，端詳著那件毛衣，「果然有色差，這個紫色太深了，不過款式滿漂亮的。」再看看一旁的衣架桿，我發現還有其他同款不同色的毛衣，「反而淺粉紅配米色這件比較好看，淺藍色也不錯……我可以試穿一下嗎？」

「當然，快去吧。」他伸手幫我提著側背包。

進入店內，我向店員表示想試穿，店員便領著我來到更衣室。換上毛衣，我開門走出去照了一下鏡子，接著又進更衣室換了第二件，出來後照鏡子時，我忍不住瞥向旁邊。

顧之喻站在櫃檯前面，目不轉睛盯著我試穿。

「好看嗎？」我害羞地問。

「看起來挺順眼。」他上下打量我，「妳喜歡哪個顏色？」

「我覺得淺藍色好看，不過芊甯應該會比較喜歡淺粉色。」我對著鏡子拉拉毛衣下襬。

試穿完畢，我拿著淺粉色的毛衣去櫃檯結了帳，而顧之喻接著拿起淺藍色毛衣，也擺上櫃檯，「小姐，我買這件。」

「你爲什麼要買？」我訝異地問。

顧之喻沒有回話，直到店員結完帳將毛衣裝進購物袋，他才把袋子遞給我，「當然是送妳。」

「我不能收，不然我給你錢好了。」我有些心慌，準備從皮夾裡拿錢給他。

「不用，我覺得妳穿起來很好看。」他搖頭拒絕。

「可是……」

「沒有可是。」

「好吧……那謝謝。」我的心頭泛起甜甜的暖意。

出了店門，顧之喻帶著我又往前逛了一段路。本以爲經過方才的插曲，我們之間的氣氛應該會有所緩和，然而顧之喻沉默依舊，這樣的情況實在不對勁。

「顧之喻。」我忍不住停下腳步，不安地開口，「如果我有哪裡不好，我希望你可以直接告訴我。」

「妳沒有哪裡不好。」他連忙搖頭，見我顯然還想追問，這才選擇跟我坦白，「我只是在想……妳喜歡我的原因是什麼？」

「我覺得你是一個很正向、待人溫柔、有內涵、樂於助人的人，即使心裡難過，也從不把負面情緒表露出來，非常爲家人和同學著想。」我認眞地形容這些日子來對他的觀感，「在遇見你以前，我一直感覺自己處在灰暗的世界裡，而你就像一道溫暖陽光，溫度並不熾烈，靜靜地就穿透進來。」

顧之喻聽完，淡淡回了我一個微笑，可是卻有某種似星火的光芒，自他的眼底瞬間滅去。我明白我的答案並不是他想要的，眼眶頓時泛酸。

「對不起，我不能再跟妳交往下去……」他的臉上充滿歉意，壓抑著嗓音艱難地擠出這句話。

「爲什麼？」淚水模糊了我的視線，心痛得彷彿不能呼吸。

「因爲我沒妳想的那麼好。」

「不然……你到底是怎樣的一個人？」我哽咽地問。

「對不起，我只能說對不起，我想妳跟孟易辰在一起會比較幸福。」他痛苦地蹙緊眉頭，似乎無法面對我，說完便撇頭轉身快步離開。

世界猶如在這一刻崩毀，毀得突然、毀得不清不楚不明不白，他的背影在我盈滿淚水的眼裡成了一片破碎光影。我應該要追上去，纏著他問個明白，然而僅存的理智卻告訴我，他不會回答我的，我只會令他更加難堪和痛苦。

我不想當著這麼多路人的面爲難他。

坐上公車，我恍惚地望著窗外發呆，只要一想到我和他分手了，眼淚就會滾落下來。

回到家，我把毛衣放在芊甯的書桌上，接著便鎖進房間裡，一邊流淚一邊回想今天發生的事。

究竟是哪個環節出了錯？

原因不可能只是看了一部情節壓抑的電影那麼簡單，但有可能是他心情受到影響，連帶地開始檢討自己，認爲自己沒有我想像中那麼好。

可是，我也同樣覺得自己不夠好，卻並未因此放棄跟他交往，所以顧之喻會這麼突然地做出這個決定，恐怕是有更深層的理由。

孟易辰的看法也許是對的，除非找出顧之喻眞正的夢想，否則我跟顧之喻的戀情無法長久。

說起來，我這還破了孟易辰和前女友交往兩個星期就分手的紀錄，因爲我成爲顧之喻的女友，僅有短短的五天而已。

晚上，芊甯看到毛衣後跑來敲我的房門。

我啞著嗓音要她讓我靜一靜，而發現我的不對勁，芊甯便默默離開了，體貼地沒有追問我發生了什麼事。

隔天星期一，早上我腫著一雙眼睛出現，單眼皮的我眼睛根本只剩下一條縫。爸媽問我怎麼了，我騙他們是考試考不好，流點眼淚發洩一下壓力，芊甯顯然不太相信，不過也沒多問什麼。

搭著校車抵達學校，我剛走進校門就被陳柏鈞攔截，他把我帶去旁邊的樹下。

「阿喻跟我說昨天的事了。」

「我跟他分手了，你是不是覺得很開心？」我垂下目光把視線定在他的學號上，不曉得他現在是用什麼表情在看我。

「從今天開始阿喻會退出夜讀，跟我一起參加考前衝刺班，至於妳的事，他是真心覺得抱歉。」他的語氣並沒有嘲諷，而且居然還帶了一絲同情，「我希望妳能諒解他，以後也不要再去找他了，免得破壞他準備考試的心情。」

「我根本不知道這是怎麼回事，你要我諒解他什麼？」聞言，我的眼眶又是一陣酸澀。

「話我已經帶到了。」陳柏鈞不打算多說，準備走人。

「等等！」我忍著心痛，從書包裡拿出皮夾，抽了幾張鈔票給他，「這是電影票和衣服的錢，我不想欠顧之喻什麼。」

「好。」他伸手接過，轉身走向特科大樓。

我抬頭望著天空，用力咬著下唇忍住想哭的情緒，深吸一口氣大步朝中廊而去。

新的一週開始，早自習時間，張璟閎在講臺上宣布：「各位同學，現在發下去的通知單請帶回家交給家長，這個星期六上午，學校要召開高三升學座談會，也邀請家長們來參加座談，所以需要調查參加意願。」

我接過前座同學遞來的通知單，連續兩年爸媽都沒參加，我想這次他們應該也不會想出席。不過，他們倒是出席了芊甯的新生座談會，能夠考上第一志願的高中，終究是比較厲害和讓父母有面子的。

「另外，星期六有沒有人願意來學校幫忙？至少兩個，一個帶位、一個服務，可以記一支嘉獎。」張璟閎又問。

因爲時間是假日，同學們個個興趣缺缺，不過對我來說，有事做總比沒事做好，於是我舉起右手。

「好，那服務的同學就是周芊婭和孟易辰。」周璟閎望過來。

我一愣，回頭瞥了眼孟易辰，他寒著臉緩緩放下右手，似乎沒料到會跟我一同舉手。

他那麼缺嘉獎嗎？

也對，他高三才轉學到這所學校，目前還沒有什麼被記嘉獎的機會。

接下來，全班同學開始抽新的座位，我抽到第三排倒數第二個位子，孟易辰抽到第五排中間的位子，座位分開，代表之後我們更難有太多交集了。

兩天後，期中考的成績全部出爐。

楊采菲果眞因身體不適考差了，班排落到第三名，她不曾考過這麼差的成績，當班導宣布名次的時候，她瞬間就紅了眼眶；至於班排第一名不是別人，正是從西倫轉學來的孟易辰，他的校排名列第三，這個位置原本向來是屬於白尙桓的。

而顧之喻過去都維持在校排十幾名，這次竟直接擠下陳柏鈞，衝到數資班的第一名，校排自然也是第一名。許多同學爲此感到詫異，不過我明白他之前是不想帶給哥哥壓力，一直有所保留，這樣的成績才是他的眞正實力。

至於我的成績，托顧之喻和孟易辰的福，我居然進步了十多名，不再是倒數。我本想跟孟易辰道謝，無奈上星期五和他不歡而散，我們目前還處於冷戰狀態，且星期一又換了座位，我更沒有機會和他說話了。

孟易辰一個眼神都不施捨給我，徹底把我當空氣，就連一起在校史室打掃，他也始終背對著我，我們各做各的事，視線不曾交集。

他明明承諾過不會丟下我一個人，現在卻沒做到……

可是這樣一想我又覺得自己很無理取鬧，孟易辰本來就沒必要對我負責。

擁有一張厭世臉的好處，就是平常看起來好像老是心情不好，可是當眞正難過的時候，旁人反而難以察覺。

其實失戀了也沒怎麼樣，老師在黑板上寫重點，我便勤奮地抄筆記，聽到老師說笑時一樣跟著全班同學哈哈大笑。但下課後翻閱筆記時，老師講課的內容沒一句被我記進腦海裡，即使課本上的每一個字都看得懂，卻組不出完整的字句。

中午的便當照樣吃完，下課就到走廊上透氣，體育課時努力投籃丟球，打掃時間盡責地清掃，放學後一個人去福利社吃晚餐，一個人坐在K中的座位上發呆、一個人跟在人群的後面下山、一個人等著公車準備回家。

不是我在自誇，我眞的超擅長一個人，班上沒人發現我的異狀，雖然其實也沒人有興趣發現。

更必須一提的是，我絕對是個乾脆又善解人意的交往對象，因爲我不吵也不找顧之喻，還刪了他的LINE。

像我這麼好打發的前女友要去哪裡找？

星期五傍晚，我獨自坐在操場邊的臺階上，看著天色慢慢變暗，星星漸漸亮了起來。我沒有去福利社吃飯，也沒有去夜讀，外套和書包擺在旁邊，就是什麼事都不想做，甚至連一根手指都不想動。

突然，某個人的腳步聲從臺階上方輕盈地一階一階跳了下來。我回頭望去，藉著臺階邊路燈的光線，失望地發現對方並不是顧之喻。

「自己默默坐在這裡怪恐怖的，會嚇到人喔。」孟易辰若無其事在我的右邊坐下，好像我們不曾鬧過彆扭。

「你走開，不關你的事。」我倔強地別開臉。

「我都坐下來了，讓我屁股坐熱一點再走。」他語帶笑意，伸長手橫過我的背後抽起外套，攤開披到我身上，「犯不著爲了一個人把自己冷壞了。」

接著是一陣漫長的沉默，我繼續呆呆盯著操場，而孟易辰坐沒坐相，側著身子慵懶地倚著臺階，兀自滑手機。

不知發呆了多久，我驀然想起一件事，馬上翻開書包拿出皮夾，抽出擺在裡面的紅線。月老爺爺雖然實現了我的願望，可惜這段戀情曇花一現，如今既然跟顧之喻分手了，這條紅線應該也沒有用了。

「妳想幹麼？」孟易辰停止滑手機，瞅著我手裡的紅線。

「丟掉。」我站起身，外套從肩上滑落。

「喂！」

我轉身一腳跨上臺階。

「等等！不能丟！」他緊張地跳起來，伸手牢牢抓住我的手臂。

「我跟顧之喻已經分手了。」我負氣地說，淚水又不爭氣地模糊了視線。

「我知道，可是妳還是不能丟。」

「爲什麼？」他知道我和顧之喻分手？

「因爲那是神明賜給妳的，不管戀情有沒有成功，都不能隨便亂丟。」他扳過我的身子，與他面對面。

「可是留著只會讓我更加難過。」我垂下眼簾哽咽道，不敢和他對上目光。

「不然先寄放在我這裡，等改天有空，我幫妳拿回月老廟化掉。」他溫柔地勸哄。

我抿抿脣，忍住眼角的淚，妥協地緩緩攤開掌心。

孟易辰伸出雙手，小心翼翼地捧起紅線，他的臉上充滿敬畏之色，喉結還微微滾動一下，似乎很怕自己的動作不夠恭敬，我不禁感到有些奇怪。

「妳跟他是怎麼分手的？」他關心地問，將紅線放進制服口袋裡。

「我完全不曉得原因。」我自嘲地笑了笑，心頭又隱隱抽疼起來，「我覺得自己好沒用，我應該要像你前女友一樣，對顧之喻死纏爛打，要求他給我一個答案，可是我不想爲難他，怕影響他準備學測的心情，不想帶給他麻煩……」

「妳不是沒用，只是懂事體貼。」他並不認同。

「懂事和體貼只會吃虧，只會必須不斷退讓，甚至還會因此導致失敗。」

「至少妳贏得了我的心。」

這句話彷彿在我的心頭重擊了一拳，我啞口呆了好幾秒，想著自己是不是聽錯了。

「妳應該自豪，因爲跟前女友分手後，我可是變得很難追了。」他抬起下巴，略顯得意，「我收過的情書可以塞滿一整個抽屜，而且上至六十幾歲的奶奶，下到國小的妹妹，很多人都想要我的簽名呢！」

他特別強調了「簽名」兩字，我卻不以爲然。又不是什麼偶像明星，到底誰要他的簽名呀？

「你有妄想症……」我話還未說完，孟易辰高大的身影便朝我欺近。

「芊婭，雖然妳無法成爲公主，但我也不是什麼白馬王子。」他溫柔地將我擁入懷裡，一手輕輕捧著我的後腦，用寵溺的口吻在我耳邊低語，「在我面前，妳不需要委屈自己，不必強迫自己一定要微笑，更不用僞裝自己很堅強。妳可以跟我任性地耍脾氣，心情不好也可以打我出氣，如果妳累了想逃避一下，我就會給妳一座祕密花園。」

「你……是什麼意思？」我的思緒被這番話炸成一片空白。

「意思是，其實我喜歡上妳了，所以妳還有另一個選擇。」

「怎麼可能……」

「我一開始也以爲我不可能會喜歡妳，可是這些日子跟妳聊著鬧著，卻漸漸發現，見到妳跟顧之喻在一起，我會失落、會吃醋、會不安，雖然嘴上說不想管妳，我還是忍不住偷偷關注著妳，氣妳怎麼比我還倔，一眼都不看我……反正當意識到的時候，就是喜歡上了。」

他溫熱的氣息吐在耳邊，柔軟的唇輕輕擦過我的臉頰。

這顆直球丟得我招架不住，一顆心被他撩得狂跳起來，我不知道怎麼回應，只是紅著臉，不知所措地推開他的胸膛。

「跟我交往好嗎？」他柔聲提出要求，「放下顧之喻吧，妳只要點點頭，就能走向另一種命運。」

「對、對不起。」我輕輕搖頭拒絕，雖然不討厭孟易辰，可是剛失戀就拿他當備胎，這樣對他來說並不公平。

「妳不想考慮另一個抉擇嗎？」

「給我一點時間。」

「好吧。」他微微一笑，也不勉強我，接著伸手撿起地上的外套，拉起我的手強硬地為我套上，「那我就繼續當妳的守護騎士。」

注視著他深邃而充滿柔情的眼眸，我不知該如何解釋此刻比面對顧之喻的告白還要失控的心跳，究竟是怎麼一回事……

第八章　失去了才明白

同樣是可以看見星星的夜晚，我身邊的人已經不是顧之喻，而是換成了孟易辰。

「明天早上的升學座談會，妳爸媽會來學校嗎？」他牽著腳踏車，陪我走在下山的路上。

「應該不會，你媽媽呢？」我一邊走一邊望著夜空，閃爍的星光猶如眼淚一般。

「我媽媽會來，她說想見見妳。」

「見我幹麼？」我收回目光看向他。

「大概是妳常讚美她縫的東西很漂亮，所以她想跟妳交流一下。」路燈將孟易辰的臉龐打上柔柔光線。

「那我要告訴你媽，那些讚美都是被你逼著寫的。」我忍不住損他。

「那樣會傷了我媽的心，妳不可能會做出那種事。」他嘴角微微勾起。

「人在情緒低落的時候，沒有什麼事做不出來。」

「那我就讓妳開心起來。」

「我深表懷疑。」即使他搞笑地來個就地打滾，我看了應該也開心不了。

「跟我來，我帶妳去做一件事，是失戀後必須要做的。」他神祕地笑了笑。

來到商店街，孟易辰領著我往前走了一段路，拐進一條小巷裡。

有別於熱鬧的商店街，巷子裡的店家幾乎都關門了，路燈的燈光也幽幽暗暗，整條騎樓顯得髒髒舊舊的，許多紙箱和垃圾堆在電線桿旁，空氣裡飄著一股難以形容的奇怪味道。

「這裡是哪裡？聞起來好臭。」我皺著鼻子說。

「這裡是傳統菜市場，假日我會跟我媽來買菜。早上巷子裡滿滿都是攤位，人擠人的，但過了中午攤販就會開始收攤，晚上就像這樣冷冷清清。」他指著周圍解釋。

「原來是菜市場，難怪會有這種味道，我媽通常都在超市買菜。」

「傳統市場比較有人情味，還可以展現我這個小鮮肉的魅力，跟賣菜阿姨拗一點蔥蒜回家。」他一手摸著下巴，顯得得意洋洋。

我扯扯唇角，想吐槽些什麼，可惜他說的沒錯，他確實長得帥氣有型，要不是刻意低調，肯定能成爲校園裡的風雲人物，引來一堆女生告白。

再往前走一小段路後，孟易辰拉住我的手，輕聲道：「到了，巷子內口耳相傳的美食。」

我轉頭一瞧，一家小吃攤映入眼簾，老闆是一對老夫婦，攤子四周擺了好幾組桌椅，都這麼晚了還有不少客人在用餐。

「這是失戀必須要做的事？」我挑眉問。

「就是吃一頓好吃的，療癒受傷的心。」孟易辰把腳踏車停在路邊。

我乾笑兩聲，這答案一點都不驚奇。

跟著孟易辰走近攤子，我們選了張小桌坐下，我拿起桌上的點餐單，這家小吃攤主要賣的是麻醬麵、酢醬麵一類的乾麵，搭配幾種湯品和滷菜。

「我看妳中午常常吃涼麵，這家店應該會合妳的口味。」他微笑。

沒想到孟易辰注意到了我的喜好，我確實挺喜歡吃乾麵，這種料理簡單又美味。

我沒多說什麼，拿起紅筆便在點餐單上畫記，點了一碗麻醬麵和蛋花湯，而孟易辰點了一碗酢醬麵和貢丸湯，還另外點了海帶、豆干、肝連肉和燙青菜。

「不用小菜吧，你點太多了。」我連忙阻止。

「來小吃攤就是要點小菜，如果可以來一罐啤酒更好。」他的眼神像在徵詢我的同意。

「不行，學生不能喝酒。」

「唉……我都滿十八歲了。」他一邊抱怨一邊將菜單交給老闆。

在等待上菜的空檔，我垂下目光小聲問：「你……還會想再調查顧之喻嗎？」

「不想了，我只想實行A計畫。」他淡淡地說。

「A計畫又是什麼鬼？」

「是好好喜歡妳，讓妳也喜歡我。」

我瞠大眼睛，有點不滿，「所以喜歡什麼的，原本是一個計畫？」

「喂！妳們女生總是可以在奇怪的點糾結。」他拿免洗筷輕敲桌面一下，「當然是因爲先對妳有了好感，只是妳一心向著顧之喻，我自然選擇成全妳的願望，現在妳跟他分手了，才能輪到我的計畫呀。」

聽他這麼說，我的心情莫名好了一些。

此時，老闆端來餐點，濃稠的麻醬鋪在白色麵條上，搭配小黃瓜和紅蘿蔔絲，香氣撲鼻，看著看著，我的肚子忽然餓了起來。

將麻醬和麵條攪拌均勻，我吃了一口，忍不住讚歎：「好好吃！麻醬的濃度剛剛好，太濃吃多了會膩，太淡會沒味道，這眞的拿捏得非常好。」

「吃吃看我的酢醬麵吧，這個也很美味。」孟易辰還沒動筷，直接夾了一些麵放在湯匙裡給我。

我接過湯匙吃下，再次驚歎：「酢醬麵也很好吃。」

「再嚐嚐小菜，這個要配一點他們自製的辣椒醬。」他有如美食家，一項項跟我推薦。

我立刻夾了塊滷豆干，沾了點辣椒醬，入口同樣美味。

原以爲這麼多小菜會吃不完，沒想到才半小時就被我們兩人一掃而空，連湯也喝得一滴不剩。

結帳時，我想付自己餐點的錢，沒想到被孟易辰拒絕，「下次再換妳請我。」

我不好意思地點點頭，感覺他像在預約下次的約會。

回程的路上，因爲吃得太飽，我整個人懶洋洋的，心情跟著放鬆了不少。

途中路過一家花店，孟易辰停下來，走進去買了一枝粉紅色玫瑰花。

「給妳，看到花心情也會變好的。」他把花遞給我，「失戀了就要對自己好一點。」

我伸手接過花，怔怔注視著半綻放的美麗花朵，這是我第一次收到男生送的花，頓時忍不住害羞地揚起微笑。

「妳看，這不是笑了？」

「謝謝。」

我們一起走向公車站，我的情緒變得平靜許多，不再那麼無精打采。

到了公車站，孟易辰十分自然地陪我等公車，我正想叫他先騎腳踏車回家時，他突然指著我的頭說：「妳的頭髮上有蟲子。」
「在哪裡？」我倒抽一口氣，伸手要去拍。
「別動，我幫妳。」他壓下我的手，伸手在我的髮上輕拂了幾下。
「好了嗎？」
「還沒。」他的手順著我側邊的髮絲緩緩下滑，這動作有些親密，我忍不住低頭，身體也想往後縮，可是此時腰間驀地一緊，他以另一隻手攬住我的腰，將我勾向他，我的下巴隨即被他輕輕捏住。
我的臉被他抬高，他低頭一個吻柔柔印在我的劉海，一切快得措手不及。
「你……怎麼……」我的心跳瞬間加速，整張臉熱燙無比，不知道該說什麼。
「這樣有沒有蓋掉另一個關於小蟲的回憶？」他慢慢鬆開我的腰。
我凝視著他，他撇了撇嘴角，神情略顯不滿。難不成……他是在吃醋？
「我就是吃醋。」他猜到我心裡的疑問，指著我的鼻尖警告，「從現在開始，顧之喻對妳做過的事，我會一件又一件把它蓋過去。」
「不行不行，我覺得我快瘋了。」我招架不住，伸手把他推遠一點。
看我快崩潰的樣子，這傢伙居然一手掩嘴，偷偷笑了起來。
幸好公車終於進站，我迅速上車找了個位子坐下，轉頭一瞧窗外，只見孟易辰面帶微笑，朝我擺擺手道別。

我在一種腦袋無法運轉、恍恍惚惚的狀態下回到家，接著直奔芊甯的房間，把自己埋在她的棉被裡。

聽完我這幾天的經歷，以及被孟易辰告白的事，芊甯坐在床邊咯咯笑個不停，「前幾天，我感覺得出姊是和顧學長出問題了，但妳似乎什麼都不想說，我也只能忍住不問。」

「如果那時候妳問了，我一定會崩潰，可是我不想示弱。」這大概是身爲姊姊的自尊，沒辦法對妹妹撒嬌。

「沒想到顧學長會突然提分手，不過我倒是不意外孟易辰會向妳告白。」芊甯拉起棉被，跟我躺在一塊。

「爲什麼？」

「姊，妳太遲鈍了，依我的經驗，要是有個男生突然接近我，慢慢介入和影響我的生活，我就會懷疑他百分之九十對我有意思。」芊甯分析。

「我長得平凡又普通，應該不是他喜歡的類型呀，我也想不通他怎麼會喜歡我。」我依舊無法不糾結。

「可是張璟閎會天天和妳聊天、夜讀、討論功課嗎？」

「不會，他根本不想和我有瓜葛，我也跟他說沒幾句話就想跑走。」

「那就對啦，如果不是對妳有意思，男生才不會跟妳多聊一句呢！」芊甯肯定地表示，然後輕咳一聲，「還有……既然妳認爲自己長得普通，這樣他還喜歡妳，那絕對是眞愛。」

這番話堵得我啞口無言，我還是第一次遇到這種愛情難題。

「姊對孟易辰有心動的感覺嗎？」芊甯問。

「我有點搞不懂自己……」說沒有心動是騙人的，然而腦海裡又閃過顧之喻的臉，我覺得自己不應該那麼快就放棄初戀。

「其實暗戀一個人的心情，有時候和喜歡上偶像一樣，很容易因爲距離拉近、因爲他打球時放了一個屁、牙齒上沾了海苔屑，就瞬間不喜歡了。」芊甯握住我的手鼓勵，「反正妳已經跟顧學長分手了，那就試著跟孟易辰相處看看吧，遲早會釐清自己的心情的。」

「我發現妳好像戀愛專家。」我忍不住笑了。

「才不是呢！只是常常聽同學聊這類事情。」芊甯斂起笑容，認眞地對我說，「姊，也許妳心情不好時不會想向我示弱，但是我希望妳能明白，只要妳需要我，我都會陪在妳身邊的。」

「妳好過分，怎麼可以講出這種話。」我抿了抿脣，淚水頓時湧了出來。

「姊，乖乖不哭。」芊甯拍拍我的頭。

「芊甯……」

「姊？」

「嗚嗚……我可以跟妳一起睡嗎？」

「好啊好啊！」

跟顧之喻分手後的難過，在被孟易辰請了一頓飯，再加上向芊甯傾訴過後，感覺似乎終於可以放下，不再留戀。

13

隔天是高三的升學座談會，我起了個大早前往學校。

星期六沒有校車，我搭乘公車來到商店街，下車後走在通往學校的路上，一輛帥氣的摩托車冷不防從後方接近，停在我身側。

騎士身穿防風外套，背著一個斜背包，他推開安全帽的鏡片，竟然是孟易辰！

「這是你的機車嗎？也太帥了吧！」我訝異地打量他的機車，那不是一般的機車，外觀有點像重型機車。

「我上星期六去考了駕照，考完就買車了，星期四晚上才辦好交車手續。這可是打檔車喔！」雖然只露出雙眼，他眼底的興奮和得意仍舊掩藏不住。

「這車看起來好貴。」

「還好啦，就是仿賽車的輕檔車，十幾萬而已。」

「十幾萬？眞貴！貴死人了！」我驚呼。

「好啦，別說貴不貴的，就算現在不買這輛車，我一年後也會買的。」他哭笑不得，拿起綁在前方油箱上的另一頂安全帽遞給我，「戴上，我載妳去學校。」

「你才剛拿到駕照，也剛學會騎這種車，我不敢讓你載。」我蹙眉質疑他的騎車技術。

「拜託！我騎過很多次了，我保證我騎得很好。快點上來！」他一副自信受創的樣子。

「好高，我要怎麼上去？」我戴上安全帽，瞧著翹得高高的機車後座，不曉得該怎麼上車。

「踩踏板，抓住我的肩膀上來。」他拉起我的手，擺在他的肩上。

我好不容易才找到下面的踏板，抓著他的肩頭爬上了機車後座，接著左右掃視雙手該抓哪裡。

「抓這裡。」他拉過我的手，圈住他的腰。

「這……不好吧。」

「走嘍！」

我本來想放開孟易辰的腰，可是車子一動，我便下意識收緊了手。他的腰相當結實，腹部隨呼吸緩緩起伏，體溫隔著衣服燙著我的手，使我藏在安全帽裡的臉跟著熱呼呼的。

原本去學校要走上十幾分鐘的路，但孟易辰騎著機車，沒兩分鐘就抵達了。當他大剌剌地載著我騎進校門時，在門口遇到了幾個也來幫忙的學生，所有人的視線一致投向我們，令我瞬間頭皮發麻。

來到學校的機車棚，下車後，我把安全帽拿下來還給他，「這實在太招搖了。」

「不會啦，等座談會結束，我再載妳出去玩。」孟易辰取下自己的安全帽，頭髮有些凌亂。

「去哪裡？」我好奇地問。

「看妳想去哪裡，山上？海邊？都可以。」他伸手梳了幾下頭髮，不過有幾撮翹起的髮絲沒梳到。

「路你熟嗎？」我忍不住用指尖輕輕將他的髮絲撫平。

啊！我在幹麼？

當我意識到自己的動作過於親暱，正想收回手時，孟易辰卻一把握住我的手，舉到他的唇邊點吻一下，「妳別對我那麼沒信心，我保證熟，不會帶妳一起迷路的。」

幾片黃葉隨風飄落在四周，這場景彷彿童話裡的騎士親吻公主的手。

我僵著身子，用力把手抽回，像機器人一樣僵硬地倒退一步，再倒退一步。

「妳的反應實在很可愛。」他被我的舉動逗笑了。

到了中廊的服務人員集合處，我才發現除了我和孟易辰，張璟閎居然也來了。他正坐在花圃前的椅子上滑手機，不過身邊並沒有楊釆菲。

「喲！」孟易辰禮貌性跟他打了招呼。

張璟閎沒回話，只是斜斜睨了我們一眼，一副不太情願的樣子。

依活動流程，八點半到九點是家長們的報到時間，九點到十點半在禮堂召開升學座談會，而十點半到十二點是各班的親師會談時間。

我和孟易辰一同在校門口引導家長至禮堂集合，張璟閎則在禮堂門口發放資料。家長們陸陸續續抵達，過沒多久，孟媽媽也來了，她穿著深色洋裝，打扮溫婉而優雅。

「易辰經常跟我提到妳，說妳在班上幫他很多忙。」孟媽媽微笑說道。

「其實是他幫我比較多忙。」我發現孟易辰的眼睛像她，笑起來眼尾會稍稍上揚。

「星期三晚上，易辰還帶我去妳介紹的手工藝材料店買了些拼布材料，那家店賣的東西好多呢。」

我點點頭，露出燦爛的笑容，「阿姨，妳的手藝越來越好了，說不定以後可以設計一些作品在網路上販售。」

「呵呵……我做得不好，應該不會有人想買。」孟媽媽害羞地搖搖手。

「不不，明明做得很好。」我急忙強調。

「媽，該進禮堂了。」孟易辰打斷我和孟媽媽的對話，畢竟再聊下去就不用工作了。

目送孟媽媽進入禮堂，我和孟易辰準備回校門口時，卻瞧見顧之喻和陳柏鈞陪著一對中年夫婦走來。他們一個西裝筆挺、一個打扮得跟貴婦似的，顯然身分與一般家長不同。

「顧會長，歡迎歡迎。」一位主任面帶微笑迎上前。

中年男子跟主任握了握手，嚴肅的臉孔露出一抹笑容，兩人寒暄了幾句。

「顧之喻的爸爸是家長會長？」孟易辰好奇地問。

「我不曉得，誰會去注意家長會長是誰？」我強忍住心頭的抽痛，剛剛他們經過我們面前時，顧之喻神色清冷，一眼都沒有看我。

主任領著顧家父母到禮堂門口的桌子前拿資料，而張璟閎的表情變得有點奇怪，遞資料給他們時，眼神裡好像帶著一絲怨懟。

「走吧。」孟易辰拉拉我的手。

「嗯……」我轉身跟著他往外走，繼續剛才的話題，「你媽媽氣色紅潤，看起來滿健康的，不像第一次見面時那麼虛弱，眞是太好了。」

「是啊，人總是要等到失去後才懂得珍惜。」

「怎麼說呢？」

「我爸剛因爲車禍去世的時候，我媽一直沉浸在悲傷之中，老是躲在房間裡抱著我爸的相片哭。看到她那麼懦弱的樣子，我就覺得很煩，還凶過她幾次，不想聽她講那些負面的話。」孟易辰眼神一黯，神情盡是愧疚。

「那是因爲你也很悲傷的關係，所以你媽媽向你傾訴時，你會因此更加痛苦，沒有能力負荷你媽媽所施加的負面情緒。其實，你們兩個當時都相當需要關懷吧。」他自責的表情擰疼了我的心，想抱抱他的衝動油然而生。

「沒錯。」他驀地伸手勾住我的肩，旋身擋在我面前，微微傾身一臉複雜地與我平視，「可惜當時我沒能遇見妳，沒人像妳這樣告訴我，說我的心其實同樣受了非常重的傷。當時我身邊只有郭子和前女友，他們就是帶我逛街散心，我常跟他們窩在補習班裡，混到很晚才回家，跟他們在一起可以暫時忘掉許多難過的事。」

我記得他曾經說過，郭子和前女友陪伴他度過父親去世的悲傷，原來是這麼一回事。

「因爲我刻意疏遠我媽媽，才導致我媽媽身體不適時，選擇不告訴我。我只顧著自己逍遙，一點都沒有關心她，直到後來得知生病的消息……才感到懊悔和自責。」他的眉頭緊緊攢起，多半是想起了悲傷的事。

「幸好還不晚，你有及時發現她生病就好了，以後對你媽媽好一點，不要再爲此自責了。」我壓下想抱他的念頭，伸手拍拍他的肩安慰。

「主要是因爲我長大了，懂得該如何處理那種危機，明白只要多回家陪她就好，一起做菜、吃飯、看電視都行。還有妳的建議也幫了大忙，讓我媽多了一個興趣，所以她自然就漸漸堅強起來了。」他重展笑顏。

「這全是你的功勞，我眞的只是插花而已。」被他的笑容感染，我也微微一笑。

「不，這是妳帶來的奇蹟。」他又一臉神祕。

「你講得太誇張了。」我困窘地搖搖頭，轉身走向校門口，「走吧，再聊下去會被老師罵的。」

所有家長都進入禮堂後，我、孟易辰和張璟閎來到自己班的教室，幫忙在課桌上擺名牌、資料和礦泉水，原則上就是讓每個家長坐在自家孩子的座位上。

接下來有一個半小時的空檔，家長們參加完升學座談才會過來教室。

前置工作完成，我在自己的位子坐下，孟易辰則坐在隔壁和我聊天。而張璟閎遠遠坐到最後一排的最後面，默默玩手機遊戲，完全不理睬我們。

「你沒約采菲一起來嗎？」我覺得奇怪，他看起來並不像是自願來幫忙。

「她又沒有被記大過，幹麼要來？」張璟閎不耐煩地回了一句。

我和孟易辰對視一眼。因為快畢業了，不少高三生會找機會做愛校服務或幫老師忙，以抵銷之前犯錯被記的過，原來張璟閎是為了銷過才來的。

「你是幹了什麼大事被學校記過？」孟易辰揶揄地問。

張璟閎不吭聲，繼續玩著手機遊戲。

「我沒印象你高二時犯過什麼錯，難道是高一的時候？」我記得高二開學張璟閎自我介紹時，說他之前是一年三班。

張璟閎依舊不答，還把手機音量調大，砰砰的射擊聲在教室裡迴盪。

「你是跟人打架打輸嗎？」孟易辰微微瞇眼，話中帶刺，故意要激張璟閎回應。

「我沒有輸！」張璟閎果真跳進他的陷阱。

「光說不準，對方是誰？」孟易辰要他講得更明白。

張璟閎放下手機露出忿恨的眼神，自牙縫間擠出一句：「你學長，顧之岳。」

顧之岳？

我驚訝地瞪大雙眼，而孟易辰臉上同樣寫滿詫異。

「學長確實提過，以前顧之喻他們班有個人被他揍過。」孟易辰恍然想起什麼。

「可是璟閎高一時是三班的。」我推翻他的猜測。

「我的確是三班的，不過我沒說的是，我高一上學期在數資班。」張璟閎冷笑一聲。

「因爲成績不好被踢出來？」孟易辰接口。

「我成績會變得不好，都是那些同學害的！」張璟閎的語氣轉爲激動，臉色也漲紅了。

「是你喜歡刺探別人的隱私，才會被數資班的同學討厭吧。」顧之喻和陳柏鈞曾說他們班有個同學被刷下去，沒想到那個同學就是張璟閎。

明知道是張璟閎，爲什麼他們不告訴我和孟易辰呢？

「妳錯了，我不是被數資班的人排擠。」張璟閎猶如被踩到痛腳，整個人怒不可抑，猛然大力拍桌，「而是被顧之喻和陳柏鈞排擠！」

教室裡頓時陷入一片死寂，我和孟易辰好半晌說不出話，只聽見張璟閎氣憤難平的微微喘息。

「顧之喻怎麼可能……」我拒絕接受他的說法。

孟易辰起身拍拍我的肩，阻止我繼續說下去，接著轉身走向張璟閎，面對著他坐在他前方的座位上，小心翼翼詢問：「璟閎，我相信你當時一定感覺很痛苦，可以跟我說說是怎麼回事嗎？」

張璟閎明顯掙扎了一下，似乎是被孟易辰關心的口吻打動，也可能是想抒發鬱積許久的不滿，他終究娓娓道來：「高一時我考進學校的數資班，當初我算是班上的開心果，大部分的同學都喜歡跟我聊天，當然也有少數幾個同學覺得我很鬧、很白目，比如成績頂尖一副自命不凡的陳柏鈞，還有平常滿少說話、總是一臉憂鬱的顧之喻，反正他們就是不愛開玩笑的那種人。」

「顧之喻那時候很憂鬱？」我也走過去，坐在孟易辰隔壁。

「他非常孤僻，每天下課就是待在座位上看書，只跟陳柏鈞有互動而已。我們原本八竿子打不著邊，要不是後來發生了一件事，我的學校生活也不會陷入地獄之中。」

「發生了什麼事？」孟易辰追問。

張璟閎轉頭望著窗外，一邊回憶一邊說：「那是九月底的一個晚上，我跟家人去醫院探望生病的奶奶時，無意間看見顧之喻跟他媽媽坐在候診椅上。我以爲是他媽媽生病了，想過去跟他打招呼，結果顧之喻正好被叫到號碼，站起來走進一間看診室。你們知道他看的是哪一科嗎？」

「不知道。」我搖搖頭。

「那是精神科，那傢伙本身有病，是精神病！」

我的胸口彷彿被狠狠重擊，恍然記起先前跟顧之喻去看電影時，當螢幕上出現心理醫生面談的畫面，顧之喻深深嘆了一口氣。難道是想起了自己的經驗？

「那時我猜他可能是有憂鬱症，因爲平常看他都悶悶不樂的，甚至還出現自殘行爲。」

「怎麼個自殘法？」孟易辰皺起眉頭。

「有一次體育課，顧之喻說身體不舒服，留在教室休息。課上到一半，我臨時回教室拿東西，發現他坐在那裡發呆，一邊用橡皮筋彈自己的手，彈到手腕都是一條一條的紅痕。」

聽到這裡，孟易辰露出複雜的表情，放在桌上的右手緊緊握拳。

張璟閎嚥了一口唾沫，舉起右手澄清：「我發誓，我眞的是出於好意關心他，才會主動跟他說話，表示想和他做朋友，而顧之喻當下也沒拒絕我的接近。那陣子我常跑去跟他聊天，講些笑話希望讓他開朗一點，自以爲與他成爲好朋友了，沒想到有一天，我對他坦白撞見他去看心理醫生的事情後，他頓時顯得慌張無比。我向他保證不會把這件事告訴別人，可是他的情緒非常激動，一直想要躲開我。」

「他可能是還不能接受自己的病，更不希望別人認爲他有病。」孟易辰低聲表示。

我同意孟易辰所說的，對於去看醫生的事被人發現，顧之喻應該沒有心理準備。

「我不管他怎麼想，反正從那時候起，我原本的朋友突然一個接一個離開，但他們不是因爲討厭我而離開，而是跟陳柏鈞和顧之喻變要好了。他們兩個開始教同學們功課、借作業給他們抄，甚至幫他們搶演唱會的門票，假日還一起出去玩，卻沒有一件事找我參與。不知不覺間，顧之喻越來越開朗、人緣越來越好，我卻被遺留下來，只剩下自己一個人。你們說，這種情形叫什麼？」張璟閎嘲諷地撇撇嘴角。

我的心中直覺浮現三個字——冷霸凌。

「你們以爲霸凌都是針對身體的暴力嗎？」張璟閎恨恨地咬牙，眼神裡滿是痛苦，「錯！還有一種叫做精神霸凌。他們號召全班同學孤立我，我根本不曉得自己做錯了什麼，我找不到人講話、找不到人討論功課，每天都是孤零零的，心情越來越低落，越來越不想去學校，成績也越來越差……最後的下場就是高一的寒假，我成為第一批被踢出數資班的人。」

「所以，你後來變得不相信人、開始防備別人，甚至學會耍一些小手段？」孟易辰的語氣冷冰冰的。

「我曾經好心為別人著想，最後卻被大家拋開，因此我決定不再當爛好人，凡事都以自己的利益為主。任何對我有威脅的人，我如果不先出手反制，死的人也許就是我，不是嗎？」張璟閎高傲地抬起下巴，一段話便解釋了他為何會養成那樣的行事風格及心態。

聽了張璟閎這段自白，我的心頭彷彿壓著一塊大石，難過得說不出話。

「那你怎麼會跟顧之岳打架？」孟易辰一手摸著下巴問。

「高一下學期的園遊會，顧之喻的哥哥來學校玩，我不滿地跟顧之岳說了顧之喻霸凌我的事，沒想到他反過來說我管太多，當場揍了我一拳，我就跟他打起來，才被記了一支大過。」

「那陳柏鈞呢？你有惹到他什麼嗎？」

「他喔……」張璟閎的目光閃爍了下，「我說過，那陣子我以為我跟他們是好朋友，有天我去臺北參加萬聖節大遊行，在西門町遇見陳柏鈞跟他女朋友在約會。我只是遠遠拍了一張照片，傳到班級群組裡，虧他有女朋友都藏著不講，大家就開始嘴砲陳柏鈞，弄得他很不高興，怪我沒經過他的同意擅自公開照片，後來他就一直看我不順眼。」

我無奈地跟孟易辰交換一記眼神，依陳柏鈞的個性不生氣才怪，張璟閎這不算自目嗎？

而且說了這麼多，我們只知道顧之喻看過精神科，還不清楚實際上他的精神是出了什麼問題。

「那張照片你還留著嗎？」孟易辰又問。

「都過那麼久了，不確定有沒有刪掉，我要翻一下手機相簿。」張璟閎的視線飄向手機。

「那麻煩你找一下，找到傳給我看看。」孟易辰站起身，因為走廊上傳來了腳步聲。

「家長們過來了。」我也馬上走到門口，坐在靠門邊的位子上，一一請家長簽名。

每年的親師座談會，到場的家長頂多十幾個，今年也差不多。孟易辰和張璟閎引導家長們入座後，孟易辰便直接坐在我的座位上，而張璟閎又坐到最後一排的最後一個位子。

「芊婭，幫我開一下PPT。」班導踏上講臺，準備說明學測前的複習方針。

我坐到講臺旁的電腦前，替班導打開PPT，抬眸往前方望去，孟易辰正專心地聽班導和家長們談話，張璟閎則是默默在滑手機，不曉得是不是在找那張照片。

過了一會，孟易辰忽然拿起手機，而張璟閎收起了手機，接著悄悄走出教室。

孟易辰沒理會他，指尖在手機螢幕滑了幾下，似乎看到什麼有趣的東西，嘴角浮現淡淡笑意；但過了幾秒，他好像發現什麼不對勁，把手機舉到眼前仔細查看。笑意自他的臉上慢慢退去，他的眉頭越攢越緊，猶如不能接受自己所見到的，卻又不得不信。

隨後，孟易辰拿著手機的手重重落在桌上，以複雜的眼神朝我望來，薄唇微微張開，一副欲言又止的模樣。

我心裡一陣焦急，很想問他發現了什麼，為什麼會露出那樣的表情，可是又不能離開這裡。孟易辰與我遙遙相望，直到他的手機響起細微的震動聲。

他低頭瞧了一眼手機螢幕，立刻按下接聽，同時轉頭將視線投向張璟閎原本坐的位子。

「喂，你在哪裡？」他的聲音聽起來十分緊張，「我明白事情是怎樣了。」

談話突然被干擾，老師和家長們紛紛轉頭看他，我也忍不住拋下電腦站起來跑向他。

「璟閎……不行！你不能那樣做！」孟易辰從椅子上跳起，語調急促而驚恐，「等等！你不能進去！你會害死顧之喻的！璟閎！璟……」

電話大概是被掛斷了，孟易辰的神情充滿猶豫，內心不知在掙扎什麼，孟媽媽和老師連忙問他怎麼回事，可是他沒有回答。

「原來他是個CD。」他把手機塞到我手裡，低低說了一句，語畢便轉身衝出教室。

「孟易辰！」我抓著手機追出去，只見孟易辰直直跑向樓梯口，就像電影裡的警察追逐搶匪一樣，一個躍起翻過上層樓梯的欄杆，躍到下一層樓梯，彷彿趕著要去阻止什麼事情發生。

難道是他剛剛說的，張璟閎會害死顧之喻？

強烈的不祥預感令我急得快哭出來，只能拚盡全力追著孟易辰的背影。

孟易辰的速度很快，他穿過中廊，直奔特科大樓，將我遠遠甩在後頭，當我氣喘吁吁扶著樓梯欄杆，爬上特科大樓的五樓時，雙腿已經累得發軟。眼前是高三數資班的走廊，孟易辰的身影不在這裡，但可以聽見數資班教室傳來嘈雜的說話聲。

我向前走了兩步，數資班的教室突然爆出一陣尖叫，只見顧之喻一臉絕望地從教室裡衝出來，直接爬到欄杆上，孟易辰隨後飛奔過去抱住他。

猝不及防的那一瞬間，顧之喻毫不猶豫地往下跳，連帶將孟易辰給拖了下去，兩人雙雙墜樓——

砰！

樓下傳來重物墜落的聲音。

老師和家長們紛紛衝出教室，在走廊上亂成一團，有人張著嘴大叫，有人朝樓梯口跑去，我卻只是呆呆愣在原地，直到陳柏鈞把我撞開。

我跌坐在地，這才找回身體的知覺，肺裡的空氣似乎被榨乾了，我拚命喘息想把空氣補進來，但該死的腳抖個不停，想站也爬不起來。

「孟易辰……顧之喻……」我低低輕喚，體內頓時湧現一股力量，支撐著我重新站起來，轉身朝樓下狂奔。

特科大樓的一樓前方圍滿了人，老師和教官正在管制現場，不讓閒雜人等接近。

我擠進圍觀人群，看見顧之喻和孟易辰動也不動地倒臥在地。顧之喻的雙腿向外扭曲，長褲沾了許多血跡，而孟易辰側躺在他的旁邊，汩汩鮮血自頭部流出，血漥在水泥地面慢慢擴大。

顧爸爸著急地拿著手機說話，嘴裡不斷吐出「拜託」兩字，顧媽媽則是跪在顧之喻身側，牢牢握著他的手哭泣。

孟媽媽隨後也趕來，淚如雨下的她伸手要抱住孟易辰，老師卻勸她先別移動他，必須等救護人員過來處理。

我的眼淚也一顆顆滾落，我渾身顫抖著想過去看看，卻被一隻手按住肩頭，轉頭一瞧，是陳柏鈞。

「不能干擾現場。」他的嗓音沙啞，泛紅的眼眶盛滿濃濃悲傷。

此時，一道充滿驚恐的聲音從背後傳來：「我……我不是故意的……」

我循聲回頭望去，張璟閎縮在走廊柱子的旁邊，不敢靠近，嘴裡喃喃自辯：「我只是……只是想讓你們的爸媽知道……知道你們欺負過我……我不是故意的……不是故意……」

「你就是故意的！」陳柏鈞冷冷駁斥，走過去一拳朝他的臉揮下。

「陳柏鈞！不要！」我衝上前及時抓住他的手臂，阻止他打張璟閎。

「是你們……是你先霸凌我……」張璟閎嚇得抱頭縮坐在柱子旁。

「如果阿喻有什麼……我一定回來殺了你！」陳柏鈞恨恨地撂下狠話。

返回現場，十分鐘的等待像一個世紀那麼漫長，長到顧媽媽開始歇斯底里大哭大叫時，警車和兩輛救護車才呼嘯著駛進校園。救護人員將孟易辰和顧之喻抬上擔架，再次鳴笛遠去。

幾個警察開始封鎖和勘驗現場，而後帶走了張璟閎和校方人員，並針對目擊的家長們做筆錄。

我用力擦去臉上的眼淚，伸手揪住陳柏鈞的衣服，將他拖到校園的角落。

「說！你把事情原原本本、從頭到尾給我說清楚！」我的態度堅決。

陳柏鈞低頭不語。

我在花臺上坐下來，從口袋裡拿出孟易辰的手機，幸好他沒有設螢幕鎖。點開張璟閎傳給他的照片，入目的是西門町的街景，人來人往好不熱鬧，而在人群的間隙裡，一個女孩側坐在路邊的椅子上休息。

她及腰的長髮蓋住半邊臉頰，只露出一點側面，臉上明顯化了妝，身穿黑色洋裝及黑色短靴，那修長的雙腿任何女生看了都絕對會嫉妒，整體而言就是一個挺美的女孩。

站在她面前的陳柏鈞也穿得十分帥氣，面帶羞澀的微笑，伸手正要遞給她一支冰淇淋。

乍看之下，這是一張甜蜜的情侶約會照，然而再仔細多瞧幾眼就會發現，女孩的身體骨架明顯比一般女生大，肩膀寬、臀部窄，重點還是平胸。身爲女生，很難不注意到這幾個部分和尋常女性不同。

「這就是阿喻的祕密。」陳柏鈞頹喪地在我身側坐下。

「不就是僞娘嗎？我可以接受的，爲什麼認爲我不能理解？」我生氣地叫道。

「如果照片中的人換成是妳爸爸或哥哥，妳眞的可以接受嗎？」

我一時說不出話。即使可以接受這樣的事，若主角換成自己的家人，我確實無法肯定自己能以平常心看待，這才明白我把男生穿女裝這件事想得太簡單了。

陳柏鈞開始娓娓道來：「阿喻從小就覺得女生的衣服特別漂亮，穿起來很舒服，可以讓他得到心理和生理上的滿足感。他爸媽認爲他的心理有問題，只要發現他偷穿媽媽的衣服，就會痛打他一頓，可是這樣並沒有導正他的行爲。國三時，因爲考試壓力大，某天他偷偷買了一件女裝藏在床底下，他爸媽發現後非常憤怒，便帶他去醫院看了精神科，想要矯正他，把他變得正常。」

他想了想，又繼續說：「可是上了高中後，阿喻越來越討厭去看醫生，因爲看了也沒什麼改變，他很苦惱也很茫然，每天都過得不快樂，又怕別人得知他的祕密，於是只能把自己孤立起來。就在那時候，張璟閎突然跑來接近他，一直想打探他是不是有什麼煩惱？爲什麼常悶悶不樂？要不要把心事說出來？這讓阿喻更加苦惱。」

「璟閎用的方式錯了，那種自以爲是的關懷只會造成對方的壓力，導致反效果。」我無奈地嘆氣。

「之後張璟閎告訴阿喻，他其實有看到他去精神科看診，結果阿喻頓時相當恐慌，再加上照片的事……」陳柏鈞抬頭望著天空，眸光悠遠，「他有時必須釋放心理壓力，我才會陪穿女裝的他出去玩，在那兩、三小時的短暫解放中，他總是過得十分開心。可是我們沒想到會被張璟閎拍到，還傳到班級群組裡，害得阿喻的精神差點崩潰。」

「所以你爲了圓謊，才說照片裡的人是你的女朋友，後來就號召全班同學孤立張璟閎？」因爲這件事，才會埋下今天這場悲劇的伏筆。

「那是我的提議，阿喻只是配合我而已。我想幫他保守祕密，妳要怪就怪我。」陳柏鈞把責任攬在自己身上，又不解地問，「只是我不懂，原本事情都過去了，張璟閎爲什麼會重新翻出那張照片？」

「是孟易辰想看照片，他才會找出來。」我摀著臉，眼淚瞬間又湧了出來。

「他終究跟張璟閎一樣。」陳柏鈞露出失望的表情，伸手重重搥了一下膝頭，「剛才張璟閎突然走進來，出示那張照片給阿喻的爸媽看，說要告發我和阿喻霸凌他。阿喻的爸媽一見到照片就什麼都明白了，他們當下覺得非常丟臉，狠狠罵阿喻說早知如此，當初就不要生下他。而孟易辰這時候跑進來，但什麼也阻止不了，事情眨眼間就發生了……」

「孟易辰跟張璟閎不一樣，他是眞心關心顧之喻。」我忍不住爲孟易辰辯駁。否則他怎麼會衝去救顧之喻？「那麼……顧之喻的夢想是成爲女生嗎？」

「應該不是，他是眞的喜歡妳。」陳柏鈞的語氣相當肯定。

「那他爲什麼要跟我分手？」

「那天……他見到妳試穿衣服，覺得妳看起來很可愛，他非常羨慕，也想要穿上那件衣服，這種想法讓他感到無比羞恥。還有，他認爲妳喜歡上的他並不是眞實的他。」

「爲什麼？」

「爲了掩蓋祕密、爲了不再看心理醫生、爲了迎合大人的期望，阿喻給了自己一個陽光少年的人設。」他的話再次在我心中投下一顆震撼彈。

「陽光少年人設？」我傻眼了。

「那個陽光少年就是妳形容的顧之喻，那些都是他刻意營造的形象。」

「怎麼可能？」我不敢相信，那麼美好的顧之喻只是一個虛影？

可是仔細想想，哪有人可以天天面帶微笑，思維永遠陽光正面，不曾有一絲一毫的憤怒、難過、鬱悶等各式各樣的情緒？

腦海裡突然閃過顧之喻對我說過的話：

「因爲不想在別人眼底，看到自己用虛僞掩飾的醜陋。」

孟易辰說的對，顧之喻待人的好就如逢場作戲，難怪他需要讀那麼多的勵志書，以維持自己積極而正面的形象。

「那麼……他跟我說的話也全是謊言嗎？」我忍不住想確認。

「不，他跟妳聊的心事和感受，很多都不曾跟我說過，所以……我一直很嫉妒妳。」陳柏鈞緩緩收緊十指，雙手在膝上緊握成拳。

「你喜歡他吧。」我輕輕吐出這句話。

陳柏鈞的薄脣抿成一直線，掙扎了好幾秒，他終於微微低下頭。

「他知道你的心意嗎？」

「阿喻從國中就感覺到了，也明白如果他拒絕我，我會十分傷心，所以他在自己可以接受的範圍內，容許我對他好。」陳柏鈞緩緩彎下身，痛苦地抱住頭，眼淚一點一點落在地上，「為了他，我什麼事都願意做，也可以放棄許多東西，只希望他可以過得快樂，即使他喜歡的是別人……」

我不知該說什麼，心頭的疼痛牽引出眼角的淚，我只能張手抱住陳柏鈞，輕拍著他的背安撫，陪他一起哭泣。

過了半晌，陳柏鈞冷靜下來，不禁擔憂起來，「不曉得他們的情況怎樣了？」

「我打電話問問。」我不安地拿起孟易辰的手機，點開通訊錄找到孟媽媽的手機號碼，按下撥號鍵。

電話響了幾聲便被接聽，我連忙表示：「阿姨，我是孟易辰的同學周芊婭，早上跟妳聊過天。」

然而，回應我的只有低低的啜泣聲。

「阿姨……」

「易辰他……走了。」

走了？這是指？

手機從我的掌心滑落在地，突來的窒息感讓我一陣暈眩，彷彿失去了幾秒意識。當再次恢復知覺時，我已經倒在陳柏鈞的臂彎裡，他滿眼淚水注視著我。

「對不起，這都是我的錯，如果當初沒有那樣對張璟閎……」陳柏鈞的臉上充滿懊悔和歉疚。

「不，不，我要去醫院找孟易辰。」我的思緒亂成一團，急忙撿起手機搖搖晃晃站起身，可是走了兩步，雙腿又是一軟。

陳柏鈞及時攙扶住我。

「我要去找他、我要去找他、我要去……」我木然推開他的手，眼淚一顆接一顆滾落下來，一心只想趕快見到孟易辰。

「我們一起去，我陪妳。」他緊抓住我的手不放，大概是擔心我以這種狀態離開學校會出事。

陳柏鈞陪我回教室拿背包，隨後直接打電話叫了計程車，在前往校門口的途中，我繞到旁邊的停車棚，一看見孟易辰的機車，便再也忍不住趴在機車上崩潰大哭。

直到陳柏鈞拉開我，說計程車快要抵達了。

跟著陳柏鈞搭上計程車，我又打了一通電話給孟媽媽，告訴她等等我會去看孟易辰。

結束通話，我低頭瞧著手裡的手機，忍不住點開相簿。

相簿裡有許多孟易辰和媽媽的合照，以及一大堆機車的照片，從各式各樣的角度拍攝，更有不少他下廚做的料理，每一道看起來都相當好吃。

在這麼多的照片裡，居然還夾雜了不少我的照片。

走廊的欄杆前，我一手托腮眺望遠方，眸光寧靜；操場邊，我一個人坐在樹下，拿著樹枝在地上胡亂畫畫；校史室裡，我一手拿著掃把，被牆上的老照片吸引了目光；福利社中，我微微傾身以食指點著唇，正在研究哪款便當好吃。還有圖書館前的「犯罪照」，那是我跟他唯一的合照，兩人笑得好開心……

沒想到他的拍照技術這麼好，把我拍得那麼唯美，帶著一點孤傲的氣質，簡直像另一個女生。

想到這裡，眼淚又無聲地流下來，一滴接一滴打溼了手機螢幕，隔壁的陳柏鈞也不斷吸著鼻子，陪著我默默掉淚。

到了醫院，我們匆匆來到手術室門前。

顧爸爸和顧媽媽滿臉愁容坐在椅子上，數資班的班導在旁邊陪伴，而顧之岳也在，他面無表情倚在外邊的牆上。

「大哥，情況怎樣了？」陳柏鈞焦急地問顧之岳。

「還在開刀，腦部出血，右腿要截肢，手臂也有骨折，不知道能不能撐過手術……」顧之岳冷酷的表情逐漸軟化，眼神顯得慌亂無措，說到最後一句時再也藏不住濃濃的擔憂。

第二個打擊如落雷劈下，我忍不住伸手掩脣，眼淚再度湧了出來，心痛得不能自抑。我好怕、好怕會再失去顧之喻。

陳柏鈞聞言也是臉色瞬間刷白，他緩緩靠到牆上，再慢慢滑坐在地，然後雙手抱頭把自己蜷縮成一團。

「那個學弟剛剛移往地下七樓的往生室了，你們的班導也剛走不久，說要回學校處理後續事宜。」顧之岳淡淡地說，態度沒有了以往的敵意。

我輕輕點頭表示明白了，恍惚地伸出一隻手扶著牆壁，轉身想去找電梯。

剛走了幾步，顧媽媽似乎按捺不住等待的煎熬，突然崩潰哭喊：「都是你！我一直說要送他出國念書，可是你偏不答應……」

我回過頭一瞧，顧媽媽滿臉淚痕不停搥打顧爸爸的肩頭，顧爸爸頓時生氣了，用力揮開她的手反駁：「怪我嗎？我還沒問妳是怎麼教的，怎麼教出那種……那種樣子的孩子？」

「不管他是什麼樣子，他都是我們的孩子，哪有做爸爸的會罵自己的孩子是變態？是不男不女？」顧媽媽難受地搗著心口，一邊喘息一邊落淚。

「妳不也覺得他不正常，不然爲什麼三不五時去搜他的房間，禁止他看一些奇怪的東西？」顧爸爸指著顧媽媽，激動地斥責。

「我關心自己的孩子有錯嗎？」

「妳以爲我不關心嗎？如果我不關心，那我爲什麼要千拜託萬拜託，讓孩子可以馬上進開刀房？」

「那就是我的家人，只要遇到和孩子有關的問題，他們就只會指責對方。」顧之岳語帶諷刺，說完無奈地過去，跟數資班班導一人一邊，分別拉開兩人，試著要他們冷靜下來。

我轉身，淚眼婆娑沿著牆邊前行，無法評論什麼，也沒心思去想到底誰對誰錯。

循著指示牌，我快步進入電梯，按下地下七樓的按鍵，電梯帶著我降到孟易辰暫時停佇的場所。

電梯門打開，眼前是一道白色長廊，長廊的左右兩側立著一扇扇的門。

向櫃檯的服務人員詢問了位置，我走向孟易辰所在的那個房間，走得很慢很慢，突然不想接受他已不在人世的事實。

好像只要不打開那個房間的門，我就會從噩夢裡驚醒，然後拍拍胸脯說，幸好只是一場夢。

可是都來到門前了，我仍然沒有驚醒過來。

伸手在門上輕敲兩下，不久，神色淒苦的孟媽媽開了門，她強忍著淚水和悲傷，溫柔喚道：「易辰，你同學來看你了。」

小小的房間裡，孟易辰靜靜躺在中間的鐵架床上，身上蓋著一件黃色被子。

接下來的記憶變得模糊，我難以克制地跌跌撞撞走近他，然後重重趴倒在他身側，放聲大哭。

孟易辰，你早上答應過我，座談會結束後要帶我出去玩。

你還說過不會丟下我一個人。

更說過你喜歡我，要當守護我的騎士。

可是現在，你怎麼可以食言呢？

你醒醒啊，醒醒啊……

無比深刻的疼痛如浪潮般，自胸口深處不斷翻湧上來，我必須屏住呼吸再大口吸氣，才能稍稍緩解那股痛楚。記憶的閘門被打開，充斥了整個腦海的全是孟易辰的笑臉，令我幾乎不能呼吸。

芊甯說過，暗戀一個人的心情，有時就和喜歡上偶像一樣。

顧之喻對我而言就像一道溫暖的陽光，我喜歡他展現出來的美好模樣，忍不住充滿嚮往，即使他說那不是眞正的他、即使被他不明不白地提了分手，我也不曾對他生過氣，甚至還覺得他帶給我的回憶依舊很美。

如今我終於弄懂了，爲什麼我無法對顧之喻生氣，因爲我比較像是他的鐵粉。

相較於他，孟易辰的一舉一動總能牽動我的情緒，讓我的內心莫名升起悶氣，那樣的悶氣簡單來說，就是在意。

在意著他一次又一次輕易撩動我的心，卻又表現出不在乎的模樣，這一切都顯示了孟易辰在我心中的不同。

然而這一切都明白得太晚了，我好後悔昨天沒有答應他的告白，後悔沒能及時告訴他——

其實我也喜歡他。

最終章　喜歡你的抉擇

孟易辰在前方奔跑，我在後面拚命追著。

眼看差一點就要抓住他了，可是他的衣角又從我手中溜走，身影離我越來越遠、越來越遠……

「孟易辰！」

夜半時刻，我在床上猛然驚醒，大口大口喘著氣。

孟易辰離開的第四天，我已經請了兩天假沒去上課，晚上睡覺總是夢到他匆匆跑過，最終在心痛得彷彿快窒息的狀態下驚醒過來，無法一覺到天亮。

如果那天，當他把手機交給我時，我可以機靈點及時拉住他，或者是跑得再快一點，在校園裡攔住他，是不是就不會發生那樣的憾事？

這個問題無解。

孟易辰離開的第五天，心情稍稍平靜了一些，我終於背起書包去上學。

來到學校，我先繞到停車棚，發現孟易辰的機車已經不在了，大概是被送回他家了。

踏進教室，聊天中的同學們忽然安靜下來，所有人的視線瞬間聚集在我身上。

由於我跟孟易辰經常同進同出，班上不少同學都以爲我們在交往，因此那些視線裡大多帶著明顯的同情。

孟易辰的桌上擺著花束，張璟閎的位子則是空著，顯然還不敢來上課。

我把書包掛在椅背上，默默坐了下來，桌上擺了幾本這幾天發下的作業簿，我拿起作業簿想收進抽屜時，發現抽屜裡塞了一樣東西。

低頭一瞧，那個東西竟然是孟易辰的斜背包。

座談會那天，他後來坐在我的位子上，斜背包的體積小小的，他可能就順手塞進我的抽屜裡，出事後我跟陳柏鈞回來拿背包時也沒注意到。

手機在醫院中已經還給孟媽媽了，這個斜背包也要找一天還給她。

看著他的斜背包，我頓時又是一陣傷感，心口隱隱抽痛。

班導特地找我面談，對我進行心理輔導，可是上了一天的課，我幾乎都對著黑板發呆，盡量放空思緒，否則我可能會忍不住在課堂上哭出來。

下課後趴在桌上休息，我隱約聽見同學們壓低聲音討論著那件事，而楊采菲幾次投來歉疚的眼神，似乎想跟我說話，但我現在誰也不想理，只想要安靜。

放學的時候，我打了通電話給陳柏鈞，說要去醫院探望顧之喻。

顧之喻捱過了手術，這幾天一直待在加護病房，未曾清醒。

因爲加護病房有開放時間的限制，當我跟陳柏鈞晚上來到醫院時，也遇見了顧爸爸、顧媽媽和顧之岳。

加護病房的大門一開，在外面等候的家屬們紛紛湧入。

我和陳柏鈞隨著顧之岳走到顧之喻的病床前，只見他頭上纏著紗布，身上插了大大小小的管子，病床旁圍繞著機器，那模樣令我看得心疼。

顧媽媽撲到床邊，哽咽地呼喚：「阿喻，我是媽媽，你有沒有聽見我的聲音？」

「我跟媽媽決定送你出國念書，去做自己想做的事，所以你要趕快醒來。」顧爸爸也滿臉悲傷。

「我知道你最乖了，你一定不會讓爸爸媽媽難過，你快點醒來，讓媽媽抱抱你。」

然而床上的顧之喻一點反應都沒有。

顧媽媽見了忍不住伏在顧爸爸的胸口哭泣，「我好後悔，以前總是不斷限制他，沒有讓他做自己喜歡的事。」

「我也是，他沒做什麼罪大惡極的事，我以前不該那樣責打他。」顧爸爸也難掩自責。

「你說……他會不會恨我這個媽媽？」

「不會的，他是個溫柔體貼的好孩子，怎麼會恨妳？」顧爸爸柔聲地安撫妻子，兩人相互打氣。

顧之喻的溫柔和體貼始終不曾吝於施予家人，只是他們從未正視而已。

陳柏鈞強忍著悲傷，喃喃低語：「不管阿喻變成怎樣，我都會永遠陪著他。」

我明白地點點頭，眼看顧媽媽還有許多話要跟顧之喻說，我轉身離開加護病房，坐在外面走廊的椅子上透氣。

過了一會，一道身影在我的旁邊坐下，「妳是不是會想責怪我，如果當時我沒有打張璟閎就好了？」

我沒回話，只是低頭注視著自己交握的雙手。

「如果我沒有打他就好了。」顧之岳自問自答，顯然十分後悔。

「其實……你打他也是想保護自己的弟弟，爲什麼不承認呢？」我淡淡反問，「顧之喻很喜歡你這個哥哥，一直低聲下氣地對你示好，你爲什麼不好好回應他？」

「我才不是要保護他，我最討厭他了。」顧之岳死鴨子嘴硬，矢口否認，「他比我聰明、成績比我好，長得比我高比我帥，如果沒有他，我在家裡會得到更多讚美。」

我搖搖頭，不想花力氣戳破他的謊言，只想求證一些事，「剛剛聽到你爸媽說的話，我很想知道，他們以前是怎麼對待顧之喻的？」

「爲了導正阿喻，我爸一開始當然是用罵的，罵了沒用就用打的，還罰他不能吃飯、抄寫課文、關廁所反省。我媽則是常常搜他的房間，只要電視上有同性戀或變性相關的報導，他們就會馬上轉臺，阿喻國中時我媽還上網查了一些心理治療的資料，要求阿喻不斷想像，若是他的行爲被外人發現，別人會怎麼討厭他、責備他，甚至唾棄他，更讓他在手腕戴上橡皮筋，只要有想變裝的想法就必須彈自己的手。」

這就是張璟閎發現顧之喻在自殘、用橡皮筋彈自己的手的原因。

「所以，顧之喻認爲是自己是害得家人不合，他才會想要隱藏眞正的自己，成爲爸媽心目中的好孩子，不想再過上那種生活。」我無法想像被家人控制的生活有多痛苦，「後來甚至想努力考上醫學系，擋住你爸媽的壓力，讓你這個哥哥可以得到自由。」

「他眞是一個傻瓜、笨蛋、白痴！」顧之岳的眼眶逐漸泛紅，似乎被我的話觸動了，「明明我對他一點都不好，還陷害過他好幾次。」

「陷害？」

顧之岳眼神空洞地盯著前方，語氣平緩地述說：「小學的時候，我從媽媽的皮包裡拿了一千元，買了一把很厲害的玩具槍，然後把剩下的一百多元給阿喻。他笨笨地把錢放在鉛筆盒裡，到了晚上，媽媽幫他整理書包時看到錢，這才發現皮包裡少了一千元，我爸媽逼問阿喻是不是偷了錢，而阿喻只是低頭不說話，我爸就拿出愛的小手，反過來用小手的握桿狠狠抽打他。」

「用握桿打很痛耶！」我心疼地驚呼。

「看到我爸打得那麼凶，我哪敢承認是自己偷的？結果阿喻哭得好像快休克一樣，腿上和身體全都是一條條的淤青，卻還是沒有揭發我，後來也絕口不提那件事。還有國三時，他被我媽發現在床下藏了一件洋裝，但其實那是我跟他在補完習回家的路上買的，當時我假裝是要送人。」

「所以後來你把洋裝給了他，慫恿他穿嗎？」我不敢置信地問。

「勇敢做自己有什麼不好？」顧之岳斜眼瞪著我，眼神堅定，「難道妳是那種表面上說支持，實際得知他是什麼樣的人後，就躲得遠遠的那種人？」

「不是，我不會躲的。」

「可惜那件事又害他被我爸痛打一頓，我爸問他是自己買的嗎，還是別人慫恿的，阿喻一樣沒供出我，默默地承受了下來。那時我就在心裡發誓，以後要永遠保護這個弟弟，可是我……」顧之岳哽咽得說不下去，把臉埋在膝頭，「我卻因為沒考上爸媽期望的大學、跟女朋友分手，還有出於諸多嫉妒，而把怒氣發洩在他身上。我……好怕他不能再醒來，如果他有什麼意外……我都還沒跟他和好……他只會記住我討厭他的樣子……」

就像孟易辰說的，人們總是在失去後才後悔，明白什麼是可貴的。

「那你知道，顧之喻有什麼夢想嗎？」我忍住眼淚，想起孟易辰一直要我調查的事。

「Karl Lagerfel。」顧之岳哽咽地吐出一句外文。

「那是什麼？」

「他是香奈兒的首席設計師，被譽爲時裝界的凱撒大帝，在今年二月去世了。我見過阿喻反覆地在看他所策劃的的服裝秀影片和資料，把他的格言一句句記錄下來，可是他一次都沒有把Karl Lagerfel的格言發表在他的臉書上。」顧之岳的言下之意是，顧之喻將眞正喜歡的事物藏起來了。

「服裝設計師……這怎麼可能！顧之喻說他小時候討厭陪媽媽逛街，對衣服也沒什麼想法……」說到這裡，我打住話，微微瞠大眼睛。他怎麼可能對衣服沒有任何想法？

難道這也是他給自己的人設之一？

「不對。」顧之岳果眞證實了我的想法，「阿喻很喜歡陪我媽逛街，他從小就對穿衣服很有自己的主見，曾經因爲不喜歡我媽幫他挑的衣服顏色，哭鬧著不想出門，也自己偷偷畫過女裝。可惜因爲我爸媽覺得他有病，那些畫只要一被發現就會被撕掉丟進垃圾筒。」

我靈光一閃，連忙拿出手機，上網查詢Karl Lagerfel的資料，果眞找到這位大師出過一本語錄，正是顧之喻在圖書館翻過的那本書，黑底配上白色人影的封面。我再搜尋了這位大師的格言，裡頭果眞包含顧之喻提過的那句令他印象深刻的話——「我最大的奢華就是不必爲別人調整我自己」。

孟易辰，我終於查出來了。

因爲喜歡美的事物，顧之喻的偶像是Karl Lagerfel，他的夢想是成爲服裝設計師，眞的不是醫生。

淚水再次奪眶落在手機螢幕上，沒想到孟易辰旁敲側擊許久都無法找出的眞相，卻由於一場悲劇在關係者心上敲出一個洞，令掩藏在謊言下的眞實顯露而出，祕密不再是祕密。

原來他們的心裡都早有答案，都明白該怎麼做才是最好的，更明白自己應該對顧之喻溫柔以待，卻沒有人付諸行動。

孟易辰，我好想、好想告訴你這些事，可是你已不在我的身邊。

時間來到星期六，孟易辰離開的第八天，顧之喻依舊尚未清醒。

這八天度日如年，我感覺自己快要把眼淚流光了，悲傷卻還是時而在心頭翻騰。

中午，我打了一通電話給孟媽媽，孟媽媽的嗓音都啞了，說她一個人在殯儀館的小靈堂裡陪伴孟易辰。我跟她要了地址，想去探望一下，順便歸還孟易辰的斜背包。

背上他的斜背包，我獨自搭乘公車抵達市立殯儀館，下車時發現後面跟著一個男生。

我好奇地回頭瞧了一眼，想不到他的臉孔我認得，正是曾經去孟易辰家打他了一拳的郭子。

「你是郭子吧？」我停下腳步問。

「我是……」郭子也停下來打量我的臉，接著微微愣怔一下，像是覺得我哪裡長得奇怪，「妳是新苑高中……孟易辰的同學？」

「沒錯，我是他同學。」

「我還是不敢相信，易辰……他就這樣走了。」郭子露出悲傷的神情，「聽說事情跟張璟閎有關？」

「嗯。我問你，之前是璟閎主動搭上你的嗎？」

「他傳訊息給我，說易辰一直勾引班上的女生，他想打探易辰在西倫的風評。」

「你跟他說的是實話嗎？」

「不全是……不是的。」郭子聞言，臉上浮現歉疚，低聲還原了當時和張璟閎打交道的情形，「聽他那樣說，我很生氣，氣易辰才剛傷害了一個女生，怎麼可以那麼快又跟其他女生搞曖昧，於是就講了一些氣話。」

「你知道他為什麼跟前女友分手嗎？」我無奈地嘆息。

「都是我害的……」郭子沮喪地點了兩下頭，「我惡作劇，把他前女友的紅線和另一個女生的紅線對調，才會害他們分手。」

嗄？什麼？

不是因爲他喜歡孟易辰的前女友嗎？怎麼會扯到紅線？

出乎意料的答案讓我傻眼，呆了呆又問：「什麼紅線？」

郭子坦白了事情經過，「易辰的前女友過年時和家人去拜拜，曾經在月老廟求了紅線，祈求能早日交到男朋友，後來暑假的時候，易辰向她告白，兩人就在一起了。他的前女友說願望實現後必須回月老廟還願，可是易辰那天身體不舒服，我就陪她走了一趟月老廟，結果……」

「結果怎樣？」我不禁催促。

「她去上香時，我忍不住把她的紅線……跟隔壁一個女生的紅線對調，那個女生剛好在聽師姊解籤詩。沒想到對調完紅線，才隔兩天，他們就突然分手了。」

「你眞的很幼稚！」我既傻眼又震驚，一絲異樣感閃過心頭，「等等，你們是哪天去還願的？」

「八月二十日。」

「中午的時候？」

「嗯。」

「他前女友該不會是長頭髮，背著一個淺綠色側背包，上面掛了一個達菲熊吊飾？」

「不會……是妳吧？」郭子的眼神轉爲驚疑，「我剛剛就感覺好像在哪裡見過妳。」

「所以我那天拿到的紅線，另一端連著的人是孟易辰？」原來不是顧之喻，難怪我跟他交往不久就分手。

郭子的目光一縮，不敢回應我的問題。

「那前女友拿走的那條呢？」

「分手後，她很生氣就燒掉了。」

「我眞不曉得該怎麼吐槽你。」我雙手抱頭，煩躁地轉了一圈，不客氣地直說，「孟易辰是想成全你，他知道你喜歡他的前女友，才會跟她分手。你現在可以和她在一起，應該要感謝他！」

「他知道？他怎麼會知道？我從來沒有跟他說。」郭子震驚無比。

「他就是知道。」

「我、我……我對不起妳，對不起他……」他的眼眶漸漸泛紅。

「你不用跟我道歉，如果這件事真的有神明的力量介入，我會非常感激你的幼稚，將孟易辰帶到我身邊。」說著，我想起那條紅線被孟易辰拿走了。

匆匆卸下孟易辰的斜背包，我打開翻找裡面的東西，有皮夾、車鑰匙、行動電源……見鬼！居然還有一把折疊刀，那傢伙帶刀來學校幹麼？

我拿出皮夾，果真見到夾層中擺著紅線。顫著手拿出那條紅線，我一時又悲從中來，眼前覆上一層水霧。

即使這是一場惡作劇，讓月老爺爺意外牽錯線，使我遇見了孟易辰，可是月老爺爺，既然錯了就錯到底呀，怎麼可以用這麼殘忍的方式，將孟易辰從我的生命中奪走？

可以請祢把他還給我嗎？

孟易辰，我現在好想見你，好想要你回到我身邊。

將紅線緊緊握在掌心，我丟下郭子轉身奔進殯儀館大門，朝右邊第三間小靈堂跑去。

月老爺爺……如果祢不能把他還來，那就把我帶走，帶到他仍存在著的那個世界。

一腳踏入小靈堂的剎那，掌心裡的紅線忽然發燙，地板竟瞬間消失，我一腳踩空，跌進一片虛無的黑暗裡……

「在我面前，妳不需要委屈自己，不必強迫自己一定要微笑，更不用偽裝自己很堅強。妳可以跟我任性地耍脾氣，心情不好也可以打我出氣……」

我在冰冷的黑暗裡載浮載沉，隱隱約約聽到孟易辰的說話聲從某個方向飄來。

「雖然嘴上說不想管妳，我還是忍不住偷偷關注著妳，氣妳怎麼比我還倔，一眼都不看我……反正當意識到的時候，就是喜歡上了。」

我張開雙手在黑暗中划動，朝聲音傳來的方向而去。

「跟我交往好嗎？」

孟易辰的嗓音近在前方，我感覺身體開始向下沉降。

「放下顧之喻吧，妳只要點點頭，就能走向另一種命運。」他的話聲清晰，就在我的眼前。我說不出話，只能在黑暗裡猛點頭，答應了他的告白。

「妳答應了？」

我又一次點頭，四周的黑暗逐漸被驅散了些，可以感受到風的流動和冷意。

「真的嗎？」橙黃色的路燈瞬間打亮孟易辰帥氣的臉龐。

我呆呆地凝視他，此情此景正是他在操場邊對我告白的那一刻。

這是在做夢嗎？還是先前發生的事才是夢？

「幹麼一臉呆滯？」他噗哧一笑，伸手捏住我的臉頰。

我顫巍巍地伸出手，指尖輕輕點上他的胸口，是實體的。再把手貼上他的臉頰，那確切傳來的溫度瞬間逼出我的淚水，就像水龍頭被打開似的，沿著臉頰狂瀉而下。

「芊婭？」孟易辰瞠大雙眼，不明白我怎麼哭得那麼誇張。

潰堤的淚水令我語不成聲，只能不停抽氣，再打開緊握的右拳，露出掌心裡的紅線。

「咦！」孟易辰下意識抓住胸前的口袋，可是裡頭已經沒有紅線了，「我剛剛放在這裡，怎麼跑到妳手上了？」頓了頓，他想起了什麼，瞅著我手中的紅線嚥了一口口水。

「等等，我該不會又死了吧？」他皺眉露出一抹古怪的笑。

「嗚嗚嗚……」我點點頭，眼淚停都停不住。

「也是救顧之喻嗎？」他的笑容更加扭曲。

「嗚嗚嗚……」我繼續點頭。

「他跳樓，我又笨得去拉他？」

「嗚嗚嗚……」

「這怎麼可能！」他崩潰地雙手扯亂頭髮，「我明明下定決心，顧之喻的死活跟我無關，不管後面發生什麼事，我絕對、打死我、都不會、跟上次一樣、衝動地跑去救他。」

直直撲進他懷裡，我牢牢緊抱他的腰，怕他會消失不見，喃喃傾訴：「你都不知道我有多傷心，我每天都睡不好，想到你就一直哭、一直哭……」

雖然還搞不清楚是怎麼回事，不過從他剛才的話裡，我隱約懂了，這不是孟易辰第一次去救顧之喻，也不是第一次因爲救他而死。

「不哭不哭，我好像明白發生什麼事了。」他溫柔地笑，收攏雙臂將我擁在懷中，待我的情緒稍稍平復下來，才開口問道：「妳從哪個時間點來的？」

「下個星期六。」我的臉頰貼著他的胸膛，聽見他的心跳得好快。

「在那個時空，妳有答應我的告白嗎？」

「沒有，我拒絕了。」

「我想也是。」他低低笑了笑，瞧我哭累了，便帶著我在臺階上坐下，「根據多重空間定理，每一個抉擇都會開啟一個新空間，以剛才的告白時刻作爲時空的分歧點，妳是從『拒絕我的告白』的時空來的？」

「嗯。」我無力地靠著他，簡單說了那個時空發生的事，「在那個世界，你明天會爲了救顧之喻墜樓而死，大家都悲傷懊悔不已，而我最後悔的，就是來不及跟你說我也喜歡你。」

「所以我們現在所處的，是妳『答應我的告白』的時空。」他挑眉笑道。

「爲什麼你那麼肯定？」我抬頭看他。

「因爲我原本是來自『不曾跟妳相遇』的時空。」

「啊？」

「在那個時空，妳和顧之喻是情侶，我並不認識你們，只是遇上他要自殺，好心想拉他一把，卻倒楣地被他拖下水。」他簡單解釋那個時空的狀況，一邊幫我擦去臉上的淚水。

「聽起來眞的好倒楣，可是既然不認識，你又怎麼會遇上顧之喻自殺？那又是什麼時候發生的？」我提出疑問。

孟易辰抿嘴不言，表情神神祕祕的，印象中他每次提起某些事的時候，都會露出這種表情。

「難不成……是在我們二十四歲那年，你……是個警察，接到有人報案說顧之喻想自殺，才會去現場處理？」我想起他常說他的內心年齡是二十四歲，還有目標是考警大。

他忍俊不禁，顯然是默認了。

「你居然是個二十四歲的大叔！」我低聲驚叫，想退離他一點。這傢伙大我七歲耶！

「給我回來，不准逃！」孟易辰伸手把我攬回去，指著我的鼻尖警告，「二十四歲頂多是叫哥哥，還不到大叔的程度，況且我們現在外表沒差異，心智年齡又看不出來，妳會因爲這樣就不喜歡我嗎？」

「只是很驚訝而已，又沒有不喜歡。」我噘嘴小聲嘀咕。說到警察，我立刻聯想到一件事，「那……你的跆拳和擒拿術……」

「沒錯，都是念警大時訓練的，高中的我其實什麼都不會。」

「難怪你不想張揚。」我不禁莞爾，暑假前什麼都不會，一覺醒來變成武林高手，大概會被科學家捉去研究吧。

「我也怕惹來不必要的麻煩呀。」孟易辰搖頭微微苦笑，回到正題，「當時，我接獲你們鄰居的通報，趕到現場，那是在一棟大樓的頂樓，顧之喻正跨坐在圍牆上，神情渙散，嘴裡喃喃自語著『我根本不想當醫生、我討厭當醫生』，鄰居說他是見習醫生，似乎壓力太大導致精神出了狀況。」

「所以你才會那麼肯定地說他不適合當醫生，要我一定得找出他眞正的夢想？」

「沒錯，當我在安撫他、跟他對峙時，顧之喻的重心忽然不穩，我下意識衝過去想把他拉回來，他卻像溺水的人一樣，爲了求生而死命抓住我，力氣出奇地大，於是意外就在那瞬間發生了。」說到這裡，孟易辰翻了個白眼，氣惱地抿嘴。

我害怕地掩脣，腦海裡又閃過顧之喻和孟易辰雙雙墜樓的情景。

「那時顧之喻的手腕上綁著一條紅線，被我在掙扎間扯了下來，緊抓在手裡……」

「等等。」我打斷他的話，「他怎麼會把紅線綁在手腕上？即使是女生也不太會這麼做，更何況他是男生。」

「因爲……」他對我投以心疼的眼神，「我帶著其他員警趕到你們家時，先是看到妳倒臥在客廳地上。鄰居說妳試圖安撫顧之喻的情緒，卻被他失手打傷，昏迷了過去，情況……很糟。」

我嚥了一口口水，不敢問是怎樣的糟法，更不想知道顧之喻對那個時空的我做了什麼。

「鄰居說，你們從高中就開始交往，原本感情還不錯，後來顧之喻的精神出了問題，你們就變得經常吵架。」

我這時才明白，爲什麼孟易辰初次見到我和顧之喻時，會誤以爲我們是情侶，也明白了爲什麼在調查夢想這件事情上，他始終說是爲我好，堅持不讓我放棄。

「我吩咐其他員警封鎖現場蒐證，並等救護車來，自己則一個人來到頂樓，而顧之喻剛把紅線纏在手腕上，一邊拍打自己的頭，說了『對不起，來世再補償妳』這句話，反正他精神眞的不太正常了。」他嘆了一口長氣。

「原來如此。」沒想到在那個時空，連我自己也是悲劇收場，「所以你前陣子在公車上，才會說不希望我再受到傷害？」

「嗯。」孟易辰點點頭，伸手溫柔地覆住我的手，「剛開始我覺得，幫顧之喻找到眞正的夢想，走上自己想要的路，之後應該就不會發生精神失常的問題。然而一起搭公車的那天，我卻莫名萌生了保護妳的衝動，我不想讓妳因爲他再受到一絲傷害。」

我回以感動的微笑，與他十指交扣。

孟易辰也笑了笑，繼續說：「後來我被顧之喻帶著墜樓，當身體撞上地面時，我突然又在床上醒來，時間重返到升高三的那個暑假，八月二十日，中午十二點十分。」

「那是我去月老廟求紅線的日期和時間！」我睜圓了雙眼。

「所以當妳到我家幫忙打掃，我看見從妳的皮夾裡掉出來的紅線時，便猜想我的重生可能跟妳有關，紅線的作用是守護妳和顧之喻的戀情，而我大概是籤詩裡所指的貴人，任務是撮合你們的戀情。」

「不對。」我搖搖頭，「事實上，我求的紅線被你朋友郭子調換了。」

「啊？什麼跟什麼？」他十分傻眼。

我說了郭子惡作劇的事，「因爲紅線調換了，所以神明也牽錯線，才會造成你跟前女友分手，我跟顧之喻也沒好結局。」

「未必，說不定紅線會被調換早在神明的預料之中，其實我才是妳的命定之人，而顧之喻是那個促成我們相遇的貴人。」他提出不同的見解，「因爲紅線另一頭連的人是我，墜樓時我剛好抓在手裡，因此當妳拿著紅線向神明許願時，我才會被妳拉回來，重生在第二個時空，還意外救了我媽媽。」

「你媽媽在第一個時空生病去世了？」我恍然大悟，難怪每次提到媽媽的病，他總是無比懊悔和自責。

再者，他的推論好像有道理，因爲在第二個時空中，孟易辰同樣拿走了紅線，放在身上的口袋裡；而我在殯儀館中，也是握著紅線向神明祈求回到孟易辰仍活著的時刻，才會被帶到現在這個時空，重回他身邊。

紅線眞的連繫著我和他。

「嗯，我媽那時是等我學測結束後，二月中才去醫院檢查，發現時已經太晚了。雖然有進行治療，可是幾個月後又復發，病情很快惡化，隔沒多久就去世了。」他再度嘆了一口氣，「爲了減輕家裡的負擔，我才會選擇就讀警大，後來在大二那年，因爲跟前女友讀不同大學，再加上警大是軍事化管理，我只有假日能外出，兩人無法常見面，就漸漸起了爭執。」

「於是她開始向郭子訴苦，之後就劈腿了？」

「是啊，我這才知道郭子也喜歡她，他其實是我前女友的初戀。」頓了一下，他忽然賊兮兮地看著我，「失戀那陣子，我的心情非常低落，上網時偶然發現一個IG有二十萬人追蹤的網紅，她眼睛大大的，笑容挺可愛，時常分享出國旅遊的照片，寫一些心情小語，感覺是個獨立而知性的女孩。」

「不會是采菲吧？」我驚訝叫道。

「正是。」他笑了笑，「可惜她當時有男朋友了。」

「是璟閎嗎？」

「沒錯，他們常在IG上晒恩愛，看得我既羨慕又嫉妒。」

「所以你轉學過來，是想趁他們還沒交往，讓采菲先喜歡上你？」我不是滋味地癟嘴。

「嘿嘿，順便就近監視你們，任誰要是死得不明不白，都會想弄清楚是什麼原因吧。」

他冷哼一聲，顯然依舊十分介意被害死，「剛轉學過來時，我對顧之喻還是很不爽，抱著純看戲不插手的心態，不過因爲妳，我才得以在這個時空重生，救回我媽媽，所以我才決定要妳一起調查顧之喻的夢想，阻止他走上醫生之路。」

「你明明也把顧之喻當朋友了，才會急著跑去阻止他自殺。」我忍不住吐槽。他都不曉得當他得知張璟閎說要去找顧之喻的爸媽時，臉上的表情是多麼焦急和擔心。

「我不承認他是我朋友。」他露出鄙夷的眼神。

「那就是警察叔叔你的正義感過剩了。」我抿嘴笑。

「叫哥哥，不准叫叔叔。」他擺出嚴肅的表情威脅。

「不叫哥哥你要拷住我嗎？」我不依地還嘴。

「原來妳喜歡那種情趣，那妳跟我是跟對人了，我還滿喜歡拷人的，我會輕一點，小心不弄疼妳。」

「大叔，你的思想太邪惡了！」我羞得忍不住搥他的胸口一拳，手腕卻被扣住。

孟易辰側身靠過來，帥氣的臉龐緩緩貼近，近到鼻尖差一點相碰時，我害羞地垂下眼簾，他的唇同時覆了上來，輕輕吻上我的唇。

微冷的夜風拂過我逐漸升溫的臉頰，他的力道溫柔而克制，彷彿怕嚇到我一般，淺淺吻了幾下便退開了。

「下次再叫我大叔，就不是這種程度了。」他警告般瞇起雙眼，見我露出怔忡不安的神情，嗓音又轉爲低柔，「抱歉，害妳哭得那麼傷心。」

「你不准再丟下我，哪裡都不能去，只能留在我身邊。」我忍不住想要脾氣。

「妳要求這麼多，那可要對我好好負責了。」他挑眉，又在我脣上輕啄一口，「回歸正題，因爲死得莫名其妙，我只得到顧之喻不想當醫生這條線索，其他的一概不清楚，現在就由妳來跟我說說明天會發生的事吧？」

「明天會發生的事，其實是被你觸發的……」我回過神，雙脣殘留著麻麻的觸感。

「時間不早了，我們邊走邊說。」他打斷我的話，拉著我的手站起來。

走在下山的路上，孟易辰牽著腳踏車，靜靜聽我把那噩夢般的經歷說完。

「你當時跟我提到他是CD，那是什麼意思？」我好奇地問。

「我這樣對妳說？」他睜大眼睛，表情微妙。

「嗯。」

「CD指的是變裝者，醫學上稱爲異裝癖，不過這兩者在程度上還是有滿大的差別。」他詳細解釋，「變裝者這個族群裡有許多人單純是喜歡易裝，內心並不會不認同自己的性別，只是覺得可以藉由扮裝得到平靜和舒適感、排解心理壓力。這些人有八成都是異性戀，有女朋友、有家庭和孩子，生活跟一般人無異，只是易裝的行爲很難被社會和家庭認同，其中又以男扮女裝比女扮男裝的壓力還大。」

「原來如此，顧之喻的爸媽就是不認同，甚至用難聽的字眼罵他……」雖然我跟爸媽同樣會有爭吵，但他們並不至於罵我難聽的話。

「而且根據妳的敘述，他媽媽還充當鍵盤心理醫生，私下對他實行厭惡治療。」

「厭惡治療？」

「就是要他彈自己橡皮筋，利用疼痛感抑制他的想像行爲。」

「應該要求助眞正的心理醫生，讓他們評估吧？」

「是啊，也許是因爲那樣造成了反效果，讓顧之喻一時無法接受醫生的協助，轉而把眞正的自己藏得更深。」

「難怪你聽璟閎提到顧之喻會彈自己橡皮筋時，臉色整個都變了，一副超想揍人的樣子。」我恍然大悟，「換作是我也會想揍他媽媽。」

「我有嗎？」孟易辰又瞪大眼睛，一臉莫名其妙。

「有。」

「我覺得妳形容的是另一個男人。」他有些吃味。

「你別在奇怪的點糾結。說說我們現在該怎麼做吧？」我好笑地推推他。

「當然是各個擊破，自殺往往只在一念之間，與其我們兩人私下去勸說顧之喻，要他保證不自殺，倒不如多找些可以支撐他的人，多多給他關懷。」他提議。

「的確，家人和朋友的支持比較重要。」我同意他所說的。

「來個F計畫，現在就出發嗎？」他側頭詢問。

「當然！事不宜遲。」我好像可以猜到他打算做什麼，於是拍拍他的肩，「快！去騎你的帥車來。」

「妳怎麼知道？」他一臉震驚。

「十幾萬，星期四晚上剛交車，橘色的仿賽檔車，我已經坐過了。」我炫耀般燦笑。

「這不公平！我都還沒載過妳，妳居然已經坐過了。」孟易辰扯著頭髮哀號。

「這不是重點，你先騎腳踏車回去換車，我在公車站等你。」我推著他的背。

「Yes, sir!」他回頭，舉手對我敬禮，騎上腳踏車揚長而去。

在商店街的公車站等候了片刻，孟易辰騎著機車過來，拋了一頂安全帽給我。

我戴好安全帽，雙手攀著他的肩頭，用腳尖撥開機車的後腳踏板踩上去，動作俐落地跨上後座。

「妳連踏板在哪裡都知道，妳眞的坐過別人的車呀。」他依然在糾結我不是第一次讓他載。

「這很重要嗎？」我哭笑不得，主動環住他的腰。

「喔天啊！妳也抱過別的男人了。」他看著自己的腰驚呼。

「那個人是你，是你教我怎麼抱的。」

「不一樣，我一點記憶都沒有。」

連自己的醋也要吃，他是在幼稚什麼呀？

街道兩旁的景色快速掠過，孟易辰騎著機車在車流裡穿梭，載著我直奔市中心，來到顧之岳的補習班，也是芊甯所待的補習班。

孟易辰把機車停在補習班前，時間是九點五十一分，距離補習班十點下課還有九分鐘。

「顧之喻和陳柏鈞在那家補習班上考前衝刺班。」我摘下安全帽，遠遠望向斜對面的另一家補習班。

「眞懷念，我之前也在那家補習，裡面有個英文老師穿著挺火辣的喔。」孟易辰朝我挑挑眉。

「補習班開獎學金誘惑你去的？」

「是啊，我當時怎麼那麼優秀。」他得意地自誇，「不過我沒印象見過顧之喻，倒是見過陳柏鈞，只是跟他完全沒互動。」

「會不會是……因爲我跟顧之喻交往了，我們一直在學校裡夜讀？」我猜測。

「對，應該就是那樣。」孟易辰點點頭，贊同我的推測，「在我跟妳不曾相遇的時空，妳成了顧之喻的心靈支柱，他會跟妳交往下去，遵循父母的要求成爲醫生，做著自己不喜歡的事，不斷壓抑自己，經過七年精神終於崩潰；可是當我介入你們，並開始調查這一切後，我反而成了一個變數，加速了自殺事件的進程。」

我愣愣地凝視他，腦海又閃過孟易辰和顧之喻倒臥在地的情景，鼻尖隱約傳來一股酸意。

「妳這樣看著我，會讓我很想親妳喔。」他抿著笑意。

我害羞地垂下目光，此刻時間來到十點，補習班下課了，學生們陸陸續續走出大門。不久，顧之喻和陳柏鈞一起出來，我趕緊抓住孟易辰的手，兩人一起躲到機車旁邊。目送他走向路口，我發現顧之喻的臉上毫無笑容，彷彿對周遭事物完全不感興趣似的，顯得空洞而茫然，有如失去靈魂的空殼拖著步伐往前。而陳柏鈞臉上卻漾著笑意，有說有笑，並不介意顧之喻的無動於衷。

心口狠狠擰痛起來，即使明白自己喜歡上的是他僞裝出的模樣，我對他依然沒有感到幻滅，只覺得他在我心裡仍是最美好的一個人。

過了一會，孟易辰的聲音傳來：「顧之岳出來了。」

我回頭望向補習班大門，顧之岳出來後先走到騎樓下，從背包裡掏出一包菸。

「學長，我有話跟你說。」孟易辰起身迎了上去。

「又是你。」顧之岳停下拿菸的動作，轉頭不耐地望著他。

「借一步找個地方聊聊好嗎？」

「不用，要講就在這裡。」

「我知道顧之喻的祕密了。」孟易辰放緩語氣，眼神誠懇，想讓顧之岳明白他不是來找麻煩的。

可是聽到這句話，顧之岳的臉色頓時變得十分可怕，渾身好像豎起了無數的刺。

「明天你爸媽會來學校參加座談會，我想站在顧之喻那邊，跟他們談談那件事……」

「你眞的很多管閒事！」話還沒說完，顧之岳突然暴怒，一拳揮向孟易辰的臉。

「芊婭閃開！」孟易辰反應極快地側身閃過，順手推開我。

顧之岳的拳頭從他耳邊掠過，一擊沒中，他旋身又一個側踢踢向孟易辰的身體，周圍的學生見他們打起來，紛紛驚叫著閃避。

我嚇得退到補習班門前，不知所措地看著兩人你一拳我一腿，扭打成一團。

「姊，妳怎麼在這裡？發生了什麼事？」芊甯從補習班裡跑出來。

「孟易辰想跟顧之岳談顧之喻的事，顧之岳就暴怒了。」

只見孟易辰揪住顧之岳的後領，抬腳踹了下他的膝彎，顧之岳頓時雙腿一軟，身子不受控地斜傾，孟易辰趁勢將他的手扭到背後，把顧之岳整個人壓制在牆上。

「學長，我眞的不想跟你打架，只想跟你好好談一下。」孟易辰再次釋出善意。

「沒什麼好談的！」顧之岳的態度依舊強硬。

「顧之岳，我姊姊他們沒有惡意……」芊甯忍不住走上前，想勸他跟我們好好說話。一見她走近，顧之岳的眉頭狠狠擰起，以空著的另一隻手用力揮開她，他的手就這樣揮中芊甯的臉，芊甯痛得尖叫一聲，立刻往後彈開。

「芊甯！」我趕緊接住她。

芊甯手摀著臉頰，我撥開她的頭髮，拿下她的手，她的臉被打得泛紅了。

顧之岳頓時呆住，他的體內像有什麼開關被按下，方才凶狠的模樣蕩然無存，孟易辰也連忙鬆開他，快步過來檢視芊甯臉上的傷。

芊甯忍痛緊抿著小嘴，淚水在眼眶裡打轉。

她眼睛一眨，兩顆眼淚忽然滾下來，顧之岳手足無措地朝我們走來，壓抑著嗓音問：「學妹，妳有沒有……怎樣？」

我伸手將芊甯護在身後。

「學長，我知道在你的家裡，只有你默默支持著顧之喻，我希望明天你能來我的學校一趟，一起幫我說服你爸媽。」孟易辰總算逮到機會提出請求。

「我說過，現在這樣對每個人都好。」顧之岳一臉陰鷙瞪著他。

「你心裡很清楚，這樣其實一點都不好。」我接口，回想另一個時空所發生的事，「你忘了嗎？你曾經做過一些事，害得你弟弟受到責罰，還曾經許下承諾，說要永遠保護你弟弟，你要說到做到呀！」

「妳怎麼知道？」顧之岳似乎被我的話嚇到了。

「我就是知道，因爲我跟你是同類。」

「反正我不會去的。」顧之岳堅決地搖頭，抓起落在地上的背包走向他的機車。

跨上機車時，顧之岳抬眼瞥了芊甯一眼，臉上閃過一絲極細微的歉疚，隨即發動機車揚長而去。

「抱歉，妳有沒有怎樣？」孟易辰關心地詢問芊甯。

「沒事。」芊甯強忍著淚水，「你們怎麼會打起來？」

「說來話長，我等一下再跟妳解釋。」我無奈地轉向孟易辰，「你先回去，我跟我妹坐公車回家，晚點再聯絡。」

「好。」他點點頭。

搭上回家的公車，我把來龍去脈告訴芊甯，包括張璟閎被陳柏鈞精神霸凌、顧之岳曾經害弟弟被打，以及嫉妒弟弟的事，但沒有說出這些是我在另一個時空得知的，只含糊表示我跟陳柏鈞及相關的人談過。

「原來顧學長藏著那樣的祕密……」芊甯聽了顯得十分難過，我以爲她在心疼顧之喻，沒想到卻被下一句話推翻，「他應該不是故意的，只是當時太過害怕，不知道該怎麼幫弟弟。」

原來，她口中的顧學長指的是顧之岳。

「芊甯，妳很關心顧之岳？」我想起曾在她桌上看到燒肉店的發票。

「我、我只是想告訴他，姊妳是好姊姊，不是他想像中的那樣……結果去了幾次他打工的店，發現他不是什麼壞人……」芊甯越說越小聲，「他總是認眞地在工作，對客人相當友善，也一直好好在念書……前幾天，他還幫我趕跑了一個想搭訕我的大叔……」

我沉默地注視低著頭的芊甯，心頭無比震驚，忽然聯想到小時候看過的迪士尼動畫《小姐與流氓》。

「我很奇怪吧？」芊甯不安地絞著手指。

「不不，我覺得能被妳在意和關心的男生很幸運。」

「我沒有在意！」

「好好，妳不在意。」

我輕輕咬著指甲，思索著剛才芊甯被打到時，顧之岳那驚慌又愧疚的眼神，如果對她沒好感，應該不會是那種反應。想到這裡，我感覺一絲曙光乍現。

「芊甯。」我握住她的手央求，「明天顧之喻的爸媽會來學校，孟易辰打算跟他們談談顧之喻的事，我希望妳能幫我說服顧之岳，讓他來學校替顧之喻說話。」

「他怎麼可能會理我？」芊甯提出質疑。

「不管怎樣，我希望妳可以幫我這個忙。」我沒說出口的是，我直覺顧之岳也許會聽芊甯的話。

「好，難得姊妳要我幫忙，那不管怎樣我都一定會盡力說服他，完成這個任務。」芊甯答應下來，我不禁覺得她就像天使下凡。

我隨即傳訊息給孟易辰，告訴他這件事，過了一會，孟易辰回我訊息，說他也說服了另一個人去學校，那個人是楊采菲。

翌日早上，和另一個時空發生過的情況一樣，我起了個大早準備前往學校，芊甯也準備去補習班上課。我們在門口會合，我對她笑了笑，她毅然朝我點點頭，我們踏著堅定的步伐走向公車站。

公車抵達商店街後，我下車往學校而去，果眞在同一個地點遇到孟易辰騎著機車從後面追來。我停下腳步，回頭對著他笑。

「不要跟我說我在這裡載過妳。」他又是一副吃驚的模樣。

我神祕地揚起嘴角，跨上他的機車後座，直接圈住他的腰。孟易辰載著我進入校門，同樣引起許多同學的注意，當他將機車停到停車棚、摘下安全帽時，頭髮也再度翹了起來。

「等事情結束，我再載妳出去玩。」他伸手梳了幾下頭髮，「妳想……」

「我想先去吃巷子裡的那家麻醬麵。」我接口，以指尖幫他將翹起的髮絲撫平。

「欸——妳吃過了？」他驚訝得下巴差點掉下來。

「我可以改吃酢醬麵，這個那時候只吃了一口。」

「啊啊啊！不公平！」孟易辰抱頭哀號，左右扭動身軀，「妳說！妳還跟那個男人一起做了什麼事？」

「也沒什麼。」我淺淺地笑，踮起腳尖在他的臉上輕輕一吻。

孟易辰整個人僵住，幾片黃葉隨風自樹上飄落，襯著他呆愣呆愣的臉。

「你的反應實在很可愛。」我狡黠一笑。

離開停車棚，孟易辰直接到校門口等楊采菲，我則獨自去中廊的報到處，不意外地遇見張璟閎坐在花圃前的椅子上滑手機。他抬頭瞧了我一眼，面無表情。

我晃啊晃地走到他前方的走廊柱子旁，假裝在等人，不一會，孟易辰和楊采菲一邊聊天一邊走來，張璟閎見狀一怔，隨即將手機擱在背包上，起身有些生氣地走向他們。

孟易辰會想辦法幫我拖延時間。

我立刻抱著背包坐到椅子上，悄悄拿起張璟閎的手機躲回柱子後，因爲遊戲仍開啟著，手機並未上鎖，我返回首頁點開相簿開始翻找，幸好照片有依日期分類，我很快就翻到高一那段時間的照片。如果沒記錯，應該是十月份的事。

心跳快得像是要從喉頭蹦出來，我緊張到手指微微顫抖，一邊仔細查看縮圖，終於找到了顧之喻和陳柏鈞的那張偷拍照。我先傳送給孟易辰，再刪除訊息，最後刪掉照片。

希望張璟閎沒有備份在電腦或雲端。

大功告成，我若無其事地將手機重新擺回張璟閎的背包上，躡手躡腳離開。

不久，張璟閎不悅地拉過楊采菲，兩人回到椅子旁邊說話。

而孟易辰繞過花圃過來和我會合，打開手機看到那張照片，他微微一笑，「原來是這樣。」

「怎樣？」

「根據地面的磁磚大小，這女生的鞋子尺寸和膝頭高度都跟陳柏鈞差不多，代表她站起來的身高應該也跟陳柏鈞接近，至少有一百七十公分以上，其他細節……」

「原來你當時是這樣發現的，我還以爲你是看他平胸。」

孟易辰沒好氣地瞪我，不想再講下去。

「好吧，不討論這個，你跟采菲說了璟閎高一時的事嗎？」我回到正題。

「嗯，她聽了半信半疑，不過還是想了解事情的眞相，便答應來幫我們的忙，再來就交給妳處理了。」他拍拍我的肩頭。

接下來，各班的服務人員都去校門口幫忙引導家長至禮堂集合，參加升學座談。

我和孟易辰兵分二路，我先約出陳柏鈞，而孟易辰稍後會約出顧之喻，說服他勇於向父母坦白，楊采菲則陪張璟閎處理教室裡的事務。

「妳找我到底有什麼事？」陳柏鈞下樓後，不耐煩地質問我。

「我問你，之前你和顧之喻曾經說過，高一你們班有個男生後來降轉到普通班，那個人是張璟閎吧？」我開門見山地問。

「是又如何？」他眸光一沉，似乎對我提起了戒備。

「我聽說你們以前孤立他的事了。」

「那是他自作自受，喜歡挖人家的隱私。」他的態度充滿敵意。

「璟閎的行事確實有問題，只是你用那樣的方式對待他也不對。」我試圖委婉地指出他的錯誤。

「妳又懂什麼？」

「我知道顧之喻的祕密了，也知道你當年是爲了保護顧之喻才出此下策。」

「妳怎麼知道的？」他瞠大雙眼。

「無意間透過張璟閎偷拍你們的照片得知的。」我輕輕嘆了口氣，「我已經偷偷把那張照片刪了，但我還是希望你可以跟他道個歉。」

「我爲什麼要向他道歉？」陳柏鈞斷然拒絕。

「因爲那件事對璟閎造成很大的傷害，他對你們始終懷恨在心，甚至起了想向你們的爸媽告發你們的念頭。你應該明白，事情如果被胡亂公開，後果將不堪設想，說不定會引發一場悲劇。」我的語氣嚴肅。

「不會的……」他不確定地說，思緒顯然被我的話打亂了。

「你覺得百分之百不會嗎？」

陳柏鈞沉默了，畢竟張璟閎跟顧之岳告過狀。

「就算只有百分之一的可能性，你也不會想去阻止嗎？」我停了幾秒，見他的眼神流露出動搖，這才繼續說下去，「我會，所以我來找你。我相信你是個是非分明的人，心裡也清楚當年那麼做是不對的，如果道歉可以消除那百分之一的可能性，你願不願意爲了顧之喻去向張璟閎道歉？」

陳柏鈞掙扎了好半晌，最終咬牙說：「走吧。」

我帶著陳柏鈞來到教室，張璟閎和楊采菲正在抱怨我和孟易辰丟下工作，不知道跑去哪裡鬼混了。乍見陳柏鈞進來，張璟閎整個人直接愣在那裡，眼神充滿驚疑。

陳柏鈞面無表情走到他面前，深深吸了一口氣，低下頭壓抑著聲音說：「關於高一時對你做的事，那全是我的錯，對不起。」

「嗄？」張璟閎張大嘴巴，遲了好幾秒才反應過來，不知所措地倒退兩步，「等等，你……你這樣是什麼意思？我有要你道歉嗎？我沒有要原諒你們的意思，我剛才還在想，等等要去找你們的爸媽，說出你們霸凌我的事。」

他這番話印證了我的說法，陳柏鈞再次深深一個鞠躬，「對不起，請你打我吧，我不會還手的。」

「打你你就輕鬆了是嗎？」張璟閎無法接受似的苦笑，「我幹麼要打你，讓你感到好過？那時候同學們都不理我，我每天都過得很痛苦……即使離開數資班，心裡的陰影還是揮之不去，你只是一句對不起，要我打你一頓，就想輕易地把對我造成的傷害一筆勾銷？」

陳柏鈞低頭不語，我也不曉得該講些什麼。

就在兩人僵持不下時，楊采菲轉身抱住張璟閎，溫柔地安撫：「璟閎，你的痛苦我全都了解了。」

「采菲，他們怎麼可以這麼隨便……」聽楊采菲這麼說，張璟閎的眼眶漸漸紅了。

「你的感受我都懂，真希望那時候我已經遇見你了。」楊采菲對他露出溫暖的笑容，「不管你原不原諒他們，我希望你以後都要過得開心。」

張璟閎的模樣顯得那麼脆弱和悲傷，我還是第一次見到這樣的他。他的眉頭皺緊又鬆開，反覆了幾次後，才緩緩吐出話語：「算了……算了……你們出去，讓我安靜一下……」

我拉著陳柏鈞離開教室，他一路沉默著，似乎有些自責，我正想安慰他時，手機響了起來，來電顯示是芊甯。

芊甯說她和顧之岳在校門口，於是我拉著陳柏鈞下樓，遠遠便望見芊甯和顧之岳站在一起。一見到我，顧之岳竟轉身想走，不過芊甯很快勾住他的手臂，用力拖著他朝我而來。

兩人來到我面前，我這才發現芊甯的臉頰上誇張地貼了一大塊OK繃，明明早上出門時還沒有那東西。

呃，這不會是苦肉計吧。

人都到齊了，我告訴陳柏鈞和顧之岳，孟易辰正在幫顧之喻和他爸媽溝通，等等不管發生什麼事，我都希望他們能夠成為支持顧之喻的人。

接著，我帶他們前往特科大樓的導師室，剛到門邊，就聽見顧爸爸憤怒的吼聲。

我們幾個人從窗戶側邊望進去，顧爸爸和顧媽媽坐在桌子的一側，孟易辰和顧之喻則坐在對面，顧之喻的頭垂得極低，好像做錯事的孩子。

「丟臉！亂七八糟！」顧爸爸拿著升學座談的資料重重往桌上一甩。

「叔叔、阿姨，我希望你們可以冷靜點，好好傾聽顧之喻心裡的想法。」孟易辰沉穩地向他們表示。

「我為什麼要去聽那種莫名其妙的事！」顧爸爸大手一揮，態度決絕，「你又是誰？憑什麼管我家的事？」

「憑我是顧之喻的朋友。」孟易辰的態度依舊誠懇，語氣平緩，未有一絲退縮，「我希望你們能試著理解他，不要把他當成有問題的孩子，如果連你們都不能接受自己的孩子，又如何要別人接受他呢？」

「你……你只會講好聽話，換作你是我們，你要怎麼接受？」顧爸爸反過來質問。

「想想你們懷著他的時候、生下他之後，對他的期望是什麼？」孟易辰繼續動之以情，「一定是希望他能快快樂樂長大、做自己喜歡做的事，甚至想著不管遇到什麼困難，你們都會挺身保護他。現在，難道你們忘了那些感覺了嗎？」

聞言，顧媽媽的神情開始動搖，眼眶逐漸泛出淚水，身爲親自誕下孩子的母親，面對這樣的勸說很難不心軟。

此時顧之岳猛然推門進去，低聲表示：「爸、媽，阿喻又沒殺人放火，他那麼呆那麼傻，對每個人都好，也好好地在念書，這樣的他已經夠好了，這世上沒有人是完美無缺的，就連爸媽你們也是有缺點的，不是嗎？不管怎樣，阿喻都是我弟弟，如果你們眞的不能接受他，那我帶阿喻搬出去好了，這樣就不會再讓你們兩個看了心煩。」

「你是翅膀硬了，反過來威脅我們？」顧爸爸氣得臉色漲紅。

「我沒那個意思。」顧之岳咬著牙說，明顯在克制自己的脾氣。

「不，其實是你們把他們教得太好，才讓他們懂得勇於表達想法。」孟易辰微笑稱讚。

顧媽媽拭去眼角的淚，輕輕拍了拍顧爸爸的背，要他息怒別氣壞身子。

「好、好，那你說，你想要做什麼？」顧爸爸垂下肩頭，直視顧之喻。

顧之喻緩緩抬頭，紅著眼眶毅然開口：「我……只是喜歡美麗的事物而已，我不想考醫學系……我想當服裝設計師，像Karl Lagerfeld一樣，設計出許多漂亮的衣服。」

「隨便你們，我不管了。」顧爸爸莫可奈何地一攤手，起身帶著顧媽媽走出導師室。

顧之岳鬆了口氣靠在桌邊，又恢復酷酷的表情，擺了擺手，「你學測就填自己喜歡的科系，走自己想走的路，以後我會幫你擋著爸媽。」

「哥……」顧之喻一臉感動，站起來張開雙手抱住他。

「滾開啦，不要黏著我。」顧之岳伸手想推他卻推不開。

我望著孟易辰，他揉揉太陽穴，鬆了一大口氣，轉頭給我一個勝利的微笑；再看看芊甯，她朝顧之岳豎起大拇指，顧之岳別開臉，耳根浮現一點赧紅。

頓了一下，我回頭看向陳柏鈞，他的眼神帶點悲傷，但嘴角掛著淺笑。

我轉身走過去，想著該怎麼表達心裡的感謝，畢竟他做了那麼大的讓步。

然而陳柏鈞搶先淡淡開口：「妳不用說什麼，只要他好，我什麼都好。」

這句話勾起我的心疼，忍不住暗暗祈求，希望他未來也能遇見自己眞正的幸福。

這時候，顧之喻鬆開他哥哥的肩，詢問孟易辰：「爲什麼你要幫我？」

「我不是想幫你，而是想救我自己。」

顧之喻不解地蹙眉。

「哎呀，即使相處的時間不多，我們多少也算是朋友，朋友本來就該互挺呀。」孟易辰語氣輕鬆。

「謝謝你把我當朋友。」顧之喻誠心道謝，又轉而走到我面前，「對不起，我之前沒能好好待妳，當時我覺得自己很虛假，向妳隱瞞了不少事情，所以沒辦法好好面對妳，才會做出讓妳那麼難過的事。」

「沒關係，都過去了，以後你要勇敢地做自己，開心的時候就開心，難過的時候就表現出來，千萬不要忘了，還有我們會陪著你。」我露出笑容，心頭一陣酸澀。

「我會的，謝謝。」顧之喻伸出手抱住我。

我也給他一個擁抱，既心酸卻又無比開心。

此時，十二點的午休鐘聲響起，在校園裡迴盪，時間已跨過另一個時空的悲劇時刻。

尾聲　最美與妳相遇

後來，世界照常運轉，並未因爲我們暗中扭轉了某些事，就冒出兩個太陽或兩個月亮。我們一樣每天趕著校車，看著教室黑板上的學測倒數數字一天天減少，大大小小的考試怎麼樣也考不完，時而因考不好而陷入低潮，時而又因一些瘋話而笑得開懷。度日如年的考前生活隨著新的一年到來劃下句點，我們終於踏上學測這個戰場。打了兩天的仗，離開考場後又忙著製作備審資料，準備之後的入學面試，迷惘著未來應該要走什麼樣的路。

日子不知不覺進入六月，迎來了高三的畢業典禮。

典禮結束，同學們捧著花束在禮堂外合照，離情依依的氣氛讓不少女生都哭了。

我抬頭望向對面的行政大樓，外牆上掛著紅色長布條，上頭寫著「賀陳柏鈞錄取醫學系」。

原本那裡應該還會有另一個名字。

「芊婭。」名字的主人正在喊我，我轉過身，對上顧之喻溫和的笑臉。

「送妳。」他遞了一束花給我。

「謝謝。」我欣喜地接過花束，回以微笑，「你哥考上哪裡？」

「他考上國立X大，雖然還是沒能上醫學系，不過是自己有興趣的科系。」

「哇！第一學府耶，眞厲害，他先前不是把課業都荒廢了？」

「這要感謝妳妹妹，因爲有她，我哥後來戒菸戒酒，每天都乖乖去補習班，卯足了幹勁念書。」

「你回去跟他說，想打我妹的主意，先過我這一關。」我冷哼，顧之喻輕輕笑了起來。

「你決定去紐約的設計學院攻讀服裝設計了？」我輕柔地問。

「嗯，我媽和我哥一直幫我爭取，我爸最後就答應了。」他的眼神閃亮亮的，充滿著對未來的憧憬。

「以後你的作品如果登上巴黎或紐約時裝週，一定要找我去看。」

「到時候我一定會寄機票給妳。」他笑容滿面應允。

「那我們就這麼約定了！」剛才在典禮上我並沒有哭，卻差點被他的這句承諾逼出眼淚，

「找一天聚聚，讓大家幫你餞行。」

「以後少了我跟著，你在國外要是被人欺負了，可不要躲在棉被裡哭。」陳柏鈞走過來，抬起手肘搭在顧之喻肩上。

「陳柏鈞，恭喜恭喜！」我開心地恭賀他考上醫學系。

「哼，妳把我最重要的學伴推去國外，還想要我給妳什麼臉？」陳柏鈞高傲地別開頭。

正糗得不知該如何應對時，楊采菲突然撲抱住我，抽抽噎噎地說：「芊婭，我好捨不得畢業、好捨不得妳、捨不得老師、捨不得我們的教室……」

「乖，不哭不哭。」我也回抱著她，輕拍她的背安慰，「記得要買土產回來。」

自從座談會結束後，我和楊采菲也漸漸破冰，和孟易辰說的一樣，女生的友誼就是那麼奇怪，要毀掉可以很容易，可是也能一夕間和好。

中字輩大學。

「太陽餅可以嗎？」楊采菲眨著大眼睛問，她的成績一向很好，最後考上了位於臺中的

「我比較喜歡鳳梨酥。」張璟閎隨後走來，手裡抱著一堆同學送給楊采菲的花束。他斜斜睨了陳柏鈞和顧之喻一眼，「恭喜喔，醫學系耶，出國留學也很了不起耶。」

「謝謝。」顧之喻微笑向他道謝，不在乎他的酸言酸語。

陳柏鈞則是笑而不言，注視張璟閎的眼神帶著一絲釋然，沒有了自責。

「我比較喜歡老婆餅。」孟易辰冒出來，雙手從背後環住我，把我鎖進他的懷裡。

「我記下了，回來一起買。」楊采菲吸了吸鼻子。

「孟易辰，我也要買機車了，是小阿魯喔。」張璟閎興奮地開口分享。

「小阿魯很帥耶！連二手的都滿搶手。」孟易辰讚歎。

「聽說有一種渦輪哨子，只要裝在排氣管上，催油門時就會發出超跑般的怒吼聲。」

孟易辰呆了呆，不解地問：「為什麼要製造噪音？」

「因為有音浪才帥呀！」張璟閎歪頭，認為他的反應很奇怪。

「我覺得正常的聲音就夠了。」

我噗哧一笑，這傢伙的警察魂發作了，談到噪音只會想取締。

「我們要不要一起拍個照？」楊采菲朝大家揮揮手。

於是我們合拍了幾張照片，有我和顧之喻的合照，也有加入陳柏鈞和孟易辰的四人照。

之後，孟易辰的視線被隔壁班的一群女生吸引，那裡頭包含了姚可珣。他低頭想了想，轉身走向她，我連忙跟過去，聽到他禮貌地詢問她：「我可以跟妳單獨說幾句話嗎？」

「好啊。」姚可珣雖然不解，但並沒有拒絕。

來到旁邊的大樹下，孟易辰對她低聲說：「高一升高二的暑假，在學校的車禍事件裡，妳是不是做了一場夢，夢到自己來到了一年後？」

「你、你怎麼知道？」姚可珣驚詫地睜大眼睛，顯然她不曾跟別人說過這件事。

「我想跟妳說說我的故事，跟妳的經歷一樣帶點不可思議。」孟易辰開始娓娓道來，「我之前很倒楣地遇到一件事，從樓上摔了下去，而那時我有兩個不錯的朋友兼鄰居，他們是一對夫妻，男方的口頭禪是好麻煩，女方在廣告設計公司上班。因爲男方嫌工作後要騰出時間約會好麻煩，於是他們大學畢業後不久就結婚了。」

聽到這裡，姚可珣激動地抓住孟易辰的手，焦急問道：「你不是這個時空的人吧？」

「嗯，妳果眞一聽就懂了。」他微笑點頭。

「他們……過得幸福嗎？」

「很幸福。他們跟我聊過高中時的經歷，並且說想謝謝在這個時空中，曾經努力過的姚可珣和白尙桓，如果這份心意可以傳達到就好了。」孟易辰拍拍她的肩，「希望妳能堅強起來，相信未來一定能遇見另一個疼惜妳的人。」

「心意收到了，謝謝你告訴我這件事，我會勇敢走下去的。」姚可珣也回他一個微笑，淚水在眼眶裡閃動著晶瑩微光。

目送姚可珣回到她朋友那裡，我驚訝不已地望著孟易辰，好奇問道：「這就是你和姚可珣、白尙桓之間的祕密，白尙桓在你原來的時空中，並沒有因車禍去世？」

「是啊，他們結婚後搬到我家隔壁，我跟他們成了好朋友。因爲聽他們提過高中時的經歷，當我為了追搶匪碰上妳，得知白尚桓已經出車禍死了，就馬上明白自己重生在另一個時空了。」

「好神奇呀，那他們高中到底遇到了什麼事？」

「這個有空我再跟妳慢慢講。」孟易辰伸手勾住我的肩，「離晚上的謝師宴還有好幾個小時，要不要去兜兜風？」

「好啊！」

「想去哪？」

「海邊。」

「走吧！」

孟易辰牽起我的手，我跟著他奔下禮堂前的臺階，穿過校園一起跑到停車棚。

「走嘍！」他跨坐到車上，載起安全帽，回頭看著我的腿，「裙子有沒有塞好？」

「有，放心，我裡面穿了短褲。」我拍拍他的背。

孟易辰載著我下山，我們將花束、獎狀和獎品暫時先丟他家，然後前往鄰近的漁港。

不到一個小時後，機車在漁港的停車場停妥，今天是多雲的天氣，白雲一朵朵乘風飄流在天際，太陽的熱力稍稍降了一點。

放眼望去，廣闊的海上疊著一層又一層波浪，而更遠處的海天相接成一道微彎的弧線，幾艘漁船散布在海面。

「是海耶！」我興奮地跑到碼頭邊，「下面停了好多船。」

「那是浮動碼頭，漲潮的時候，碼頭也會跟著浮起來。」孟易辰隨後走到我身邊。

「這樣啊，感覺好有趣。」

「東部的海更美，藍汪汪的一片，以後再帶妳去看。」

「好啊！一定要帶我去看。」我欣喜地說。

「隨時都能帶妳去。」他笑得眉眼彎彎，「前提是妳要可以跟我去旅遊個兩三天。」

「這個……可能還不行。」

「這就是女朋友年紀太小的困擾。」他嘆氣。

孟易辰牽著我的手前行，路過一片草坪，有個小販在賣風箏。

「放過風箏嗎？」他笑笑地問。

「沒有。」

「想放嗎？」

「好。」

攤位的桌上擺著各式各樣的風箏，小的一百元，大的幾百元至上千元都有。我伸手想拿小的，心想只是好玩嘗試看看而已，不用買太貴的。

「那種飛不起來。」孟易辰在我耳邊悄悄說，直接拿了一個兩百元的。

結完帳，我們來到靠海邊的長堤上，孟易辰替我拿著風箏，我一邊慢慢放線。

「我放手了！」他把風箏舉高到頭上。

手一放，我拉著風箏往後退了幾步，孟易辰過來幫我拉線。隨著線越放越長，風箏很快乘著風飛上天空，這一瞬間的喜悅讓我們開懷地笑了。

在長堤邊坐下，我們面向著大海。

「警大這個月底才放榜吧？」我問了一句。

「嗯，希望可以上鑑識科，我之前是在警局裡當巡官。」他點點頭。

「鑑識科是負責採集指紋、鑑定DNA之類的？」

「嗯，那種工作我更有興趣。」

「滿級分還可能上不了嗎？」

「男生才招收不到十個，競爭激烈呀。」

「我很好奇，你之前考過滿級分嗎？」座談會那天之後，孟易辰回來跟我一起夜讀，這傢伙的腦袋好得令我無比嫉妒。

「沒有耶。」他抿唇一笑。

「你都考過一次學測了，一定有把題目偷偷記住，才能考得那麼好。」

「拜託！妳還記得國中時的考試題目嗎？」他蹙眉強調，「這是我努力來的。」

「我也很努力呀。」可惜我只考上私立大學，不過以高二時的成績來看，能考上這所學校也是奇蹟了。

「其實前段的私大也不錯，至少跟我在同一個縣市，以後要約會不會那麼麻煩。」他伸手覆上我抓著風箏線的手。

我轉頭深深凝視他，莫名有些不安，「總覺得……你太優秀了，我有點擔心未來。」

孟易辰突然摟過我的腰，側頭帶點霸道吻住我。他以舌尖溫柔地描繪我的唇，挑動我的心跳急遽加速，我忍不住伸手勾住他的肩，主動回應他的吻，舌尖與他熱烈纏綿。

直到被他吻得腦袋暈乎乎的，他才緩下親吻的動作，薄唇稍稍退離。

他深情地看著我的眼睛，輕聲低語：「我啊，繞了那麼一大圈，歷經過死亡，跨越了不同時空才遇見妳，這是一個我喜歡妳的世界……」

「……也是我喜歡你的世界。」我輕輕吐息。

「我只擔心我們想分也分不了，會一輩子永遠在一起。」

我曾經以為，像我這種平凡又膽小的女孩，一定很容易被愛情之神忽略，連配角的位置都得不到。

但顧之喻從雨中走來，在全世界七十幾億的人口裡與我相遇，用溫暖的微笑給了我自信。因為喜歡上他，才能使孟易辰在不起眼的角落裡發現我，這是最不可思議的奇蹟。

於是我明白了，也許沒有動人的外貌、沒有亮眼的成績或才藝，將會少了許多浪漫邂逅，愛情也會來得遲一點；可是總有那麼一個人，他的目光獨特，會在人群中看見妳的光芒。

不一定要成為眾人眼中的女主角，也不必委屈自己去當配角，只要成為那個人生命裡的重要羈絆就好。

那樣的妳，即是無可取代。

全文完

後記

成爲無可取代的妳

嗨！一年又過去了，大家最近好嗎？

在寫完《對你心動的預言》後，我覺得難得寫了本奇幻愛情故事，不如就再寫一個吧，所以很快擬了大綱，沒想到後來根本是在虐自己。因爲對自己有所要求，當故事的走向無法說服我自己時，故事就會進行不下去。

在寫作的過程中，劇情一再地被我推翻，換了好幾個版本，也刪了許多字數，重寫了好幾遍，其間非常感謝總編輯馥蔓不厭其煩地幫我看稿，給了我許多心得和幫助。

這次故事裡寫進了芊婭和妹妹的相處，這其實也是我的經歷。

我也有一個跟我長得完全不像的妹妹，她的模樣十分漂亮，有一點神似石原聰美，從小就很多人追求，還成績頂尖，考上了本市第一名的高中，大人們經常拿她來跟我比較。

故事裡有關姊妹倆小時候的回憶，就是我和妹妹的回憶，因爲妹妹太受歡迎，小時候眞的嚴重影響到我的學校生活。

例如，長輩們常拿我們的外在和成績比較，吃飯時還叫我少吃一點；跟妹妹一起走進學校時，經常被糾察隊的男生攔住，逼問她喜歡誰；老是有不認識的男生跑來和我搭話，到教室的窗邊看我，甚至把我叫出去，向我打聽妹妹的喜好之類的，問完再丟下一句「妳妹妹比較漂亮」這種話，讓我心裡挺難過的。

直到我們上了不同高中，這種在校內被比較的日子才停止。

儘管覺得困擾，我和妹妹的感情還是相當好，小時候睡前常一起聊天，我也會說故事給她聽。因此，在我剛開始寫作時，我妹就鼓勵我，她說妳那麼喜歡說故事，妳一定可以寫出很好的故事。

現在，我妹每次從臺中回來，也會帶著咖啡來店裡找我聊天，像這次剛好遇上趕稿期，我跟她講了這個故事的內容，她聽完顧之喻的祕密後，很崩潰地給了我一些建議，讓我把後面的劇情梳理得更加清晰。

希望大家得知顧之喻的祕密，不會像她那麼崩潰，說粉紅泡泡瞬間啵地破掉了。（笑）

雖然羨慕著妹妹的外在，可是直到有天，當妳的生命裡出現了一個男人，他的眼裡只看著妳一人、只對妳好時，妳便會覺得自己是全天下最幸福的人，不必去羨慕其他人。

這就是愛情的美好，無關美醜胖瘦，也是這個故事的重點。

獻給各位膽小鬼女孩，即使無法成爲美麗的女主角，只要妳有其他優點，能夠成爲某個人生命裡的重要羈絆，即是無可取代。

再來，今年對我而言是非常特別的一年，年中開了一場簽書會，以及《對你心動的預言》售出韓文版權，還參加了POPO原創十週年的盛大活動。

十年寫作下來，我常覺得自己是保持著一個不快的步調，朝著前方小小步前進，但是今年忽然跨出好大一步，離開電腦面向讀者，大到我自己都有點不能適應，甚至想縮回去，這一切都十分不可思議。

我想謝謝十年前的自己，當時呆呆跳進POPO舉辦的第一場比賽，在這個優質的網站落腳下來，才能開啟不一樣的人生。

這十年間謝謝家人的支持，謝謝總編輯給我機會，還有帶過我的歷任責編，因爲有你們的溫柔鼓勵，陪我跨過了許多卡稿和瓶頸的時刻。

當然最重要的，必須謝謝這些年來始終支持我的大家，因爲有你們的閱讀和陪伴，才能成就現在的我，未來我會繼續爲大家說故事。

期許下一個十年，我可以走得更長更遠！

琉影

國家圖書館出版品預行編目資料

與你相愛的抉擇 / 琉影著. -- 初版. -- 臺北市；城邦原創出版 ：家庭傳媒城邦分公司發行, 2020.02
面；公分

ISBN 978-986-98071-7-3（平裝）

857.7　　107021570

與你相愛的抉擇

作　　者／琉影
企畫選書／楊馥蔓
責任編輯／陳思涵

行銷業務／林政杰
總 編 輯／楊馥蔓
總 經 理／伍文翠
發 行 人／何飛鵬
法律顧問／元禾法律事務所　王子文律師
出　　版／城邦原創股份有限公司
台北市南港區昆陽街16號4樓
電話：(02) 2509-5506　傳真：(02) 2500-1933
E-mail：service@popo.tw
發　　行／英屬蓋曼群島商家庭傳媒股份有限公司城邦分公司
聯絡地址：台北市南港區昆陽街16號8樓
書虫客服服務專線：(02) 25007718・(02) 25007719
24小時傳真服務：(02) 25001990・(02) 25001991
服務時間：週一至週五09:30-12:00・13:30-17:00
郵撥帳號：19863813　戶名：書虫股份有限公司
讀者服務信箱 email：service@readingclub.com.tw
城邦讀書花園網址：www.cite.com.tw
香港發行所／城邦（香港）出版集團有限公司
地址：香港九龍土瓜灣土瓜灣道86號順聯工業大廈6樓A室
email：hkcite@biznetvigator.com
電話：(852)25086231　傳真：(852) 25789337
馬新發行所／城邦（馬新）出版集團 Cité(M)Sdn. Bhd.
41, Jalan Radin Anum, Bandar Baru Sri Petaling,
57000 Kuala Lumpur, Malaysia.
電話：(603) 90563833　傳真：(603) 90576622
email:services@cite.my

封面設計／Gincy
電腦排版／游淑萍
印　　刷／漾格科技股份有限公司
經 銷 商／聯合發行股份有限公司
電話：(02)2917-8022　傳真：(02)2911-0053

■ 2020 年 2 月初版　　Printed in Taiwan
■ 2024 年 4 月初版 8.2 刷

定價 / 290元

ISBN　978-986-98071-7-3

POPO城邦原創 www.popo.tw　城邦讀書花園 www.cite.com.tw